吞噬星空

典藏版 13

我吃西红柿 著

ARTTIME 时代出版
时代出版传媒股份有限公司
安徽文艺出版社

图书在版编目（CIP）数据

吞噬星空：典藏版. 13 / 我吃西红柿著. — 合肥：
安徽文艺出版社，2022.1（2025.6重印）
ISBN 978-7-5396-7342-4

Ⅰ. ①吞… Ⅱ. ①我… Ⅲ. ①幻想小说－中国－当代
Ⅳ. ①I247.5

中国版本图书馆CIP数据核字(2021)第235589号

TUNSHI XINGKONG DIANCANG BAN 13

吞噬星空 典藏版13

我吃西红柿 著

出 版 人：姚 巍
责任编辑：秦知逸 宋潇婧
装帧设计：周艳芳

出版发行：安徽文艺出版社 www.awpub.com
地 址：合肥市翡翠路1118号 邮政编码：230071
营 销 部：(0551)63533889
印 制：湖南天闻新华印务有限公司 电话：(0731)88387856

开本：710 mm × 1000 mm 1/16 印张：18 字数：290千字
版次：2022年1月第1版
印次：2025年6月第6次印刷
定价：32.00元

（如发现印装质量问题，影响阅读，请与出版社联系调换）

目录
CONTENTS

目录
CONTENTS

第592章

声明

争夺战一共五轮，每轮有三场战斗，时间都是固定的，总不可能因为某人一直没有进入虚拟宇宙，争夺战就一直延迟，这是绝对不可能的事。如果早已公开战斗时间，假如某一方没有在规定的时间内进入虚拟宇宙中，那么就直接判定为此方弃权，同时另外一方就自动获得这一场战斗的胜利。

于是，这一战，罗峰不战而胜。

此次罗峰连续获得五场胜利，积分为5分，成为争夺战的第一名。

"怎么会这样？"

站在原始森林上空的罗峰内心复杂。

为了最后一战，他早就做好了拼尽全力的准备，此战他并非没有获胜的机会，就算失败了，他也会坦然面对。不承想，最后竟然是这么一个结局。

"嗖！"

罗峰直接被传送出了战场。

雨相山。

一家酒吧内的屏幕之前显示的内容是罗峰对战克罗夫，战斗还未开始，可是，紧接着上面的文字提示变了，变成了因克罗夫在规定的时间内未进入虚拟宇宙，判定为自动弃权，罗峰获得了这一战的胜利。

酒吧内一片嘈杂。

所有人本来都在议论罗峰和克罗夫一战为什么还不开始，屏幕上的文字提示突然变动，令他们一下子就安静下来。

来自各个宇宙国的天才愣住了。

“搞什么？”

“开什么玩笑？”

“真的假的？”

下一瞬，整个酒吧炸开了锅。

“最后一战了，这可是决定原始秘境名额归谁的一战，克罗夫怎么不进入虚拟宇宙啊？”

没人会怀疑之前屏幕上的文字提示，在整个人类族群眼里，虚拟宇宙系统是永远不会错的。

角落里，一直默默关注战况的徐欣有些惊愕，她想过罗峰会赢，可没想到会以这种方式赢。

至此，原始秘境名额争夺战（宇宙级）结束，十五场战斗也结束了。

罗峰连胜五场，获得第一，从而获得进入原始秘境的名额，莫洛、克罗夫、愚风、隆云、伯兰则进入太初秘境。

争夺战的结果自然很快传开了。

罗峰进入原始秘境，其实虚拟宇宙公司的天才们还是能够接受此事的，虽然最后一战罗峰不战而胜，但是毕竟他本身就很有实力，之前的四战他都全部获胜了。

能击败莫洛和愚风，证明罗峰拥有成为原始秘境成员的实力。此外，罗峰加入虚拟宇宙公司的时间极短，第一次参加资格战，就和诸多修炼了数千年的老成员竞争，却能表现得这么优秀，其天赋很高。在观战的那群天才看来，罗峰的实力恐怕比克罗夫还要强。

罗峰冲进原始秘境，那是板上钉钉的事情。此等绝世天才进入原始秘境，大家是能接受的。

不过，所有人不懂的是，为什么克罗夫在关键时刻竟然没有进入虚拟宇宙。

如果真的是弃权，一些自认实力很弱的天才主动弃权倒是很常见，可也都是战前弃权，像克罗夫这种情况的确很少见。

罗峰冲进原始秘境的消息传开后，其他人的反应不一。有人无比开心，比如真衍王。

真衍王爽朗地笑道：“哈哈，我这乖徒儿第一次参加资格战就能冲进原始秘境，好厉害啊……”

有人却咬牙切齿，比如原始秘境的前成员，现在被淘汰到了太初秘境的莫洛。

莫洛暗恨不已：“罗峰真是走运！话说回来，那克罗夫关键时刻竟然没有进入虚拟宇宙，难道真的死了不成？”

还有人感到震惊，比如驻守魔音山的其中一位不朽神灵——魄瑜侯。魄瑜侯秀眉微蹙，心中暗道：“罗峰这个小家伙竟然没死，还冲进了原始秘境。千星宗的那群家伙实在是没用。”

还有人崇拜罗峰，那就是和罗峰同批进来的末世秘境、天地秘境的天才们，他们既激动又兴奋：“谁说新人就很弱？和我同届的罗峰不是照样冲进了原始秘境吗？你说什么，那是克罗夫弃权的缘故？就算克罗夫没有弃权，这次击败了罗峰，之后也会很快被罗峰超越的。”

能获得原始秘境的名额，简直是一件了不起的大喜事。戎钧、乌卡等朋友，洪、雷神这两兄弟，还有罗峰的父母、妻儿、弟弟等人都来恭喜他，就连黑龙山帝国、乾巫宇宙国都有人送给罗家贺礼，以示恭喜。

“这的确是件大喜事，我却没法激动起来。”罗峰坐在书房中，心情有些复杂。

争夺战最关键的一战，克罗夫却没出现，这让罗峰心里不痛快。当然，进入原始秘境的机会无比珍贵，既然得到了，他还不至于主动放弃。

他还没古板到这个地步。

“罗峰，你别自寻烦恼。别人为了得到这样的机遇，想尽了办法，简直无所不用其极。那莫洛不就直接对你下黑手了吗？克罗夫没出现，这是他自己没有把握住机会，能怪谁呢？”巴巴塔说道，“你别多想了。那些资源少、机缘少的独行侠为了一点机会，都拿着命在拼呢，你老师当年就是这么一步步走过来的，你现在胡思乱想什么。”

“我明白。”罗峰点头，“到手的机遇，我自然不会放弃，只是心中很不解，那克罗夫为什么没出现呢？”

“克罗夫没有出现，只有三个原因：其一，他死了；其二，他被什么给牵制住了；其三，他有特殊的原因，所以弃权了。算了，事情都过去了，你想那么多做什么。”

罗峰点点头。

可是，他的心中仍旧充满疑惑。

难道克罗夫真的死了？

争夺战结束的第二天，罗峰就得搬出太初区，住到雨相山原始区了。

太初区，罗峰的庄园内。

乌卡、戎钧、艾辰、千水等朋友前来与罗峰相聚，算是贺喜，也算是送别罗峰。

待朋友们一个个离开后，罗峰独自一人坐在客厅中的沙发上，环顾四周。

他在这里住了很久。

“现在我得离开了。”罗峰默默地道。

“嘀！”一道提示音响起。

“罗峰，收到一封邮件，是虚拟宇宙公司发来的。”他肩膀上的巴巴塔大声喊道。

“哦？”罗峰眼睛一亮。

他迅速点了一下面前的虚空，出现一面屏幕，而后点开屏幕上的邮箱，将最新邮件点开。

邮件打开，内容如下：

声明

本次资格战（宇宙级）的原始秘境名额争夺战，最后一战的弃权人克罗夫在争夺战进行的过程中，一直在执行绝境级任务。绝境级任务的死亡概率达到90%，极其危险。这么久了，他仍未进入虚拟宇宙，很可能在执行绝境级任务时殒身了。

在此郑重提醒，修炼任务固然对每一位宇宙级成员都很重要，可是必须选择自己能够承受的，超过自己极限的任务很可能带来生命危险。

绝境级任务的危险性很高，之前有很多绝世天才殒身，还有大半宇宙级原始秘境成员也殒身了。

还是那句话，公司为大家准备好了诸多资源，而道路由大家自己选择。

“什么?! ”

看完邮件，罗峰大吃一惊。

“克罗夫在争夺战进行的过程中，竟然一直在执行绝境级任务？”

绝境级任务极度危险，就连罗峰到如今也仅仅进过魔山中的魔音山。罗峰之所以能够安然闯过，和自己远远超过其他天才的意志和魔杀族分身是分不开的。若非魔杀族分身，罗峰早就殒身了。

而且，执行绝境级任务时，一般是很难找到安全之地的，罗峰凭借魔杀族分身才成功脱身，抵达了最核心的传承殿，这才能安心将大部分意识连接上虚拟宇宙网络。

“如果不是我的一些底牌很适合在魔音山使用的话，恐怕我那次执行绝境级任务也是九死一生。”罗峰心中暗道，“克罗夫同时在进行争夺战，估计部分意识必须在现实世界中无比警惕，就像虚拟宇宙公司的声明中写的那样，他很可能殒身了。”

克罗夫是生是死，短时间内，即使虚拟宇宙公司也很难确定。因为执行绝境级任务的地点一般都很危险，虚拟宇宙公司要确认克罗夫的生死，并非能在短时间内做到。之前罗峰失踪了数年，虚拟宇宙公司也没能确认他的生死。

除了罗峰，虚拟宇宙公司核心层的天才看到这则声明，也很震惊。

克罗夫在进行争夺战的同时，竟然还去执行绝境级任务了。

原始区、太初区等四区的天才们都唏嘘不已。

第593章

迪伦

克罗夫竟然敢做这种危险的事。绝境级任务可是雨相山宇宙级成员的禁忌。

一旦进入绝境，九死一生。

谁敢在执行绝境级任务时依旧分出大部分意识连接虚拟宇宙网络啊？

“殿下！”

“殿下！”

以奥多为首的一群护卫和奴仆都恭敬地向罗峰行礼。

罗峰走出客厅，看着眼前这一群人，有些伤感。

他要搬去原始区了，得跟这些人分开了。

他当即缓缓地道：“你们与我有近两百年的交情了。今日一别，你们不再是我的护卫和奴仆，而是我的朋友。”

“殿下。”奥多等人听到这番话，都有些激动。

原始秘境成员的地位和权限极高，比奥多等人要高多了，罗峰能说出这番话，令他们觉得温暖。

“你们很舍不得我似的，哈哈，说不定哪年我就被踢出原始秘境了。”罗峰开玩笑，“到时候，我恐怕还需要你们的照顾。”

“怎么能这么说？殿下能够进入原始秘境，就不会被踢出来。”奥多连忙说道。

“竞争永远存在，一切没有绝对。”罗峰笑着摇头，“好了，各位，我们相交一场，就此告别。”

说完，罗峰直接冲天而起。

奥多等人看着罗峰的身影消失在天际，长叹一声。

他们实力弱、地位低，只能当护卫、奴仆，罗峰才是受到虚拟宇宙公司高层重视的绝世天才。

在高层的眼里，一些普通的不朽级强者都远远不及绝世天才。

罗峰和福斯夫人道了别，离开太初区，片刻后便来到了原始区。

原始区的正门比太初区更大，门上面有着古朴的灰色岩石雕刻，让人惊叹。

“罗峰殿下。”一名须发皆白、穿着一身白袍的老者出现了。

老者出现后，周围的空间都亮堂了许多。

“欢迎你进入原始区，成为原始秘境的一员。”

“谢谢。”罗峰笑着点点头。

“我是艾陀尔，原始区的管理者。”白袍老者的须发随风飘荡，“请罗峰殿下随我来。”

罗峰跟随艾陀尔一道飞到半空中，而原本跟随艾陀尔来到正门口的一群界主级强者并没有继续跟着，此刻都低声议论起了新来的罗峰。

半空中。

罗峰和艾陀尔一边飞行，一边闲聊。

罗峰俯瞰原始区，感觉到时而有一股强大的法则波动从某一处传来。

“罗峰殿下，”艾陀尔微微一笑，“原始区和太初区最大的区别在于原始区这边住着更多的不朽神灵。首先，原始秘境的殿下都会配备一支护卫军，每支护卫军由一位不朽级军主率领。而且，原始秘境的殿下可以任意选择一位长期住在自己庄园内的不朽神灵当老师，这里的不朽神灵实力比原始秘境的殿下们要强得多。”

罗峰点点头。

的确如此，护卫军内有一位不朽神灵，还有一位贴身的不朽老师，每位殿下身边起码跟着两位不朽神灵。

“整个原始区一共有一百一十三座庄园。”艾陀尔遥指下方的庄园，“界主级殿下就有一百位，域主级殿下有十位，宇宙级殿下有三位，每一位殿下都是我们虚拟宇宙公司宝贵的财富。”

罗峰微微点头。

是啊，界主级强者的寿命长达1000纪元。在1000纪元内，1008个宇宙国一共才吸纳一百一十三位殿下，可见每一位殿下的地位都极高，远远超过一些普通的不朽神灵。当然，界主级强者要留在原始秘境，难度是最高的。

两人疾速飞行。

一座座占地数千平方公里的庄园掠过，片刻后，艾陀尔的飞行速度减慢。

“那113号庄园就是罗峰殿下的住处。”艾陀尔指着一座面积广阔的庄园。

“嗯。”罗峰低头看去。

庄园的院墙不断延伸，直到视野尽头。单单论面积，这座庄园可比地球上任何一个国家的领土都要大。当然，在浩瀚宇宙中，将一颗星球打造成自家领地的不朽神灵随处可见。

不朽神灵有神国，神国无比浩瀚。对于不朽神灵而言，将一颗星球打造成一座庄园，根本算不了什么。

“嗖！嗖！”

艾陀尔和罗峰降落在113号庄园的正门口。

庄园正门口的人组成了一个个方队，一眼看去最起码有一万人，最前面站着一个笼罩在华贵的黑色袍子中的光头男子，这光头男子的眉间隐隐有银色鳞片和一些秘纹。

“殿下！”光头男子微微躬身。

“拜见殿下！”他身后上千名气势凌厉的战士全部恭敬行礼。

“拜见殿下！”那上万名仆人也都恭敬行礼。

这些仆人都是虚拟宇宙公司专门选拔并培养出来，用来服侍虚拟宇宙公司的一些核心人物的。对于这些仆人而言，能为原始秘境的殿下效劳，是他们的荣幸。

“罗峰殿下，这位就是你的护卫军首领——迪伦！”艾陀尔指着光头男子，“迪伦是一位擅长灵魂攻击的不朽神灵，他的实力非常强。在诸多宇宙军队的军主中，他的实力算上等。”

罗峰心中暗惊。

因为追随了真衍王一段时间，罗峰很清楚实力等级划分。按照地位，强者们分为军主、封侯级强者、封王级强者。在虚拟宇宙公司中，一个封侯级的不朽强者能够轻易击杀一群普通的不朽神灵，所以实际上从不朽神灵到封侯级强者，实力跨度很大，从而使得不朽级军主实力相差也很大，弱的近似普通的不朽神灵，强的甚至接近封侯级强者。

“上等？那他岂不是接近封侯级强者？而且，还是擅长灵魂攻击的，这样一位厉害的军主，怎么会成为我的护卫军首领？”

“殿下，我的老师是嗜血王。”光头男子微微欠身。

“三师兄？”罗峰大惊。

真衍王的寿命很长，至少罗峰现在都不清楚他到底活了多久，但是他肯定比蒙苍王活得久。而他收徒非常谨慎，非良才，不合脾性的，他绝对不会选。然而，不朽之路实在坎坷，想要封王，更是无比艰难。真衍王的弟子中，唯有三弟子嗜血王封了王。

“师祖很关心小师叔。”一道声音直接在罗峰的脑海中响起，“师祖担心将来小师叔达到域主级后会出去闯荡，遭遇危险，所以安排值得信任的人来担任小师叔的护卫军首领。我发出了申请，其他军主都没我强，我自然就通过了。”

罗峰看着光头男子，不由得浮现一丝笑容。

他竟然是这位不朽神灵的小师叔？有了这一层关系，他顿时觉得眼前的光头男子顺眼很多，当即决定回头联系一下老师真衍王，以表谢意。

“迪伦先生，以后就麻烦你了。”罗峰说道。

“这是我的职责！”迪伦再次微微躬身。

“哈哈，罗峰殿下，迪伦是你的护卫军首领，也是庄园的管家，其他事情由他和你说，我就先走了。如果有什么事情需要我帮忙，尽管来找我。”艾陀尔笑道。

“多谢艾陀尔先生。”罗峰感激地道。

这名白发飘飘的老者随即化为一道流光，瞬间消失了。

“殿下，请随我来。”迪伦在前面带路，带着罗峰逛了庄园。

庄园的修炼场。

罗峰站在那里，面前悬浮着一面屏幕，屏幕上显示的正是金甲猿人真衍王。

“老师。”罗峰恭敬行礼。

“你见到迪伦了！”真衍王笑着说道。

罗峰听到这话，顿时松了一口气，看来迪伦确实没有撒谎，他果真是自己的师侄。

“将来你达到域主级，就会被外放，掌控大权。”真衍王缓缓地说道，“你手中的权力变大，会牵扯到很多你想象不到的事情，到时候会有辉煌的一面，也会有危险的一面，有些危险可能比绝境级任务蕴含的危险还要大。”

罗峰闻言一惊。

“而且，为师脾气古怪，因此结下了不少仇敌。”真衍王叹了一口气，又道，“当然，那些仇敌不敢来招惹我，可是我担心他们会伤害你。”

“仇敌？”罗峰再次一惊。

“你若是被外放，就没有待在虚拟宇宙公司核心势力区这般安全了。当然，他们也不敢明着来，因为一旦被我发现，必死无疑。”

“老师，你有那些仇敌，为什么不早一点铲除后患？”罗峰问道。

“呃——”真衍王表情有些尴尬，随即解释道，“徒儿，为师平常做事从不拖泥带水，想做就做。当年为师骂过的人很多，不经意间得罪的人也很多。可是，到底得罪了谁，其实为师也不清楚。反正都是一些小事，可是，总会有人记挂着。”

罗峰无语。

“不过，没人敢明着对付我，敢明着来的都死了。”真衍王笑着说道，“不提这个了，还有一件事很重要。你现在进入了原始秘境，有权选择一位不朽老师长期在身边指导你，这是一个难得的好机会。”

第594章

不朽老师

“我知道。”罗峰点点头。

能够有一直跟在自己身边、指导自己的不朽老师，这的确是难得的好机会。要知道，就算拜师，也很少有老师一直随身指导弟子。

“这一点大家都知道。”真衍王微微一笑，“可是，选老师是有诀窍的，很多人不知道这一点。”

“诀窍？”罗峰很是疑惑。

据他所知，就是发出申请，说出自己的一些要求，比如选择擅长金之法则、空间法则，擅长念力兵器方面的老师。事实上，给原始秘境成员当老师的最弱的也是封侯级不朽神灵。

虽然说封王级不朽神灵和宇宙国主都可以贴身指导，可也得那些大人物愿意，虚拟宇宙公司可没法强迫他们。

而宇宙国主事务繁忙，就算是真衍王，也不可能一直跟在罗峰身边，所以能够选择的老师一般都是封侯级不朽神灵。

“嗯！当然有诀窍。”真衍王微微一笑，又道，“我知道，你很想找一个擅长金、空间这两大本源法则的不朽神灵当老师。”

罗峰点头。

“其实这种不朽神灵多得是，问题是，虚拟宇宙公司会随便派一位不朽神灵过来，而你只能接受。到底要如何才能选择最适合你的老师呢？这就得为师出手了。”

一个人可以拜很多老师，关系亲疏却不同，真正行了叩拜之礼的，关系就亲近得多，如罗峰拜真衍王为师；而那种纯粹是去对方那里上公开课的，名义上称对方老师，关系却疏远得多。虚拟宇宙公司派来的，负责一直指导罗峰的老师，关系自然很亲近，却不需要罗峰行叩拜之礼。

“你回头写申请，在最后加上一句，说你对不朽神灵布布鲁很是敬仰，很希望布布鲁当自己的老师。”

“布布鲁？”

罗峰一听，就猜到此人是厉害人物。

“我写了申请，就能通过吗？”罗峰疑惑。

虚拟宇宙公司可以派不朽神灵来当老师，可是也得那些不朽神灵愿意才行。

“这个问题就由为师来解决。”真衍王朗声笑道。

“多谢老师。”罗峰心中很感动。

真衍王可是大人物，却精心帮他一步步筹划，绝对是把他当成最宠爱的弟子，才会如此用心。

当天，罗峰就发送了一封邮件，递交了申请，申请内容是按照真衍王所说写的，首先提出了自己的一些要求，其次表达了自己对不朽神灵布布鲁的敬仰，希望能成为布布鲁的弟子。实际上，之前罗峰听都没有听说过布布鲁这号人物。

“按照老师所说，布布鲁是封侯级不朽神灵，战斗力极强，已经可以勉强封王了。”罗峰心中暗道。

勉强能封王的不朽神灵，在宇宙中也算是大人物。当年，杀了他的老师呼延博的，就是勉强能够封王的不朽神灵。

这样的不朽神灵要来指导他，他如何不喜？

第三天，罗峰就收到了邮件，邮件内容是封侯级不朽神灵布布鲁愿意当他的老师。

大概十天后，布布鲁终于来到了罗峰的庄园。

庄园正门口。

罗峰身侧站着迪伦，两人正恭候布布鲁的到来。

“来了。”迪伦轻声说道。

“哦？”罗峰立即看去。

远处，一道金色流光瞬间划破长空，随即落在罗峰前方的地面上，显现出了身影。

这是一个身高接近1.6米、头发乱糟糟的矮个壮汉，身上隐隐散发着酒味，目光冷厉。

罗峰心中一动。

布布鲁？

这个身高不足一米六的矮个壮汉就是布布鲁？

虽然他的脑海中掠过这个念头，但是他依旧毕恭毕敬。

老师和护卫军首领是不一样的，封侯级不朽神灵的地位极高，罗峰原始秘境成员的身份令他可以和对方平等对话，却没有丝毫压制对方的能耐。

“你就是罗峰？”布布鲁瞥了一眼罗峰。

“罗峰见过布布鲁老师。”罗峰恭敬行礼。

“嗯，还算礼貌。”布布鲁转而看了一眼罗峰旁边的迪伦。

迪伦连忙恭敬行礼：“迪伦见过布布鲁大人。”

迪伦的实力很强，不过也就勉强封侯，而布布鲁是能够勉强封王的，两者的实力天差地别。

“真衍王对这个小徒弟还真是够宠爱的。”布布鲁嘀咕道，随即大步朝庄园内走去。

罗峰、迪伦连忙跟在后面。

“我这个人不太懂得教徒弟。”布布鲁大步走着，同时大声说道。

神奇的是，仅仅罗峰和迪伦能听到他的声音，远处大批的界主级、域主级、宇宙级护卫却听不到他的声音。

“我最擅长的是用爪攻击。”布布鲁大大咧咧地说着，“所以，我会通过爪法让你从中领悟空间、金这两大本源法则，也让你从中领悟到底该怎么结合两者。”

“是。”罗峰恭敬应道。

金角巨兽最擅长的绝招就是撕天一爪，根据金角巨兽传承记忆中的《撕天裂地》，结合远古图影，再结合兽神雕像蕴藏的古老意境，爪法可以算是罗峰最擅长的，使用起来比操控念力兵器、战刀都要游刃有余。

当然，用人类身体施展爪法，威力要差一些，可罗峰的底子厚，依旧算是用爪高手。

“哦？”布布鲁看向罗峰，终于露出了笑容，“嗯，不错，挺乖的，我喜欢听话又聪明的徒弟。走，去你的练武场，我先摸摸你的底，看看你对于本源法则感悟得怎么样，是否走了弯路。当然，你的老师可是真衍王，你就算走了弯路，估计也不会有太大影响。”

“是。”罗峰立即走向练武场。

练武场。

“场景模拟成星空。”布布鲁吩咐。

罗峰当即遵命，整个练武场内的场景发生变化，变成宇宙星空。当然，因为练武场本来的空间就那么大，所以这片宇宙星空不是无边无际的，罗峰仅仅能够在数百公里范围内活动。

布布鲁和罗峰都悬浮在星空中。

“去！”布布鲁再次吩咐，“将你对于本源法则的感悟全部施展出来，不管是用念力兵器，还是近身战斗，都没有关系。不管你怎么施展，我都能一眼看透。”

“是，老师。”罗峰直接化作一道幻影，在星空中开始施展爪法。

“呼——”

他的手指弯曲，宛如兽爪，整个人形如鬼魅，仿佛一头怪兽在半空中肆意挥爪。那利爪牵扯周围的宇宙空间，凌厉的爪劲全部释放，甚至直接变成了耀眼的金色巨爪。

“这……”布布鲁本来还不以为意，看着看着，脸上就露出惊讶之色。

片刻，罗峰化为一道金光，落在布布鲁的身旁。

“请老师点评。”罗峰恭敬地道。

“你也懂爪法？”布布鲁看向罗峰的眼眸中多了一丝喜爱。

对于超级强者而言，能够找到适合自己教导的徒弟其实是很难的。之前布布鲁看过罗峰的一些资料，知道罗峰是精神念师，其实并不怎么乐意来教导他。可是，真衍王出面了，布布鲁虽然骄傲，可在堪称封王级不朽神灵中巅峰的存在、无限接近宇宙国主的真衍王面前还是恭敬顺从的。更何况他有求于真衍王，一番交谈后，他就直接应允了。

即便罗峰只是区区精神念师，他也愿意纡尊当罗峰的老师，而他刚刚发现罗峰竟然擅长爪法，潜力很大，便打心底乐意教导罗峰了。

“嗯！我懂一点爪法，在近身战方面也花了一些心血。”罗峰回道。

“不足两百年的时间，你的进步这么惊人，还兼修了近身战，难怪真衍王这般重视你。”布布鲁笑道，“你的爪法很不错。”

“我的爪法和克罗夫相比还差得远。”罗峰说道。

“不一样！”布布鲁摇头，“我搜集了一些资料，看过一些视频，那克罗夫我也听说过，他的爪法是很厉害，可是他的爪法走偏了。”

“嗯？”罗峰疑惑。

“你的爪法反而潜力无限。”布布鲁满意地看着罗峰，“你没有需要矫正的地方。你既然懂得爪法，那么就更加容易学会我的爪法了。从现在开始，我就教你三千星空这套爪类秘法，这是我自创的一套秘法，通过修炼这套秘法，你可以好好感悟金之本源法则和空间本源法则。”

“是！”罗峰恭敬应道。

“嗯！”布布鲁再次满意地点头。

本来因为真衍王的关系，布布鲁认为自己稍微认真一点教导罗峰就行了，没必要耗费太多心血。可是，看到罗峰施展出了潜力无限的爪法，他心动了，不惜将自己的成名秘法三千星空全部传授给罗峰。

布布鲁并不知道，罗峰的爪法其实传承了兽神雕像一脉，当然走的是真正的至道。

从这天开始，罗峰专门分出五成意识向布布鲁学习爪法，另外五成意识则继续去接受魔音神将传承。

学习之后，他会让体内世界中的金角巨兽继续去参悟。

布布鲁发现，罗峰对于本源法则领悟的进步速度太惊人了。

第595章

传承结束

魔音山。

三十二座传承殿内全部有人在接受传承，主要是因为当年罗峰突然抢占了蒙苍王的名额，这使得其他应该得到名额的不朽神灵受到震动，一个个都向鸿盟提出要求，最终都提前进入了传承殿。

此时，一共有三十一位不朽神灵和一个年轻的宇宙级九阶强者在接受传承。

传承殿内。

一层层传承阶梯不断往上延伸，延伸向虚空深处，虚空深处的那座殿堂依旧屹立。

在第二千三百一十六层传承阶梯上，罗峰仿佛一座雕塑一动不动地站着。他的一半意识在金角巨兽的身上，结合布布鲁所传的三千星空秘法，参悟兽神雕像所蕴含的玄妙意境，遇到一些难题，实在弄不懂，就去问布布鲁。

“成功！”罗峰忽然睁开了眼睛，眼眸中有一丝欣喜。

“虽然之前举行了资格战，可是资格战丝毫没有影响我接受魔音神将传承。”罗峰心情愉悦。

他的脑海中忽然浮现出克罗夫的身影。和自己一样，克罗夫也是在进行资格战的同时执行绝境级修炼任务。可是，克罗夫没有自己这么幸运。

“两年了！资格战过去差不多两年了，依旧没有克罗夫的消息。”罗峰眉头微皱，“我没有办法确认他到底是活着，还是死了。”

克罗夫是生是死的确很难确定，特别是在绝境级任务的一些特殊环境下。假设罗峰在魔音山中被击杀，甚至被毁尸灭迹，又被抢了宝物，虚拟宇宙公司也不好确认罗峰到底是生还是死。越是身处一些特殊的环境，其生死就越难确认。

“近两年的时间，克罗夫一直没有进入虚拟宇宙，那次争夺战他也没现身，导致不战而败。如果他还活着，应该会进一次虚拟宇宙才对，至少和他的朋友们说明情况。难道他真的死了？”罗峰眉头一皱。

忽然，他好像想到了什么，不由得一阵心惊。

“好险！连续执行修炼任务，让我得了大好处，也让我越加骄傲，野心更大了，幸好我现在醒悟过来了。”罗峰心中有些后怕。

执行血洛世界的任务时，他就得到了很大的好处。随后执行了其他几个危险级任务，他只是完成基本要求，并没有探索那些任务的世界所蕴藏的秘密。而自从在执行绝境级任务时得到魔音神将传承，他就总结出了一个规律——那些特殊的任务世界里估计都有一些秘密，那些秘密恐怕就代表着大机遇。

当时想明白这个道理后，罗峰还有点后悔，后悔在执行其他危险级任务时没有好好探察一番。然而，此刻思考克罗夫的事情，他却一下子惊醒了。

“我、我实在太盲目了。完成每一个修炼任务的要求就非常危险了，比如在血洛世界中得到三颗血洛晶，融合后，成为血武者。对于宇宙级九阶强者而言，是很危险、很有难度的，毕竟一不小心就会遭到域主级土著强者的追杀，而且还不能使用科技类武器。”罗峰心中暗道，“如果去探寻古神废墟和兽神雕像的秘密，恐怕会有生命危险。”

“还有，在魔音山中生存三年，就属于绝境级任务了。三年中，即使能躲过可怕魔音的攻击，说不定会遇到界主级土著强者，乃至界主级幻兽，这也算是绝境级任务。而想要得到魔音神将传承，几乎就得完成必死任务。”想到这里，罗峰的额头渗出了冷汗。

魔音神将传承所在的地方极其危险，就算界主级强者去那里都必死无疑。即便是不朽神灵，必须是比较强的不朽神灵，才能躲过那些可怕的幻兽的阻挠。

“若非我有魔杀族分身，必死无疑。那次我的运气很好，可下一次就不一定这么好运了。其他的绝境级任务恐怕也蕴含了一些大秘密，而想要探索那些大秘密，得到大好处，危险程度恐怕不比魔音山低。

“魔音山中有很多幻兽，幻兽意识低下，可其他绝境级任务的大秘密所蕴含的危险不一定是幻兽，假设是一些有智力的不朽级守护者，到时候恐怕会直接将我杀了。

“我拥有魔杀族分身、金角巨兽，生存能力的确比其他天才要强得多。我只要小心一点，绝境级任务的正常要求是能够完成的。可是，假使我的野心很大，盲目去探寻一些大秘密，恐怕早就丢掉性命了。

“对了，据老师所说，克罗夫的实力是最近一两百年才爆发的。难道克罗夫曾经在完成某个修炼任务的过程中发现了大秘密，获得了大机遇？”

按照罗峰的猜测，每一个任务都蕴含一些秘密，可他不认为只有自己会发现这些秘密。

“很可能就是这样的。一两百年前，克罗夫得到了大机遇，所以食髓知味。这次完成绝境级任务，估计他会有意无意地探索大秘密，可能牵扯到可怕的危机，最终因此丧命。”罗峰想着，眼睛一亮。

“这种超级大机遇产生时风险也是超级大的，我这次能因为魔杀族分身而逃过一劫，下次呢？”罗峰立即谨慎起来。

“嗖！”他化作一道幻影，疾速落在第二千三百一十七层传承阶梯上。

顿时，无比玄妙的秘法不断传进他的记忆中，他再度修炼这套传承秘法，令自己的灵魂在修炼中发生一些变化。

这套传承秘法的修炼方式很像罗峰当初的老师呼延博所创的魂印秘法，魂印秘法也是令灵魂发生蜕变，最终才能施展秘法。这套至高魔音传承秘法也能缓缓改变无数念力的本质。

罗峰的灵魂是域主级九阶的，形态是一颗凝聚的晶球。而此时这颗晶球的表面满是金纹，金纹异常玄妙。

随着他不断修炼秘法，灵魂中的金纹缓缓增加，灵魂中的金纹越多，念力振幅的强度越大。

然而，接受魔音神将传承终有尽头。

罗峰跪在石质阶梯上，他全身皮肤都渗出了冷汗，脸色苍白，双眸隐隐泛着血丝。

他忍不住捂住了脑袋，灵魂感到无尽的疲倦，只要放弃抵抗，恐怕瞬间就会沉睡。灵魂那强烈的刺痛令他快要崩溃。

“坚持！坚持到这一层的传承结束，全部接受。”罗峰心中嘶吼着，不断自我催眠着。

他整个人跪在阶梯上，摇摇欲坠。按理说，每一层阶梯的接受传承时间并不长，罗峰却感觉每一秒都比一年还要漫长，灵魂产生无尽的疲倦感，令他陷入一种浑浑噩噩的状态，甚至没有办法思考了。他对身体的控制能力也减弱了，随时可能趴下。

第三千二百一十一层阶梯蕴含的部分传承传递终于结束。

“终于成功了！”罗峰心中一松。

无尽的疲倦感随即瞬间将他的意识掩埋，他陷入了昏迷。

“轰隆！”罗峰倒在了阶梯上，一动不动。

不知道过了多久，他终于睁开眼睛。

“嗯？”他一骨碌爬起来，环顾四周。

他竟然在传承殿的广场上，传承殿则大门紧闭。

“罗峰，就在你沉睡过去五个小时后，你被无形的力量直接裹挟着送到了广场上，而传承殿大门自动关闭，也就是说，传承结束了。”巴巴塔的声音在罗峰的识海中响起。

罗峰恢复了正常。

“结束了吗？”罗峰喃喃自语。

广场上空无一物，广场外的白色光幕依旧存在，这白色光幕阻止着那些幻兽飞进来。

“我沉睡了多久？”罗峰问道。

“三十一天。”巴巴塔回道。

“我睡得够久的。”罗峰感慨道。

他接受魔音神将传承有十二年的时间了，这些年他的灵魂一直处于不断改造的过程中，从未歇息，那种疲倦感是不断递增的。

“我这次也是走了大运，本来我闯到第一千两百多层就到极限了。”罗峰笑着感慨，“没想到我通过魔杀族分身得到了金魂果，改变了灵魂的某一项特质，令灵魂更加适合接受魔音神将传承，让我坚持到了第三千二百一十一层。”

魔音神将传承第一阶段共三千三百三十三层，在亿万年的漫长岁月中，有十数万生命来接受传承，其中大多数是不朽神灵。可是，很多不朽神灵在第一阶段末期就达到极限了。

罗峰靠着金魂果才得到媲美很多不朽神灵的成绩。

“传承结束！”

罗峰站在广场上，广场上只有他一人。

“五年前，我让金角巨兽成功融合第九十八颗血洛晶。现在我感觉金角巨兽比五年前强多了，或许能够融合第九十九颗血洛晶了。”罗峰心情愉悦。

他立即让体内世界中的金角巨兽开始尝试融合第九十九颗血洛晶。

第596章

出去

当年，魔杀族分身靠着机械族宇宙飞船纵横血洛世界，大肆搜刮了近万颗血洛晶。

金角巨兽虽然身体基因比荒兽岐牛要强得多，奈何当时成功融合第九十七颗血洛晶后，继续融合血洛晶引发的煞气实在太可怕，其意志无法承受，所以只能暂时停止，静等将来有所突破。

“魔音神将传承在修炼过程中不断压榨我的承受力，对我的意志也是莫大的磨炼。而且，这传承秘法就是用来改变灵魂的，令我对灵魂的控制力强了数十倍。”罗峰心中暗道，“加上这十二年来，在修心方面我没有一刻停止。”

修心和其他修炼完全不一样，比如感悟本源法则、研究秘法，都需要耗费很大的心力。

可是，修心是不需要消耗多少心力的，其实就是一种心境。

比如战斗时，必须调整好心态，否则很可能发挥失常，只能发挥出七八成的实力。而像雷神、洪那种修心境界极高的，就算是遇到再复杂的事情，也撼动不了他们的心境，他们战斗时反而会超常发挥。

别人超常发挥很可能是因为某种特殊情况下的爆发，洪却能时刻保持超常发挥，这就是在极好的心境下，对实力的极限发挥。

当然，洪在修心方面可以媲美古往今来的圣人。即使是雷神，心境也比洪要差整整一个层次。而罗峰比雷神还要弱一筹。

幸好罗峰有洪和雷神的引导，所以在修心方面一直有所进步。

修心和修炼岁月的长短没有多大关系。一些武者想要修炼成为不朽神灵，最起码也得数万年，有的则需要百万年。可是，短短数十年，修心方面即可达到至高地步，毕竟C国的古人们寿命大多不超过百年。

这十二年来，罗峰是有不小的进步，可惜在修心三重的境界方面，他只达到第一重境界的巅峰，当然单单论意志，他已经非常强悍了。

罗峰站在寂静的广场上。

体内世界中，金角巨兽的暗金色眸子正盯着右爪中的血洛晶。

“第九十九颗血洛晶！”

它的右爪微微握紧，锋利的爪子掐入掌心，顿时令掌心的鳞片裂开，而那颗渺小的血洛晶在其念力的操控下直接碰触到了鳞片的伤口。

“嗷——”金角巨兽仰头，发出痛苦的嘶吼。

这是煞气和意志的碰撞。无尽煞气碾压过来，罗峰的意志犹如一把刀不断地抵抗着一次次冲击。这纯粹是意志层面的冲击，即使拥有再强大的武力，也没有丝毫作用。

“我一定要赢！这煞气冲不垮我，冲不垮！”罗峰的意志在咆哮。

金角巨兽一次次咬牙坚持着。忽然，猛烈的煞气仿佛潮水迅速消退，同时它的右蹄爪上的血洛晶开始传递一丝丝血洛之力，血洛之力不断融入右蹄爪，再一次改变了那可怕的右蹄爪。

剧烈的疼痛再次袭来！

这可是融合第九十九颗血洛晶，产生的疼痛可想而知。金角巨兽痛苦得一次次撞击大地，撕裂山脉，可是再痛苦，它也得承受着。

终于剧痛消失。第九十九颗血洛晶完全融入其右蹄爪。

“嗷呜——”金角巨兽兴奋地咆哮，咆哮声回荡在无尽的体内世界中。

它举起右蹄爪，驱动右蹄爪中潜伏的强大的血洛之力，整个右蹄爪顿时迅速发生变化，筋骨、鳞片、肌肉等蜕变，右蹄爪直接变成了淡金色，而且表面满是血红色秘纹。

血红色秘纹隐隐形成了一个图形，那是一幅兽头咆哮图。

“好诡异的图！”

之前成功融合第九十八颗血洛晶，右蹄爪显现出的血红色秘纹图并不完整，当时罗峰并没有发现兽头咆哮图。可是当融合第九十九颗血洛晶后，右蹄爪表面增添了数百道血红色秘纹，令原本散乱的血红色秘纹一下子完整了很多。

血红色秘纹形成的兽头很像兽神雕像的头，唯一的区别是没有兽神雕像头上的那个独角。正因为缺失独角，所以看到血红色秘纹构成的图，罗峰总觉得不够圆满。

“估计融合第一百颗血洛晶后就完整了。嗯，试试看，看能不能融合第一百颗血洛晶。”金角巨兽再次取出一颗血洛晶，尝试融合……

广场上。

旁边的岩石地面上满是血迹，正是刚才融合第九十九颗血洛晶时，罗峰的地球人本尊痛苦得想要发泄，不断撞向地面而留下的血迹。

片刻后——

“融合第一百颗血洛晶失败了。”罗峰擦拭了一下额头的汗水，“融合第一百颗血洛晶果真很难，估计还要几年，待我的意志增强，才能融合成功。”

成功融合了第九十九颗血洛晶，却在融合第一百颗时失败了，可罗峰还是很兴奋。因为他发现金角巨兽右蹄爪上显现的血红色秘纹图竟然是兽头咆哮图，而且那兽头和兽神雕像的头颅几乎一样，仅仅缺失独角。

“血洛晶果真和血洛世界传说中的兽神有关。”罗峰心中暗道，“不管是血武者、黑武者，还是金角巨兽，所能驱动的血洛之力都和兽神脱不了干系。”

“嗯。而且我估计，待金角巨兽成功融合第一百颗血洛晶，独角生成，整幅秘纹图完善后，很可能还有一个大惊喜。”

罗峰环顾四周，广场上没有其他生命，传承宫殿下方的深渊世界中却有亿万头幻兽，连不朽级的庞大幻兽都有不少。

“该回去了！”

罗峰的身体发生变化。

“嗖！”他当即切换成魔杀族分身，魔杀族分身又瞬间变成冰熊。

冰熊朝四周看了看，随即猛地一个前冲。

“呼！”冰熊直接冲过白色光幕，一眼便看到下方无尽的深渊世界中的不计其数的幻兽。

扑通一声，冰熊直接跌落在冰层上，而后吃力地爬起来。

周围都是傻乎乎的幻兽，根本没有在意这头冰熊。

“嗯？”冰熊抬头看着空中悬浮着的三十二座宫殿，“咦，三十二座宫殿的外围都有白色光罩？”

紧接着，之前罗峰接受传承的那座宫殿外围的白色光罩开始缓缓消散。

“看来其他三十一座宫殿里都有生命在接受传承。”冰熊看了一眼，“反正我已经接受了传承，无法接受更多传承，还是抓紧时间出去吧！”

而后，冰熊看向四周。

茫茫的深渊世界中，它不管朝哪一个方向看，都一眼看不到尽头，里面遍布幻兽，幻兽数量之多，简直不可思议。

“我……我该怎么出去？”冰熊愣住了。

“怎么来，就怎么走吗？”

当初它是被莫洛一脚踹进深洞，而后坠入深渊世界。

难道它要通过深洞飞回去？

“那深洞区域中有一些庞大的不朽级幻兽，每一头不朽级幻兽同时操控着很多深洞，单单不朽级幻兽随意施展的吞噬之力就很可怕，我还是别去招惹为好。”冰熊回忆起来了。

下方的深渊有很多不朽级幻兽，而罗峰变成冰熊时，并没有看到其他幻兽飞进深洞。

“别的幻兽都没飞进过深洞，别的幻兽不做的事，我也不能做。”冰熊暗道。

当即，冰熊开始在茫茫的深渊世界中闯荡，三天的时间，一直没找到能离开深渊世界的办法，很是着急。

“我沿着一个方向不断走，就不信走不到头。”

冰熊沿着一个方向不断往前行，时而飞奔，时而悠闲地走一会儿，就这样，越走越远，渐渐地，它的视线范围内的幻兽越来越少。

“我什么时候才能走出这个鬼地方啊？”冰熊嘀咕着。

它保持一个方向前进着，许久才看到一头幻兽。

忽然，强大的魔音瞬间扫过。

冰熊微微一颤。

虽然是魔杀族分身变的，但是冰熊体内有罗峰的原核，原核中潜藏着灵魂，自然会受到魔音的影响。

“这魔音大概能够影响界主级初期的高手。”冰熊忽然停下，眼睛瞪得滚圆，“这里竟然有魔音！”

在深渊世界中走了这么久，它还从来没有发现过魔音。

“天哪！我终于发现魔音了。”冰熊激动无比。

“这里能发现魔音，看来我差不多可以离开深渊世界了。”

冰熊立即化作一道幻影，一口气飞奔十数万公里后，终于看到了岩石冰层山壁，山壁上有一条条洞窟通道。

“多么熟悉的幽深洞窟，多么让人喜欢的幽深洞窟啊！”

冰熊激动地挥舞大爪子，随即飞进其中一个幽深洞窟中。

第597章

地狱无门，你闯进来

幽深洞窟冰冷，冰熊独自在洞窟中行走，心情却很愉悦。

“不管怎么样，我现在总算离开了深渊世界的范围。”

整个魔音山除了深渊世界外，其他地方对它根本没有什么威胁。它一路前进，保持较快的速度，片刻后就抵达了洞窟的尽头，足足有395条洞窟通道于此交会。

“呃——”冰熊看向四周。

“这下麻烦可真大了。”冰熊忽然意识到了一个问题，“我的记忆中只有一路前来的路线，而现在我无法沿着原路返回……”

魔音山中，一个洞窟连着一个洞窟，数百个洞窟连在一起，其中的路线无比复杂，堪称超级迷宫。

那些闯入魔音山的强者一般都按照原路返回，若是不按照原路返回，乱跑的话，恐怕不知道多少年才能从迷宫中走出去。

“怎么办？这地方我从未来过，眼前有另外394个洞窟，我又该选择进入哪一个洞窟？”

冰熊看着眼前一个个巨大的洞窟，或是曲折向上，或是直接往前，或是迂回，一时间完全不知道该怎么办。

前面是未知的路，返回又不行。

冰熊迅速思索着：“没有办法了，只能去找寻其他人。”

其他人应该知道出去的路线，正常情况下能够走过来，就能返回，像它这般遭遇的是极少的。

它随便选择了一个洞窟继续往前行。

大半天后——

“真是倒霉，我竟然被一头幻兽挡住了去路，还好，那只是一头宇宙级的幻兽。”

一个身材精瘦、穿着黄色的袍子、额头上有两根银白色弯角的男子懊恼地说道。

他审视着眼前的冰熊，而后从背上抽出两柄赤红色的大锤。

“幻兽，给爷倒下吧！”精瘦男子瞬间变成一道鬼魅幻影疾速冲向冰熊。

“呼！”冰熊挥动了寒冰形成的大掌，快如闪电。

“怎么可能？宇宙级的幻兽怎么可能速度这么快？”精瘦男子惊恐地瞪大了眼睛。

那大熊掌以他根本无法躲开的可怕速度直接拍在他的身体上，将他拍飞了。

精瘦男子的身体砸在旁边的岩壁上，而后跌落在地。

冰熊看了一眼精瘦男子，随即走到他身旁，开始搜集他身上的物品。

“他竟然没有智能光脑，真倒霉！”

冰熊瞬间变成罗峰的地球人本尊。

罗峰皱着眉头：“我需要找到离开魔音山的路线图，而路线图一般在那些土著强者的记忆里，当然，他们随身携带的智能光脑也会自动记录。可是，眼前这家伙竟然没有智能光脑。也对，九星海那地方虽然有些高层拥有智能光脑，可那毕竟是土著的地方，拥有智能光脑的只是少数。”

罗峰有些烦恼。

那些土著强者的记忆中有路线图，可是搜寻记忆是很麻烦的一件事。

一般进行迷魂催眠是最容易的，其次是强行抹掉其部分记忆，最难的是解析、搜寻记忆。就算是灵魂类大师，能够轻易将某人的记忆抹掉，可想要将这个人记忆中的诸多奥秘全部解析并且弄到手却是极难的。

而这些土著强者中，最弱的都是宇宙级强者，宇宙级强者的灵魂强度已经很大了。

罗峰能够轻易做到迷魂催眠，可是他想要抹掉对方的记忆不太可能，想要直接搜寻对方的记忆更不可能，恐怕只有不朽神灵才能直接搜寻宇宙级强者的全部记忆。

“用迷魂之法催眠对方，让对方说出路线图？”罗峰摇头，“迷宫般的魔音山的路线图也无比复杂，单单对方口述是根本说不清楚的。”

“抓一个宇宙级家伙，让他带路？”罗峰再次摇头，“还是不行。我的速度很快，无须顾忌魔音，而那些宇宙级土著强者必须小心魔音，若是遇到强一点的魔音，他们就会成为行尸走肉。”

想来想去，罗峰觉得还是寻找智能光脑比较好。不管怎么样，能来魔音山的都算得上是九星海中的强者，估计一小半人都拥有智能光脑。

罗峰伪装成土著强者，继续前进。

魔音山中的人很是疯狂，只要在洞窟中碰到罗峰，认为自己比罗峰强一些的，都会主动出手，想要击杀罗峰。

罗峰花费四天多的时间发现了九名土著强者，在最后一名土著强者身上找到了智能光脑。

“巴巴塔，侵入这个智能光脑，查找路线图。”罗峰当即吩咐。

“明白！”巴巴塔迅速侵入智能光脑。

“找到路线图了。”巴巴塔兴奋地道，“很快就能出去了。”

“哦？”罗峰脸上露出喜色。

他终于能够离开魔音山了，真不容易。

“轰隆隆——”一股强大的无形力量瞬间扫过这片区域。

罗峰没有丝毫察觉，巴巴塔却立即尖叫道：“罗峰，小心，一股世界之力在探察这里，应该是周围的界主级强者发出来的。”

“界主级强者？”罗峰皱眉。

对于界主级强者，罗峰并不畏惧。

“19.3公里……10公里……他过来了。”巴巴塔再次尖叫。

罗峰看向洞窟远处，只见一道鬼魅身影迅速出现。

那是一个皮肤呈银灰色、没有一根头发、额头上长着两根黑色弯角的男子。他正审视着罗峰，仿佛狮子在审视猎物，整个人散发着邪恶的气息。

“你区区一个宇宙级九阶小家伙，竟然能击杀域主级三阶武者。”男子冷冷地道，“看来你有宝物在身。”

罗峰看着他，忽然转头就跑。

“嗖！”罗峰跑得飞快。

“想逃？”男子迅速追了过去。

“巴巴塔，这家伙的实力如何？”

罗峰在奔跑的同时，迅速切换成魔杀族分身。魔杀族分身的模样和罗峰伪装的土著强者一模一样。

“界主级五阶！”巴巴塔回道。

“哦，他才达到界主级五阶啊！”魔杀族分身的脸上露出一丝笑容。

“小家伙，你逃不掉的！”阴冷的声音在魔杀族分身的耳边回荡。

男子几乎同时就到了魔杀族分身的前方。

魔杀族分身转而返回，继续奔跑，同时手中出现了一支结构看似简单的激光枪。

正是E9级激光枪！

“那就是你击杀域主级三阶强者所用的武器？看样子是激光枪。哈哈，这可是稀罕物啊！”男子说着，而后直接扑向魔杀族分身，速度快得惊人。

“嗖！”魔杀族分身猛地一闪，轻易躲开了。

“怎么会这样？”男子脸色大变。

刚才魔杀族分身一闪，瞬间迸发的速度简直快得不可思议，竟然连他这个堂堂界主级五阶强者都没能追上。

“嘀！”

E9级激光枪的警示灯变了。

红灯灭，绿灯亮。

0.1秒已过！

蓄能完毕！

罗峰轻轻按动激光枪的按钮，冷冷地看着暴怒的男子，嘴唇动了动："去死吧！"

耀眼的白色光柱瞬间贯穿男子的身体，而后贯穿男子后方的岩石山壁，山壁上的冰层瞬间融化，黑色岩石都龟裂开来了，同时幽深洞窟中的超低温瞬间变成了超高温。

温度发生巨大变化，使得其他区域的寒气弥漫过来。

很快，周围又变得冰冷。

"咔嚓！咔嚓！"

罗峰踩着碎冰走到那男子身旁，此刻那里只剩下战甲、残骸等。

"地狱无门你闯进来，你来送死，又怪得了谁？"

罗峰蹲下，迅速找到男子遗留的空间戒指，用念力探察一番，顿时脸上露出喜色。

"哈哈！你不但来送死，还送宝。不愧是界主级强者，手里的黑色令牌就是多。"罗峰大喜，将一堆黑色令牌收进自己的空间戒指中，"加上这些黑色令牌，我手里一共有9800多块黑色令牌了。"

在进行魔音神将传承前，罗峰得到的黑色令牌就已经近8000块，加上刚才收获的，接近10000块了。

"还差100多块黑色令牌，搜集起来倒是容易。"

罗峰心情愉悦，当即按照路线图离开。

途中，他遇到了十余人。

以罗峰地球人本尊展露出的宇宙级九阶实力，的确易招惹杀身之祸。他遭到不少域主级土著强者的袭击，最后自然是把对方全部轻易解决了，这也令他搜集的黑色令牌很快达到10000块。

“哈哈，我终于离开魔音山这个超级迷宫了。”

罗峰大笑起来，而后直接飞出了魔音山外围的洞窟入口。

第598章

巨额奖励

魔音山内是岩石冰层环境，罗峰飞出外围的洞口时，一眼便看到远处无垠的虚空，顿时觉得舒畅、自在。

“我终于出来了！这次魔音山之旅算是结束了！”

罗峰转头，看了一眼看不到尽头的魔音山，感叹不已。

这一次他来到魔音山，收获的确惊人。那魔音神将传承令他的念力振幅强度达到了3200多，而很多精神念师在正常情况下最大的念力振幅强度仅仅达到100。

他的本尊天地秘法修炼大成，也不过是力量提升到了之前的27倍而已。

“这传承真乃无价之宝，可惜我的实力太弱，灵魂能够承受的传承太少。假使我拥有界主级巅峰的实力，再服用金魂果，应该就能冲到第二阶段。一旦踏上第二阶段的阶梯，我恐怕就能看到第二阶段阶梯尽头的殿堂了。”罗峰心中很是期待。

罗峰当时是在踏上第一阶段阶梯十分之一时看到第一阶段的殿堂。据他猜测，踏上第二阶段阶梯十分之一时，才会出现第二阶段的殿堂。

而只有让殿堂出现，他才能得到殿堂中的宝物。

“可惜，我仅仅走到第一阶段阶梯的最后。如果能够走到第二阶段阶梯的十分之一，我就能用魔杀族分身去取第二阶段阶梯尽头的殿堂中的宝物，服用后，又能继续往前走很长一段。”

这时，一支银衣执事的小队从远处迅速飞了过来。

“殿下！罗峰殿下！”这群银衣执事连忙恭敬行礼。

其中一名银衣执事说道：“恭喜殿下出魔音山。”

“嗯。”罗峰点头。

“请殿下随我们来。”银衣执事们丝毫不敢怠慢。

最近这段时间，进入魔音山的一共有两位殿下，其中一位就是罗峰，另外一位是末世秘境中的一位殿下。论地位，罗峰自然要高得多。

银衣执事们带领罗峰朝山脚的宫殿群飞去。

“罗峰殿下！”一道白袍身影迅速飞来。

“哦，是你，乙昌！”

罗峰一眼认出眼前的白袍青年就是自己初来这里时招待自己的人。

“殿下还记得乙昌的名字。”乙昌显得很激动，同时连忙说道，“殿下在魔音山中待了整整十二年，如今安然出来，真是了不起。”

嘴上这么说，乙昌心中却暗叹。

魄瑜侯若是知道罗峰活着出来，恐怕会很不高兴吧。

幽冷的殿厅内。

魄瑜侯坐在王座上，不朽之力悄无声息地扫过罗峰和乙昌。以她的能耐，即使是巴巴塔凭借仪器也探察不到她的不朽之力。

毕竟论实力，魄瑜侯比当年的呼延博还要强一些，更何况魄瑜侯也是主要研究灵魂的。

“这个罗峰竟然还活着，他在魔音山中待了十二年，有点能耐。”魄瑜侯轻声说道。

“咔嚓！”那仿佛玉石雕刻的右手竟然直接将王座扶手给抓得粉碎。

“不过，终有一天——”魄瑜侯声音低沉。

“什么！”魄瑜侯突然脸色大变，“罗峰竟然搜集到了10000块黑色令牌？”

魄瑜侯再无之前的淡定，有的只是惊怒。

另一边，罗峰正和乙昌边走边聊。

“10000块黑色令牌？”乙昌震惊地看着罗峰，“罗峰殿下，搜集10000块黑色令牌可比在魔音山中生存要难多了。这么多年来，几乎没有殿下能够集齐10000块黑色令牌，也就之前的莫洛殿下和你完成了。”

“莫洛？”罗峰眉头一皱，“他也完成了？”

要集齐10000块黑色令牌，最快的方法是击杀界主级强者。宇宙级九阶强者要击杀界主级强者，这是何等不可思议啊！

单靠自身的武力是不可能完成的，一般都是靠着辅助生命、科技类武器等才能完成。

罗峰是凭借魔杀族分身和E9级激光枪才完成的，那莫洛又是凭借什么才完成的呢？

“对。”乙昌连连点头，“莫洛殿下的确完成了，不过他在魔音山待了三年多就出来了。”

“他的速度倒是快。”罗峰淡淡一笑，“集齐10000块黑色令牌非常难，我花费了十二年时间才搜集成功。莫洛搜集黑色令牌的速度倒是比我快。”

乙昌说道：“罗峰殿下能坚持十二年，集齐10000块黑色令牌，毅力真是惊人啊！”

他嘴上这么说，心中却并不认同。

罗峰殿下未免太不顾自己的性命了，为了搜集足够的黑色令牌，竟然在魔音山中待了十二年。魔音山可是绝境级任务之地，进入魔音山的人就算运气再好，也会碰上界主级土著强者、界主级幻兽。

“真不知道他是怎么活下来的。”乙昌暗自嘀咕。

片刻后。

乙昌将罗峰带到一座宫殿中。

“罗峰殿下，因为你得到了10000块黑色令牌，所以能够得到巨额奖励，这份巨额奖励将会由我们虚拟宇宙公司驻扎在这里的天羽王亲自给你。”乙昌微微一笑，“请你稍等，我去通禀天羽王接见你。”

“明白。”罗峰点头。

目送乙昌离去，罗峰心中却暗惊。

他跟随真衍王那么多年，听说过一些超级存在的名字，还知道封王级不朽强者实力也有强弱之分，而其中极少数不朽级强者的实力无限接近宇宙国主，比如真衍王，而天羽王就是真衍王专门夸赞过的强者之一。封王级不朽强者中，能够让真衍王主动夸赞的屈指可数，天羽王就是其中之一。

“按照老师所说，天羽王擅长空间、时间这两大本源法则，是修炼宇宙混沌碑的超级存在，就连老师都奈何不了他，他在虚拟宇宙公司中的地位极高。”

罗峰暗自期待，他想要见见这位传奇人物。

和真衍王、天羽王等传奇人物一比，蒙苍王就差多了。

片刻后。

“罗峰殿下，天羽王大人正在他的羽皇殿等你。”乙昌笑着说道，“请殿下随我来。”

“嗯。”罗峰点头。

罗峰跟随乙昌在山脚的宫殿之间飞行，大约过了两分钟，他们就来到了一座巍峨的宫殿前面，宫殿的大半面外墙上雕刻了长相怪异的飞禽。

这飞禽有三对翅膀、三只眼睛，头顶有类似王冠的翎毛。特别是其中的竖眼极为骇人。它虽然仅仅是巨大的雕刻，但是依旧有一种看破时空的惊骇之感。

“殿下进去吧，接下来，我就没法再陪殿下走下去了。”乙昌恭敬地站在宫殿外。

宫殿门口，穿着金甲的守卫们齐刷刷地让开通道。这群守卫一共有上千人，其中竟然有十位不朽神灵。

“不朽神灵在宫殿外看守？”罗峰感到不可思议。

真衍王的架势都没这么大。不朽神灵何其骄傲，就算臣服于某个强大的存在，却不太可能同意来给别人看门，除非有某些特殊的原因。

罗峰当即迈步进入羽皇殿，羽皇殿第一层的主殿金碧辉煌，主要呈现金黄色和墨黑色这两种色调。

片刻后，他见到了坐在王座上的耀眼身影，还有坐在大殿下方两侧的一个个身影。

“拜见天羽王！”罗峰躬身行礼。

“真衍收了一个好徒弟啊！”王座上的人朗声笑道。

声音在大殿中回荡。这主殿极为宽敞，按理说声音传播需要很久，可是那人一开口，声音却传遍了主殿。

罗峰这才抬头看向王座上的耀眼身影。

那人有着金黄色的长发，一双眼睛呈碧蓝色，眉心的竖眼瞳孔却是金黄色的，鼻子高挺，嘴唇很薄，自然而然散发出高贵的气质，无形中就让人忍不住想要臣服。

“好凌厉的气势啊！他不愧是能够和老师比肩的伟大存在。”罗峰心中暗惊。

真衍王、天羽王这种无限接近宇宙国主层次的人物，即使在虚拟宇宙公司，也不会甘愿屈居任何一个宇宙国主或者尊者麾下，他们已经无须依靠宇宙国主或者尊者了。

“旁边的……”罗峰目光一扫。

大殿两旁坐着二十四人，他们长相各异，或俊美，或妖媚，或冷厉。据罗峰在混沌城长期与那群师兄弟切磋的感觉判断，眼前这些人应该都是不朽神灵中的强者。

“拿出你的10000块黑色令牌。”天羽王淡淡地说道。

“是。”罗峰一挥手，旁边出现了一堆黑色令牌。

“嗯，按照魔山的规矩，你能够搜集到10000块黑色令牌，就能得到一份奖励。”天羽王俯瞰着大殿中的渺小身影，“我现在给你三份奖励，你只能从中选择一份。”

此话一出，下方坐着的不朽神灵面色微变，可是都不敢吭声。

其中的魄瑜侯心中暗道：“天羽王大人怎么回事，平常不是直接赐予一份奖励吗，怎么这次还给这小子选择奖励的机会？”

魄瑜侯心中很不满，却不敢发牢骚。

因为天羽王为人霸道，一旦违逆他，下场会很惨。

第599章

三份奖励

罗峰可不知道正常情况下仅仅给予一份奖励，他还以为从三份奖励中选择一份是惯例。

“三份奖励？”罗峰期待地看向王座上的天羽王。

“第一份是蛹螺甲。”天羽王缓缓说道，“蛹螺甲是不朽神灵们比较喜欢的战甲，防御力很不错，如果是界主级一二阶强者使用蛹螺甲，完全可以抵挡住不朽级以下的非灵魂类攻击。你是精神念师，就该更加重视防御，这套战甲比较适合你。”

罗峰听了，暗自震惊。

这时，巴巴塔的声音在罗峰的意识中响起：“罗峰，你老师当年也是在摩云藤蜕变，达到不朽级后，才不需要那些战甲的，不然的话，对你的老师而言，蛹螺甲也很不错了。蛹螺甲的拍卖价一般在80万到100万混元单位之间。”

罗峰吓了一跳。

整个黑龙山星域的价格也就在30万到100万混元单位之间。

一件战甲竟然比一个浩瀚的星域还要贵？

“第二份是一块巴掌大的究炎虚空金，重约3.1吨。”天羽王继续说道，“究炎虚空金是制造兵器的珍贵材料。你没达到不朽级，可以购买一些制式的念力兵器，可是，成为不朽级强者后，就需要根据自己所创秘法制造出最适合自己的兵器，究炎虚空金属于制造兵器的极为稀罕的材料。”

罗峰眨巴了一下眼睛。

“第三份是现金。蛹螺甲、究炎虚空金的价格都在50万混元单位左右，所以第三份奖励就是50万混元单位。前两份你如果都不满意，可以选择第三份，之后你可以自己去购买所需要的宝物。三份奖励中，只可以选择其中一份。”天羽王俯瞰着罗峰，“选吧。”

大殿下方的封侯级不朽强者们脸色都变了。

他们跟随天羽王驻扎在这里有很长时间了，很久没有见过天羽王这么好说话的样子了。

所谓的巨额奖励，其实虚拟宇宙公司是有规定的，平常随便拿出差不多的奖励就能直接打发那些搜集到10000块黑色令牌的殿下了。

可这次不一样，天羽王拿出的三份奖励都很惊人。蛹螺甲可是连不朽神灵们都会争相竞拍的战甲，罗峰如果选择了蛹螺甲，可以一直使用到不朽神灵阶段。

究炎虚空金更加珍贵，连天羽王自己都说这是极为稀罕的，仅仅巴掌大，却贵重得很。

最后是现金，相较而言，现金是三者中最差的。不过天羽王说了，罗峰对前两份都不满意的话，可以拿着现金出去买自己所需要的宝物。这完全是为罗峰考虑。他们还真的很少见天羽王这么真诚待人过。

“巴巴塔，我该选哪一个？”罗峰用意念问道。

他虽然心中有所判断，可自己见识毕竟浅薄，而巴巴塔的见识要广得多。

“蛹螺甲暂时没必要，因为我们可以培育摩云藤，让它很快达到界主级，达到界主级九阶也并不难。将来你成为不朽神灵，以你的背景和受虚拟宇宙公司重视的程度，估计用的战甲会比蛹螺甲更好，而且一旦找到办法让摩云藤达到不朽级，那就更没必要用蛹螺甲了。

“至于现金，也没必要，因为你老师的全部资产都在银行账户里，只要你以域主级强者的身份去宇宙中任何一个星域的宇宙星河银行，都能取到你老师的财产，所以你不缺钱。

“对你而言，其实最重要的是究炎虚空金。天羽王虽然说蛹螺甲和究炎虚空金都价值50万混元单位，但是我必须说，天羽王地位无比尊崇，所以他能以50万混元单位购买到蛹螺甲和究炎虚空金，而实际上，蛹螺甲的拍卖价在80万到100万混元单位之间，而究炎虚空金的拍卖价在150万到200万混元单位之间。”

“为什么究炎虚空金比蛹螺甲贵这么多，天羽王却能花50万混元单位买到？”罗峰很是疑惑。

“因为究炎虚空金实在太稀少，几乎都被一些超级存在给垄断了。”巴巴塔连忙说道，“物以稀为贵，或许天羽王能够轻易买到，而其他不朽神灵即使愿意出高一倍的价格也根本买不到。相较而言，蛹螺甲比究炎虚空金多得多。”

“而且，你肯定要自创一套最适合你的秘法，这是任何一个强者都得做的，一般在界主级巅峰期开始创造秘法。在创造秘法时，就可以开始搜集材料制造兵器了。”巴巴塔说道。

天羽王抛出了三份奖励，的确惹得下方的不朽强者们疑惑万分。

罗峰到底是什么背景，竟然如此得天羽王的重视。

他是真衍王的徒弟，也不至于得到如此优待吧。

毕竟天羽王的地位和真衍王不相上下，根本没必要借此与真衍王交好。而且，天羽王是很骄傲的，就是面对一些宇宙国主，他有时候也是不太在意的。或许宇宙国主的实力比他强，可天羽王拥有最强秘法，一旦施展出来，威力极大，宇宙国主都很难击杀他。

其实在浩瀚宇宙中，那群实力无限接近宇宙国主的封王级不朽强者正面厮杀，不是宇宙国主的对手，可是，他们一个个都拥有纵横宇宙的能力，至少是有保命能力的。

这也是他们无须倚仗宇宙国主的原因。

“天羽王大人，我选择第二份奖励究炎虚空金。”罗峰恭敬地道。

“哼！”魄瑜侯心中冷哼，“这个小子才达到宇宙级九阶，竟然知道究炎虚空金是最好的，恐怕是走了大运。”魄瑜侯对罗峰很看不顺眼。

“哈哈……”天羽王发出了爽朗的笑声，“好，那么究炎虚空金就给你了。”

话落，他随手一扔。

顿时，一块近乎透明，只是其中隐隐有一根根金色丝线的晶体瞬间出现在罗峰面前。

“我的老天，瞬移神通?!”罗峰一惊。

他看得清清楚楚，那晶体从天羽王手中甩出来后消失不见，随后又凭空出现在自己面前。即使以自己对宇宙空间的感应，也仅能感觉到微弱的空间波动。

“完成了魔山任务，你应该是直接回原始秘境吧？”天羽王问道。

罗峰顾不得观察这块珍贵的究炎虚空金，立即将其收进空间戒指，而后恭敬地回道：“是的，虽然加入原始秘境数年，但是因为一直在魔山，所以还没有去过原始秘境。”

“嗯，我这就安排送你回去的宇宙飞船，它会直接送你回原始秘境。”

天羽王说完，便消失了。

片刻后。

罗峰乘坐天羽王专门安排的宇宙飞船离开了魔山，在距离魔山不远的一片被清理出的区域加速，进行宇宙穿梭。

“天羽王可真客气。”

休息舱中，罗峰仔细看着手中巴掌大的金属，金属仿佛透明水晶似的，其中隐隐有很细的金色丝线。

抚摸着究炎虚空金，罗峰感觉到周围空间隐隐随之波动。

“好奇异的金属。”罗峰心中惊叹。

当即他的意识连接虚拟宇宙网络，发送了一封邮件给真衍王，将这次自己在魔山得到究炎虚空金的事情说了一下，当然还说了详细过程，因为他察觉到天羽王的确很友好。

仅仅片刻，罗峰就收到一封邮件，是真衍王回复的。

罗峰打开一看。

“为师救过天羽王的性命，不过，知道此事的宇宙之人极少，你也别外传，天羽王这人极好面子，你给他留情面，他必会记在心里。”

“老师，你说得很对！”

越是骄傲的人，越欠不得人情，更何况是救命大恩。

“我的老师性子火爆，听说早前得罪了不少人。之前老师还让我达到域主级担任封疆大吏时要小心谨慎，可现在看来，老师虽然有一些潜藏的敌人，但是也有一些朋友，而且还是这么厉害的朋友。”罗峰笑着感叹道。

时间渐渐流逝。

三个月后，这艘宇宙飞船终于进入了原始秘境。进行宇宙穿梭，回到原宇宙后，宇宙飞船又飞行了大半天，才抵达原始秘境中核心天才们居住的地方。

“罗峰殿下，前面就是一百一十三位殿下居住的地方。”一个长着三对银色翅膀的高大男子遥指前方。

外景虚拟的情况下，罗峰一眼就看到了远处虚空中的136颗星球，那136颗巨大的星球在虚空中运转，轨迹无比玄妙。

罗峰看着看着，忽然脑海中浮现出天蚀宫主用9颗黑色火焰星球演练空间法则的场景。

“有点像。”罗峰隐隐感觉到那136颗星球移动轨迹所蕴含的一些玄妙。

“这136颗星球自成一个时空，故而居住在其中的殿下们很安全，就算是宇宙国主此等强者也无法闯入那个时空。”那银色翅膀男子笑着解释，“这也是虚拟宇宙公司为历代殿下耗费无数心血建造而成的。”

罗峰闻言，很是震惊。

第600章

罗峰的计划

虚空中，那136颗星球以无比玄妙的轨迹不断运转着，勾动着宇宙中的时间和空间这两大本源法则，令所处的虚空自成一个时空，虽然肉眼能看到，实际上肉眼看到的都是假象。

“轰隆隆——”

虚空中荡起空间波纹，一艘足有1000多米长的金色宇宙飞船凭空出现。

“谢谢诸位，也替我谢谢天羽王大人！”

另外一艘宇宙飞船的舱门口，罗峰和银色翅膀男子等人告别，随即化作一道流光，直接飞向那艘通体金色的宇宙飞船。

两艘宇宙飞船之间的距离仅仅上万公里，罗峰呼啸而过，很快抵达那艘金色宇宙飞船的舱门口。

那舱门口站着三个散发着法则气息的强者。

罗峰仅仅认识其中一人，那正是光头男子迪伦。

“殿下！”迪伦喊道。

“迪伦。”罗峰笑着点头。

“罗峰殿下，欢迎你来到原始秘境的第九时空。”其中一个有银色长发、银色眸子、赤着脚的漂亮女子笑道，“第九时空简称‘乌辰时空’，是历代殿下的居住地，请罗峰殿下进入宇宙飞船，我等这就送罗峰殿下去居所。”

罗峰点头，当即步入宇宙飞船。

这艘宇宙飞船是专门用来接待贵宾的，所以布置得极为豪奢。所谓豪奢，自然是宇宙中普通富豪根本看不出来的，只有像罗峰这等有着传承记忆，看过《宝库》的才看得出来。

迎宾大厅内。

罗峰几人都站在那里，看着外界虚空的景色。

“轰！”宇宙飞船启动，很快回到第九时空。

“咦？”

罗峰惊讶地发现，之前自己只能看到那不断移动的136颗星球，然而当这艘宇宙飞船进入那个时空时，他却清晰地看到那136颗星球是在时空的边缘运转，时空核心是一片无比耀眼的大陆，大陆上有一座座精美的宫殿。

“好神奇！”罗峰感叹。

“前方那片虚空大陆名唤‘乌辰大陆’。”那银发银眸女子笑着解释，“从外界看，只能看到136颗乌辰星球，却根本无法看到最重要的乌辰大陆，殿下们都居住在乌辰大陆上。当然，这片时空中造价最高的就是那136颗乌辰星球，都是虚拟宇宙公司付出巨额代价人工制造出来的，毕竟这里是历代殿下的居住之地，安全非常重要，需要防止异族强者来袭击诸位殿下。”

罗峰屏息。

人工制造星球，这倒是不难，可是让虚拟宇宙公司付出巨大代价，这就不可思议了。

“这136颗乌辰星球自动运转，构成这一方时空。”银发银眸女子脸上有着一丝骄傲，“任何想要擅闯的人都会遭到这一方时空的抵御，所有攻击都会转移到那136颗乌辰星球上，从而被卸掉。不朽神灵的攻击对这一方时空根本没有任何影响，就算是一群宇宙国主也休想闯进来。”

罗峰听了，心中暗惊。

随着自己地位越来越高，接触的越来越多，愈加能够清晰认识到虚拟宇宙公司是多么强大。

就拿血洛大陆上强大的兽神来说，最后还不是陨落了，整个血洛大陆还不是被监视着?

又如魔山，那里的魔音神将传承的确厉害，可当年留下魔音神将传承的伟大存在面对虚拟宇宙公司还不是照样退却?

一个个宇宙秘境被占据，人类族群乃是宇宙无数族群中的巅峰族群之一。而虚拟宇宙公司作为宇宙人类族群的五大超级势力之一，的确拥有不可思议的实力。

原始秘境内，第九时空乌辰时空的乌辰大陆是极为广袤的，每一位殿下都能分配到周围近百万公里的领地。

迪伦统领的护卫军自然也住在罗峰的领地中。

罗峰入住后，很快便让意识连接虚拟宇宙网络。

虚拟宇宙，雨相山，原始区，罗峰庄园的练武场中。

“起！”

罗峰背上的暗金色长棍发出万千金光，同时被其念力精妙操控着。

作为念力振幅强度达到3200多的精神念师，罗峰使用衍神兵时简直太轻松了。

“轰！”

周围天地变色，化为无尽的剑气世界。

“凝！”罗峰轻声说道。

他的身前顿时迅速凝结出淡金色剑气，随后直接消散，同时500米外迅速凝结出淡金色剑气，再度溃散。紧接着，1000米外又凝结出一缕淡金色剑气。

剑气世界中，处处凝结出剑气，又很快消散。

淡金色剑气无处不在!

剑之世界第二层——无所不在!

罗峰微微一笑，整个剑之世界顿时消散，无数金光迅速飞回自己背上的暗金色长棍中。

“在魔音山中的十二年，我对于本源法则的感悟进步虽然不小，可还不至于让剑气达到无处不在的地步。”罗峰心中暗喜，“念力振幅达到3200多，极限下念力振幅是100，是极限下的32倍，这32倍的念力操控才是令我轻易让剑气无所不在的根本原因。”

“如果我现在去闯通天桥第八层，应该能成功吧。”罗峰暗道。

现如今宇宙级的天才中只有菲托闯过通天桥第八层，而自己刚刚从魔音山出来，魔音山的传承名额又被陌生人抢占了，这个时候根本没必要去闯通天桥，弄得天下皆知，对自己没什么好处。

而且，有闯通天桥第八层的实力，不代表就得立即去闯。就算将来实力足够强，一口气连闯通天桥第八层和第九层也未尝不可。狼人克罗夫拥有此等实力，都没急着去闯。

“去书房！”

罗峰迅速离开练武场，化为一道流光，直接从阳台的窗户跃出，飞进了书房之中。

坐在书桌前，他看着笔记本电脑屏幕，翻看着一些危险级任务和绝境级任务的资料。

作为原始秘境成员，他现在搜索权限高了很多，很多过去不能看的秘密信息现在都能够查看了。

“每百年最多接十个任务，这里的百年指的是两次资格战之间相隔一百年。”罗峰暗道，“资格战结束，在接下来的一百年中，我最多可以接十个任务，待完成这十个任务，估摸着原核也突破到界主级了，到时候我的地球人本尊就能突破到域主级吧！”

对于罗峰而言，地球人本尊随时可以突破到域主级，可一旦突破到域主级，就会被虚拟宇宙公司外放，一般是去家乡宇宙国担当一方封疆大吏。虽然掌控大权有诸多好处，但是宇宙级天才们接受修炼任务的这种特权再也不可能有了。

留在宇宙级？罗峰可没想过像其他人那样在宇宙级停留那么久。

“以金角巨兽的进化速度，我根本没必要拖拖拉拉的。而且，感悟本源法则最容易的是在界主级阶段，一旦金角巨兽达到界主级，我对于宇宙本源法则的感悟速度将会突飞猛进……”

界主级是最容易感悟本源法则的阶段。在浩瀚宇宙中，域主级强者能感悟本源法则的话，就算是天才了。然而，界主级强者能够感悟本源法则是理所当然的事情，就算是在黑龙山这个小小的星域范围内，都有不少界主级强者对于本源法则的感悟极深，而且得到了本源法则承认，由此可见，界主级强者感悟本源法则的速度的确会极快。

界主级强者感悟本源法则也有很多有利条件，这也是时光界主当年宁可停留在界主级时期那么久，却没急着突破到不朽级的原因。

所以，罗峰一旦踏入界主期，那才是他真正爆发的时期。

显然，以体内世界不断吞噬金属并演变的速度，离达到界主期只剩下六七十年而已。

“嗯！原始秘境中，危险级任务一共有六个，一口气全部完成吧。”罗峰信心十足。

他有E9级激光枪，还有魔杀族分身、金角巨兽分身，去完成危险级任务，只要不是主动找死，绝对没问题。

“等危险级任务完成，就去做绝境级任务。或许，这些任务中都暗含一些大机遇、大秘密，估计很危险。上次我在魔音山中侥幸成功，下一次却不一定这么幸运了。”

罗峰提醒自己必须量力而为，切不可因贪婪迷失了心智。

罗峰上次接过绝境级任务，自然很清楚，绝境级任务一共有十八个。虚拟宇宙公司管辖下的秘境中就有四个，其中原始秘境中有两个绝境级任务世界，一个是排名第一的炼狱深渊，任务奖励是100万积分，积分奖励是最高的，同样也是最危险、最难的，另外一个是排名第六的迷踪星系，任务奖励是50万积分，比魔山要稍微危险一些。

“接下来数十年的时间，我先完成六个危险级任务，再去接迷踪星系的绝境级任务，迷踪星系的绝境级任务也就比魔山的稍微危险一些。”罗峰坐在书桌前，心中有了清楚的计划，“这一系列下来，我的实力估计又能提升不少，最好是在金角巨兽和魔杀族分身突破到界主期后，我再去执行最难的炼狱深渊绝境级任务。”

这一切全部完成，就是罗峰被虚拟宇宙公司外放，成为封疆大吏的时候。

第601章

意外消息

罗峰做事干脆利落，既然决定要这么做，自然不会浪费时间，当天就开始申请危险级任务。

一个个危险级任务持续进行，六个危险级任务都是在原始秘境内进行，所以他乘坐宇宙飞船耗费的时间比较短。六个危险级任务完成的速度快慢不一，他还发现了其中两个危险级任务所蕴含的大秘密的一些苗头。

奈何危机重重!

这两个危险级任务世界都很危险，一个是维斯卡星，一个是废墟古神殿。罗峰发现了大秘密的一些线索，而且小心谨慎地去探察。

维斯卡星中，最神奇、最重要的是祖神墓，守护者是一大群不朽神灵，吓得罗峰根本不敢深入，因为一旦不小心被任何一位不朽神灵发现，就算罗峰拼命，对方一招就能击杀罗峰。

废墟古神殿外围的危险度很低，罗峰可以轻易完成任务，可是废墟古神殿深处蕴含大秘密，随着不断探索，罗峰发现危机重重。

罗峰后来是靠着魔杀族分身小心翼翼渗透进去的。必须得说，魔杀族分身的天赋秘法“复制”的确逆天，凭借这一招，地球人本尊躲在外围，让魔杀族分身渗透进去，进入危险之地，硬是虎口夺食，寻得了一片价值丝毫不亚于究炎虚空金的有着奇异脉络的叶子。

这片叶子名为“紫宸百络叶”，具有不少奇特的用途，最好是给不朽级的植物生命使用，一般拍卖价为200万混元单位。

罗峰艰难地将紫宸百络叶弄到手之后，唯恐惹起祸端，立即离开了废墟古神殿。

此次他一共耗费三年零六个月，完成了六个危险级任务，发现其中两个危险级任务蕴含的秘密的苗头，得到9.5万积分和紫宸百络叶。

越是从修炼任务中得到好处，越是容易滋生贪念。

因为辛辛苦苦完成了六个危险级任务，也不过得到9.5万积分，即使是最高的兑换价——1混元单位兑换1积分，也就相当于得到9.5万混元单位。可是，仅仅一次大机遇，他就得到了一片紫宸百络叶，可值200万混元单位，足以购买好几个黑龙山星域了。

“罗峰，这次赚大发了。紫宸百络叶啊，你老师当年想买都没地方去买，等摩云藤突破到不朽级后，你再让它服用紫宸百络叶，实力绝对会飙升。如果摩云藤在界主级巅峰期，你给它服用紫宸百络叶，也有10%的希望能突破到不朽级。”巴巴塔激动万分，“之所以突破的概率不高，是因为紫宸百络叶的主要功效是根本性改变身体结构。”

完成六个危险级任务之后，罗峰休整了三个月，开始执行迷踪星系的绝境级任务。

任何一个原始秘境成员最多可以接三个绝境级任务，罗峰已经接过魔山的绝境级任务，所以还能再接两个绝境级任务。按照罗峰的计划，先接难度低的迷踪星系的绝境级任务。所谓的难度低，自然是相对于绝境级任务中排名第一的炼狱深渊绝境级任务。

炼狱深渊实在太危险！执行绝境级任务平均死亡率是90%，可排名第一的炼狱深渊绝境级任务的死亡率更加骇人，达到了99%，所以很少有天才敢去闯。

即便是罗峰，也决定等魔杀族分身和金角巨兽都达到界主期，再去闯炼狱深渊。

迷踪星系是浩瀚的原始秘境中的一个小区域，相当于银河系大小。

迷踪星系的绝境级任务很简单，就是搜寻晶石，搜寻到39颗晶石，可获得50

万积分。

其实那些绝境级任务的要求都很简单，有的是简单的生存任务，有的是搜寻任务，反倒是危险级、困难级之类的任务要求比较复杂，很多都要求猎杀、夺取某物品。

“在执行绝境级任务时，如果大肆杀戮，简直就是找死。”

罗峰小心翼翼地开始执行迷踪星系的绝境级任务。

迷踪星系，正如其名，是一个类似超级迷宫的地方，面积和银河系差不多大，比魔山大得多，就算是不朽神灵耗费数十万年时间，恐怕只能走遍其中一个区域而已。

这是一个很奇妙的地方，罗峰根据探索发现其蕴含的秘密不止一处。

整整五年零七个月，罗峰在迷踪星系中总算集齐了39颗晶石，完成了任务。不过，他没急着离开，而是让地球人本尊躲在相对安全的地方，而后让魔杀族分身去一些危险的地方探索，魔杀族分身拥有千变万化的能力，的确很适合探险。

距离罗峰完成魔山任务，得到魔音神将部分传承，过去了近十一年。

虚拟宇宙，黑龙山岛屿，九星湾小区。

“我就不信我发现不了迷踪星系的大秘密、大机遇，现在我的地球人本尊在机械族宇宙飞船中，而机械族宇宙飞船停留在迷踪星系外围的安全处，魔杀族分身深入迷踪星系内部的一些秘密之地，一年查不到，那就用十年去查，十年不行，就用五十年。”

罗峰走在幽静的廊道上，心中则思索着迷踪星系的事情。

迷踪星系不愧其名，宛若迷宫，处处危机。

魔杀族分身丧命六次，不过每次罗峰都耗费了一些能量，在其体内世界中再度凝聚一具魔杀族分身，只要原核不灭，三具魔杀族分身都不会死。

“三弟，三弟！”雷神急切的声音传来，“你总算来了。”

“二哥这么急着找我。”罗峰笑着看向远处。

一身白袍的雷神急匆匆地跑了过来。

“到底有什么急事？你给我发的邮件中说万分紧急，吓得我立即就赶过来了。”罗峰笑着走到雷神旁边。

雷神和罗峰一道走在廊道上，很快就进入旁边的庭院中。

“我是真有急事。”雷神脸上流露出焦急的神色。

“说吧！”罗峰一屁股坐在庭院中的椅子上。

“此事跟大哥有关！”雷神说道。

“大哥？”罗峰一惊。

在处理各种事情上，还有为人方面，罗峰是非常钦佩洪的。在罗峰看来，只有自己和雷神会惹出麻烦，洪不像是会惹出什么麻烦的人。

“快说，到底是什么事情？”罗峰的表情凝重起来。

洪为人稳重，行事老练，根本不可能出什么事。一旦出事，恐怕就是大事。

“此事说来可笑。”雷神叹息一声，“对了，你应该知道，十几年来，大哥一直待在乾巫宇宙国吧？”

“我知道。”罗峰点头。

他参加资格战的时候，洪和其老师时光界主洛回到了乾巫宇宙国。

“大哥这十几年来居住的地方是乾巫宇宙国九大一级行政星之一的穹玉星。”雷神缓缓说道，“可谁想到，在穹玉星，大哥竟然跟一个女子产生了感情。”

“开什么玩笑？”罗峰瞪大了眼睛。

大哥和某个女子产生了感情？

在大涅槃时期，洪的妻子就去世了，妻子早亡，他抚养一双儿女长大。以洪在地球的地位和权势，不知道有多少女子想要嫁给他，他什么样的女人没有见过？更何况，他的修心境界达到那般超然境界，再喜欢上一个人，简直是比铁树开花还稀奇的事情。

“具体我也不太清楚，可这就是事实。”雷神感叹道，“你应该知道大哥的性格，一旦决定的事情，就是全天下的人都反对，也影响不了他。”

罗峰点点头。

“大哥和那个女子产生了感情，可是，穹玉星作为乾巫宇宙国九大一级行政星之一，是权贵聚集之地，单单在那里设立分部的不朽神灵家族就有数百家。”雷神皱眉道，“那个女子的背景极大，家族强行阻止她和大哥在一起。”

“开什么玩笑？”

在宇宙中，就算是那些高高在上的超级大家族，一般也不会干预族中后辈的感情。相反，如果对方是某个超级强者，还会欢喜地将家族内的女子嫁过去，因为强者的血脉一般都很珍贵。

“为什么阻止？”罗峰疑惑地问道，“难道是某个权贵看上了那个女子？”

“不是。”雷神摇头，“我没查到有这层关系，大哥自己也说没有此事，纯粹是那个家族阻止。”

罗峰皱眉，又道：“我大概明白你的意思了，你是说并没有其他力量阻止，单单是那个家族阻止大哥和那女子在一起？”

“对！”雷神点头。

“原因呢？”罗峰问道。

“不知道。”雷神摇头，“那女子的家族不屑和我们解释。”

“什么家族？家族背后的不朽神灵是谁？告诉我。”

罗峰准备好好去查探一番。此事既然牵扯到大哥的终身幸福，不管怎么棘手，他也得帮忙。

第602章

罗峰的决定

“那我可真不知道。”雷神摇头，“我想要帮大哥，然而大哥只是心烦和我喝酒时聊了一些，毕竟我和他一路走来不是亲兄弟却胜似亲兄弟，而当我仔细询问时，大哥却怎么都不肯说。”

罗峰眉头微皱。

“我找大哥问清楚。”

罗峰轻轻点击面前的虚空，一面屏幕浮现。他轻轻点击屏幕，随即发送了一封邮件给洪。

仅仅片刻，穿着一身简单黑色休闲服的洪走了进来。

洪面带笑容，问道：“你们都在这里。老三，这么急着找我，有什么事吗？”

“大哥，你坐。”

雷神则紧紧地盯着洪。

洪看了看两人的表情，眉头微皱，一边坐下，一边说道：“老三，你都知道了？”

“嗯！”罗峰点头，“大哥，你对那女子是认真的？”

“嗯。”洪点点头，很是坦然。

到了他这个境界，一切事情都看得很透，没什么好遮掩的。

“哈哈，没想到宇宙中竟然真的有能够吸引大哥的女子，我很想见见那个女子，看看她到底有什么魔力。”罗峰笑着说道。

其实当他看到洪点头的时候，一切就很明显了，洪动了真感情。

至于那女子为什么吸引洪，两人为什么会产生感情，这种事情毕竟涉及隐私，罗峰当然不可能追问。

“麻烦大吗？”罗峰看着洪。

“有点。”洪的眉宇间隐隐有一丝愁意。

“大哥，你告诉我，那是什么家族，家族背后的不朽神灵又是谁。”罗峰看着洪，“你把具体情况告诉我，我来帮你。”

洪看向罗峰。

罗峰也看着洪。

“好，这次我只能麻烦你了。”洪没有拒绝。

他们三兄弟都是人杰，就算是修心境界最弱的罗峰，也早就达到心如明镜、看清一切幻惑的地步，所以很多事情处理起来很干脆，懒得客套。而且，他们都明白彼此的想法。

“那是姬氏家族，是乾巫宇宙国三百王侯家族之一，那个女子名叫姬青。”洪直接说道。

罗峰点点头。

他当即轻轻点击面前的虚空，虚空中再次浮现一面屏幕，旁边的洪和雷神都不由得看向屏幕。

“搜索！”

罗峰当即搜索乾巫宇宙国三百王侯家族之一的姬氏家族、不朽神灵、姬青的信息。以罗峰原始秘境成员的权限，的确能够看到非常机密的信息。

“呼！”屏幕上瞬间出现一些信息。

“咦，我们怎么什么都看不到？”雷神疑惑地道。

“这些资料中，有部分属于保密级资料，所以屏幕上的信息你们都看不到。”罗峰笑道，“这也是虚拟宇宙网络对于权限的一种设置。”

罗峰嘴上说着，同时轻轻点开屏幕最上面的一则资料。

一点开，顿时出现一篇文章，文章是根据罗峰输入的搜索词组合而成的。

“哦？”罗峰一看，不由得露出一丝惊讶之色。

“怎么了？”雷神连忙问道。

洪的脸上有着一丝期盼。

“这些信息的权限并不高，我在虚拟宇宙中就可以跟你们说。”罗峰笑着说道，“你们应该知道，乾巫宇宙国共有一万三千多个星域，单单乾巫国主麾下的不朽神灵就是数以万计的，其中许多功劳高、实力强的不朽神灵自然而然被封了侯，甚至封了王。”

宇宙国度的王、侯跟封王级不朽神灵、封侯级不朽神灵并没有关系。在一些宇宙初等文明国度中，最强者可能是宇宙级强者，可是照样有皇帝、皇子、王爷。

所以，宇宙中的一些小国度的封王级、封侯级强者很不值一提，而宇宙国的封王级、封侯级的强者就很强大了，像虚拟宇宙公司、巨斧斗武场的封王级、封侯级的强者才是最尊贵的，比如真衍王，就是封王级强者，可他比乾巫宇宙国的那些王要尊贵得多。

只有虚拟宇宙公司和巨斧斗武场这种级别的超级势力才有封侯级不朽神灵、封王级不朽神灵，各大宇宙国中几乎都没有封王级不朽神灵。

“乾巫宇宙国一共有三十二位封王级强者和二百六十八位封侯级强者，并称三百王侯。”罗峰说道，“三百王侯的权势极大，他们都是上万不朽神灵中的佼佼者。”

洪和雷神仔细聆听。

“姬氏家族的领地是雪疆星域，族祖是整个古老家族的第一任族长，名叫姬天藏，封侯称号为‘银雪侯’。”罗峰缓缓地说道，“银雪侯姬天藏是三百王侯之一，是追随乾巫国主极久的老臣子之一，很受乾巫国主器重。”

罗峰说着说着，眉头皱了起来。

这姬氏家族不好惹啊，背后还有乾巫国主撑腰。当然，乾巫国主高高在上，未必会插手一些小事。

“这么厉害？”雷神嘀咕。

“嗯。”洪却比较平静。

“姬青……”罗峰顿了顿，继续说道，“宇宙级九阶强者是姬氏家族数年来难得一出的绝世天才，现为宇宙佣兵联盟核心成员。”

“什么！”洪猛地站起来。

雷神更是瞪大眼睛，许久才轻声说道：“我的老天！”

宇宙人类族群的五大势力中，虚拟宇宙公司、巨斧斗武场要强一些，宇宙佣兵联盟、宇宙第一银行、宇宙星河银行稍微弱一些，可是，再怎么样，五者都是并列的，宇宙佣兵联盟内部的核心成员必须是超级天才。

“竟然是……”洪表情复杂，摇头。

他现在还没有进入巨斧斗武场的核心，没想到他喜欢的那个看似普通的女子竟然是宇宙佣兵联盟的核心成员。

五大势力中，只有虚拟宇宙公司、巨斧斗武场会举行天才战，而其他三大势力都是广撒网，暗中吸纳一些天才，这也导致那些被吸纳进去的天才名气并不大。

“她是否是宇宙佣兵联盟内部的核心成员，这跟她和我的感情没关系。”洪看向罗峰，“老三，现在你看了情报资料，姬氏家族阻拦我和姬青在一起，你有没有办法解决这个难题？”

“有。”罗峰点头。

“多谢。”洪眼中有着感激。

罗峰一笑：“大哥，这些年一直都是你在帮我，现在轮到我帮你了，说什么谢啊。”

关于修心方面，洪从未嫌麻烦，一直耐心指引罗峰。

“哈哈……”洪忽然笑了。

他一直记着第一次看到罗峰的情景。他的年龄恐怕比罗峰的爷爷都要大，所以他像长辈关心小辈那样关心罗峰。他这么做，纯粹是发自内心的，从来没想过得到什么回报。

雨相山，原始区，罗峰的庄园中。

罗峰默默地坐在书桌前。

“很烦？”他肩膀上的巴巴塔嘿嘿笑道，“你现在终于感觉到事情很麻烦了。”

“麻烦什么？大哥这么多年都没请我帮过一次忙，以大哥的性格，这次请我帮忙，绝对是事情很难才开口的。再怎么样，我都得帮他。”罗峰笑道，“更何况，对我而言这件事情的确没有太大难度，只需要做出抉择。”

“抉择？”巴巴塔疑惑。

“嗯，我现在有两种方法可以解决这个难题。”罗峰缓缓地说道，“第一种，请我的老师真衍王出面，以真衍王的身份，就算是乾巫国主，也得给点面子，那银雪侯自然也不敢怠慢。只要问题不大，真衍王仅仅出个面，事情就可以解决了。”

这种方法最简单，也是最直接的。

过去他没请真衍王帮过忙，偶尔请真衍王帮一次，他相信真衍王是不会拒绝的。

可是，罗峰不想麻烦真衍王，真衍王一向很看重他，对他也很呵护，他不想真衍王为这种事情出面。他总觉得不到万不得已，还是别麻烦真衍王为好。

“第二种呢？”巴巴塔追问。

“第二种，就是我突破到域主级，一旦我突破到了域主级，会直接被虚拟宇宙公司外放到我的家乡乾巫宇宙国，成为封疆大吏。

“按照常规，我会在虚拟宇宙公司的乾巫分部中占据高层的几个位置之一。作为乾巫宇宙国和虚拟宇宙公司联系的桥梁，我一旦担任要职，乾巫宇宙国那群不朽神灵和权贵都得给我面子，给虚拟宇宙公司面子。”

罗峰的地位极高，又是原始秘境成员，原始秘境成员被外放的话，担任的官职会比较高。

因为在虚拟宇宙公司内，原始秘境成员的地位可以媲美封侯级不朽神灵，担任的官职也是对应的，自然是虚拟宇宙公司驻乾巫宇宙国分部的高层的几个位置之一。

“你准备突破了？”巴巴塔惊呼，“你不是准备闯过炼狱深渊之后再突破吗？”

“所以，我还在考虑此事。”罗峰皱眉，思索着。

其实还有第三个办法，那就是罗峰现在就通过虚拟宇宙去见银雪侯姬天藏，可罗峰毕竟只是宇宙级的原始秘境成员，原始秘境成员陨落概率极高，能成为不朽神灵的只是少数。就算成为不朽神灵，一般也是封侯级不朽神灵，偶尔才出一个封王级不朽神灵。

姬天藏本身就是封侯级不朽神灵，而且存在了亿万年，是乾巫国主极为器重的老臣子。

罗峰只是区区宇宙级的原始秘境成员，将来是否陨落都难说，根本无法影响到姬天藏，所以姬天藏最多客气地接待他，不会对他怎么样。然而，关键是姬天藏恐怕不会让步。

“施行第三个办法，我没有把握。施行第一个办法，我最有把握。真衍王是可以和宇宙国主们结交的，而且又是虚拟宇宙公司内部的高层，由他出面，那银雪侯定然不敢怠慢。

“第二个办法，我出任封疆大吏，到时候我手握大权，代表的是虚拟宇宙公司，说话的分量当然又不一样。”

罗峰皱眉。

“可是，施行第二个办法，我就得放弃去闯炼狱深渊。好可惜啊，迷踪星系中肯定蕴含大秘密，只是我一直没找到。而炼狱深渊排名第一，其中蕴含的秘密肯定更大。”

忽然罗峰的脑海中掠过克罗夫的事情，他不由得表情微微一变，额头渗出了冷汗。

他竟然在不知不觉中又受到了贪念的影响。

他之前完成了六个危险级任务，惊喜地得到了一片紫宸百络叶，所以在迷踪星系中一直不肯放弃。幸好有魔杀族分身去探险，虽然丧命几次，但是他依旧能复活。

“炼狱深渊排名第一，我若是太自信，恐怕一不小心就会陨落。”罗峰深吸一口气，“该退一步时就退一步，凡事追求极限恐怕不是好事。”

“更何况就算完成炼狱深渊绝境级任务，也就得到100万积分。我之前得到的紫宸百络叶和究炎虚空金加起来，价值就远远超过了。放弃吧，放弃炼狱深渊绝境级任务，准备突破到域主级。”罗峰当即做了决定。

他忽然觉得，有时候放弃也是一种收获。

“老师！”

罗峰站在屏幕前，屏幕上显示出了真衍王的影像。

“什么事？”真衍王笑着看向罗峰。

“老师，我现在感觉随时能够突破到域主级，你觉得我是继续停留在宇宙级比较好，还是进入域主级比较好？”罗峰看着真衍王。

虽然他的心中早就做出了决定，但是还是想听听老师的看法。

“哦？你感觉自己能突破了？”真衍王露出一丝喜色，“那还用说，当然是突破。修炼一道，该谨慎时谨慎，该奋勇时奋勇，你此次修炼自当奋勇前进，破除一切阻碍。若停留在宇宙级数千年，跟那些后辈争斗，有什么意思？突破到域主级，到时候和你竞争的就是域主级天才，压力越大，你的斗志越高昂啊！”

罗峰眼睛一亮。

“任何时候，都要有一颗一往无前的心。更何况，界主级阶段才是感悟本源法则进步最快的阶段。你们现在都属于小打小闹，界主级强者的争斗才是最惨烈的。”真衍王看着罗峰，“你现在应该完成两次绝境级任务了，还剩下最后一次执行绝境级任务的机会，少一次又算得了什么？如果到时候你缺少积分，为师直接用金钱给你兑换积分，完成一个绝境级任务能得到的积分再多，为师也没放在眼里。”

即便是最高比例的兑换，100万积分仅仅兑换100万混元单位。真衍王这种级别的存在，的确不会在乎。

罗峰听了这一番话，心中愕然。

他随即看着屏幕上的真衍王，恭敬地道：“明白了，老师。我会尽快突破到域主级！”

“去吧！去外界闯荡吧！那才是强者的真正天地！你若永远躲在虚拟宇宙公司的庇护下，是长不大的。”屏幕中的真衍王朗声笑道。

“嗯。”罗峰点头。

第603章

第四大巨头

当天罗峰就开始进行突破。他的金角巨兽和魔杀族分身早就有过突破的经验，而且金角巨兽和地球人本尊同为血肉类生命，进化、突破的过程几乎完全一样。

很快，罗峰的体内就凝聚出了一颗命核，命核内存有灵魂晶体、原力晶体。当然，这颗命核对罗峰而言其实并不是很重要。

命核对应地球人本尊，生命晶核对应魔杀族分身，那蕴藏体内世界的原核才是两个分身和金角巨兽的核心。

半天后。

乌辰大陆上驻扎的虚拟宇宙公司的人员赶到了罗峰这里。

“罗峰殿下，虚拟宇宙网络通过你的网络连接装置发现你已达到域主级。根据公司的规定，我们需要在现实世界中确认一下。”三名黑衣执事恭敬地道。

罗峰露出了一丝笑容。

无论是意识感应头盔，还是智能光脑等，凡是配有网络连接装置的，大多也配备了检查身体的装置。那些装置都很一般，准确度不高，所以在现实世界中检查后，才能确认。

“我明白。”罗峰点点头。

“请殿下释放念力和原力。”为首的黑衣执事恭敬地道。

“好的。”

罗峰微微一笑，释放出一道精纯的念力，念力横扫过周围的一片区域，随即收敛，进入体内。之后，他伸出右手，一道耀眼的金光射出。

“嘀！”

“嘀！”

“嘀！”

三名黑衣执事手中的仪器都响起了声音。

他们低头一看，微微点头。

罗峰释放的念力、原力的强度的确达到了域主级一阶的水准。

“请殿下给我们一滴血，让我们测试一下，确认殿下的身体基因是否发生了跃迁。”为首的黑衣执事又道。

“嗯。”罗峰点点头。

一滴血从他的指尖渗出，随即飞向那名黑衣执事。

检查念力、原力、血液，这是确认实力最精准的办法。

检查念力，可以确定人的灵魂层次。

检查原力，可以确定人的肉身层次。

检查血液，可以确定人的身体基因跃迁层次。

当然，还有另外一个非常精确的方法，就是让一个强者直接将念力渗透进罗峰的身体，仔细探察一番，看看是否有命核。然而，这种方法具有强烈的侮辱性和危险性。命核是一个人的核心所在，假设别人借探察的机会毁掉命核，罗峰不就陨落了？

而且，以罗峰的身份，岂能容忍别人对他这般仔细探察？

“血液基因检验确认，殿下的身体可以进行大幅度强化，强化至域主级九阶。”为首的黑衣执事笑着看向罗峰，“殿下，这一切检测信息已经同步传送进虚拟宇宙网络，恭喜殿下，达到域主级。”

“谢谢。”罗峰点头。

“殿下既然已经达到了域主级，那么按照规矩，首先殿下拥有再一次强化身体的机会。”为首的黑衣执事笑道，“我们已经将营养舱带来，舱内储备了足够的营养液，足以让殿下强化到域主级九阶。”

罗峰再次点头。

虚拟宇宙公司的规矩就是这样，每一位殿下都没必要浪费时间在积累能量上，一旦达到域主级一阶，就能通过营养舱直接强化到域主级九阶。

“呼！”

罗峰面前出现了一个通体呈岩石灰的营养舱，看似简朴，造价却不小。当然，营养舱内部的营养液才是最贵重的。

“殿下，这营养舱只能由殿下一人使用。”为首的黑衣执事微微一笑，“除了营养舱外，还有第二件事情需要告诉殿下。”

罗峰站在那里，认真聆听。

“第二件事情就是殿下达到了域主级，必须被外放。”为首的黑衣执事看着罗峰，“根据规定，一般是被外放到殿下的家乡乾巫宇宙国，不知道殿下是否愿意回到乾巫宇宙国，担任虚拟宇宙公司乾巫分部的要职。如果不愿意，殿下可以选择去其他宇宙国任职。”

“我愿意回到乾巫宇宙国。”罗峰点头。

“殿下，因为你是原始秘境成员，到时被安排到虚拟宇宙公司乾巫分部任职的职位会很高，牵涉极大，所以经过高层的会议决定后才会对你下达任命，这需要经过一个流程，一般最快一个月，最慢半年。”

罗峰点头。

“事情完成了，我等就不打扰了。”紫眸的黑衣执事微微躬身，他身后的另外两名黑衣执事也恭敬行礼。

“嗖！”“嗖！”“嗖！”

三名执事化作流光，直接飞走了。

罗峰目送三人离去，这才坐回客厅的椅子上。

“效率可真低，单单一个任命，最快需要一个月，最慢竟然需要半年。”罗峰摇头。

一直跟在罗峰身后的不朽神灵迪伦坐到一旁，笑道："殿下，因为你是原始秘境成员，届时会担任乾巫分部最高的职位之一，牵涉的权力、利益很大。所以需要经历一系列流程，上面才能下达任命。"

"你跟我说说，我能担任什么职位？"罗峰很是好奇。

"正常情况下，虚拟宇宙公司乾巫分部的高层有三大巨头。"迪伦缓缓地说道，"乾巫分部分为武部、商部、军部，而那三大巨头便是分管武部、商部和军部的。"

"还有军部？"罗峰惊讶。

"严格来说，虚拟宇宙公司的乾巫分部分为武部、商部。"迪伦笑道，"武部分管直属虚拟宇宙公司管理的大量强者，在乾巫宇宙国搜集天才并培养等都属于武部的事情，商部则负责商业方面，员工数以亿万计，牵涉的利益极大。"

罗峰点头。

武部和商部是虚拟宇宙公司各个分部主要的两个部分，他早就知道了。

"然而——"迪伦微微一笑，"宇宙浩瀚，族群数以亿万计，我们宇宙人类族群经常和其他族群进行大规模战争，所以在1008个宇宙国都有常备的宇宙军队。"

"宇宙军队？"罗峰瞳孔一缩。

"宇宙军队中最弱的也必须是宇宙级强者。"迪伦说道，"或许一个星系中的宇宙级战士屈指可数，但是放眼浩瀚的宇宙国，要组建一支有上亿宇宙级战士、百万界主级强者、上万不朽神灵的宇宙军队，还是能够做到的。"

罗峰屏息。

上万不朽神灵带领的超级军队？

"每一支宇宙军队都是各个宇宙国极为重要的武力，所以对军队的管理非常重要。"

罗峰连连点头。

武力这样强大的超级军队到底由谁来管呢？

"宇宙军队是不可能让宇宙国的高层完全掌控的，宇宙军队一般由宇宙国的高层和虚拟宇宙公司或巨斧斗武场驻扎宇宙国分部的高层共同进行管理。”

罗峰一惊，问道：“就是虚拟宇宙公司和巨斧斗武场吗？”

“对！”迪伦点头，“1008个宇宙国就有1008支宇宙军队，其中504支宇宙军队是由虚拟宇宙公司和各个宇宙国一起管理的，另外504支宇宙军队是由巨斧斗武场和各个宇宙国一起管理的。”

“虚拟宇宙公司和巨斧斗武场看起来比其他三大势力强很多啊！”罗峰惊讶无比。

五大势力中，另外三大势力在管理1008个宇宙国的宇宙军队方面竟然插不上手，显然实力不如虚拟宇宙公司和巨斧斗武场。

“当然强很多。”迪伦笑着点点头，“五大势力一直是以虚拟宇宙公司和巨斧斗武场为领头的，你的家乡乾巫宇宙国刚好是虚拟宇宙公司管辖的504个宇宙国之一，所以乾巫宇宙国的宇宙军队是由虚拟宇宙公司乾巫分部和乾巫宇宙国的高层共同管理的。”

“所以，乾巫分部除了武部、商部之外，还多了一个军部。”迪伦微微一笑，“当然，军部只有宇宙军队的部分管理权，不像武部、商部的两位部长，对各自的部门有着绝对掌控权。可就算这样，军部依旧是强势部门。”

罗峰点头。

是啊，那可是整个宇宙国的兵力组成的超级宇宙军队，即使是部分管理权，乾巫分部中的军部也很强了。

“乾巫分部的三大巨头就是武部部长、商部部长和军部部长。”迪伦笑道，“能担任某宇宙国分部的部长，最弱的也得是封侯级不朽神灵。”

“三位封侯级不朽神灵？”罗峰心中暗惊。

“殿下，你的实力当然远远不如他们，可是你在公司中的地位、权限和封侯级不朽神灵是等同的。”迪伦缓缓地道，“殿下一旦回归乾巫宇宙国，那么职位等级会和那三大巨头相当，所以殿下将成为乾巫分部的第四大巨头。”

罗峰听了，有些激动。

乾巫分部在乾巫宇宙国拥有很大的权力，连对宇宙军队都有很大的控制权，就连那位高高在上的乾巫国主也必须服从虚拟宇宙公司。

“第四大巨头？可是，乾巫分部一共才三个部门。”罗峰疑惑了。

第604章

神国

三个部门就被三大巨头瓜分了，第四大巨头要干什么？

“看来殿下没有搜集过这类信息啊。”迪伦笑道。

罗峰摇摇头。

他是因为洪的事情才决定提前达到域主级，所以搜集资料等准备工作都还没来得及去做。

“原始秘境成员被外放，官职统一为监察特使，职位等同于三大部长。”

“监察特使是做什么的？”罗峰不解，“难道只是挂个名，没有实权？”

是否有实权，这是很重要的。单单职位高，却没有实权，根本没什么用。罗峰在地球上时就知道这些猫儿腻。

“当然有实权。”迪伦连忙说道，“而且，权力还很大。”

“哦？”罗峰仔细聆听。

“虚拟宇宙公司的乾巫分部代表公司处理宇宙国的诸多事务，连乾巫宇宙国的很多不朽神灵都和三位部长交好，由此可知，那三大巨头的权力是何等惊人！”迪伦感慨一声，“正因为权力太大，就算是不朽神灵也有很大野心，时间长了，做出一些侵害虚拟宇宙公司利益的事情也就见怪不怪了。”

罗峰点头。

的确是这样，权力腐蚀人心，更何况是掌握着一个宇宙国的诸多权力。

“所以监察特使有监察特权，可以监察三位部长，一旦发现有什么猫儿腻，直接上报给公司总部。哈哈！就算是再厉害的人物也禁不起各种探查吧，更何况假使真有猫儿腻，那就更加不敢惹你了。

“那三位部长当然会哄着你，不敢随便招惹你，只要等到你成为界主级强者，封疆大吏任职任务自动结束，他们也就轻松了，毕竟原始秘境域主级强者很少，恐怕上千万年乃至更久才会有一位监察特使被派到乾巫宇宙国。”

“哦？”罗峰眼睛一亮。

也就是说，监察特使是代表总部来进行监察的，权力果然不小。

“这是监察特使最基本的权力。出于培养殿下能力的考虑，虚拟宇宙公司还会安排其他的一些实事让殿下去做，有些事情只要殿下做好了，也是能够得到积分的。”

罗峰点点头。

域主级、界主级的天才们也是有得到积分的渠道的，只是没有宇宙级强者得到积分那般容易。

罗峰成为域主级强者的消息很快就在雨相山传开了。

雨相山原始秘境是虚拟宇宙公司的天才集中地，天才们个个都对原始秘境无比眼热，所以罗峰当年通过资格战闯进原始秘境，那些天才也是知道的，当时他们就对此很是惊讶。罗峰第一次进行资格战就冲进了原始秘境，实在是厉害。

可谁想到，这才十几年的时间，罗峰竟然冲到了域主级，还被虚拟宇宙公司外放了。

“罗峰是不是傻了，我们雨相山原始秘境的界主级天才90%都是能够随时突破到域主级的，可是有几个像他这么疯狂？”

“宇宙级天才和域主级天才实力相差很大，我听说太初秘境中的域主级天才最弱的都闯过了通天桥第八层，而原始秘境的十名域主级天才中最弱的闯过了通天桥第十层。”

“即便是宇宙级天才中最强的菲托，若是被扔到域主级天才中，实力并不突出，也就勉强待在太初秘境而已。罗峰发什么疯呢？”

“谁知道呢！”

公共区，榕庄酒店内的一个包厢中。

当年天才战排名前十的人都聚集在这里，主要是为了给罗峰送行。无论是戎钧，还是伯兰，当知道罗峰竟然突破到了域主级，都有些发蒙。

“疯子，你和我相识这么多年，我一直知道你很疯狂，可你这次比我想象的还要疯狂。”戎钧端着酒杯，叹息一声，“就算再厉害的天才，一般也会在宇宙级停留上千年才突破，而大多数人都是在宇宙级停留数千年才突破，可是你……疯子，我敬你一杯。”

“哈哈！野人，来，喝。”罗峰端着酒杯。

两人举起酒杯，随即仰头喝下。

“疯子！”乌卡站起身来，“宇宙级天才们在本级停留了数千年，而那域主级天才都是在本级停留数万年的，所以太初秘境的域主级成员最弱的都闯过了通天桥第八层，原始秘境最弱的更是闯过了第十层。”

“这个我知道……”罗峰笑道，“太初秘境的一百个域主级天才中，三十九人闯过通天桥第八层，五十八人闯过通天桥第九层，三人闯过通天桥第十层。原始秘境的域主级天才有十人，九人闯过通天桥第十层，一人闯过通天桥第十一层，我说得对不对？”

乌卡哑然。

包厢内的其他人都安静下来。

据他们所知，罗峰才闯过通天桥第七层，实力和太初秘境的域主级成员都差得多，更别提和原始秘境的成员相比了。

“怕什么，域主级资格战每隔千年举行一次，距离下一次还有好几百年。”罗峰笑道，“几百年后，我的实力估计又会提升。”

一直没有吭声的伯兰忽然抬头，冷冷地道：“几百年的时间，你就有把握闯过通天桥第十层？”

罗峰微微一愣。

通天桥每三层为一个层次，第九层到第十层是很难的一个坎。那些修炼了数万年的绝世天才都经历了好几届天才战、英雄战，可是，数万年来，修炼到能够闯过通天桥第十层的仅仅十几人，而这十几人或是某届天才战中最优秀的，或是某届英雄战中最优秀的，或是虚拟宇宙公司内部培养出来的绝顶天才。

他们一个个都很了不起，然而依旧耗费上万年才闯过通天桥第十层。第九层到第十层的难度简直比第一层到第九层加起来的难度还要大。

“你有把握？”伯兰盯着罗峰，再度发问。

“哈哈。”罗峰淡淡一笑，“至少我有一拼的勇气，更何况未来如何，谁又说得清呢？”

其他人都安静下来。

他们都感觉到了罗峰一往无前的心。

这是一种绝对不会退缩的信念。

虽然明白这一点，可是在座的其他人都没有向罗峰学，因为罗峰是以原始秘境宇宙级成员身份突破的，其他人却都没能进入原始秘境。

原始秘境，乌辰大陆。

“殿下，你不用烦恼。”迪伦看着罗峰。

“不用烦恼？”罗峰眉头微皱，“原始秘境离乾巫宇宙国实在太远了，就算是我乘坐速度可达50倍光速的宇宙飞船也需要一年多。我现在很担心我大哥的事，一年多之后，谁知道会发生什么，除非我去麻烦我的老师。”

“殿下，除非实在没办法，否则还是别麻烦师祖为好。”迪伦说道。

“我当然明白。”罗峰皱眉，“可是，单单飞行的时间就很长。”

“殿下，”迪伦微微一笑，“我说了，殿下无须烦恼，在宇宙中，除了靠宇宙飞船，还有另外一种能更快抵达乾巫宇宙国的办法。”

“哦？”罗峰惊讶，“什么办法？”

“殿下应该去过初始宇宙混沌城吧。”迪伦笑道。

罗峰点头。

“混沌城在初始宇宙中，而初始宇宙和我们生活的古老的原始宇宙的距离再近，依旧比这里和乾巫宇宙国的距离要远得多。”迪伦缓缓地说道，“可是，当初你们去初始宇宙是非常快的吧？”

罗峰点头：“很快，因为我们是通过宇宙通道去的。”

罗峰记得清清楚楚，他们当年乘坐九剑尊者的那艘宇宙飞船通过宇宙通道抵达初始宇宙。在宇宙通道中，时间流速不稳定，这让他们很难受。

“对，宇宙通道！”迪伦点头，“不单单如此，就拿殿下生活过的黑龙山帝国来说，黑龙山帝国的背后是圣地黑龙山，那圣地黑龙山实际上就是一个神国，而黑龙山帝国内有一条固定的通道可以通往圣地黑龙山。”

罗峰点头。

这一点他是知道的。

“神国都是在宇宙空间夹缝中的。”迪伦笑着说道，“那些连接神国和外界的通道就是传送通道。无论是神国空间通道，还是更高等的初始宇宙通道，都是传送通道，能够让人瞬间抵达原本距离上亿光年乃至更远的两地。”

“这些都是固定的空间通道。”迪伦感叹一声，“一条固定的空间通道连接的两地越是遥远，所耗费的代价就越大。即便是在近距离的两地之间搭建一条固定的空间通道，也需要耗费数万混元单位。一些距离遥远的，可能要耗费百万混元单位，乃至千万混元单位，才能搭建一条固定的空间通道。”

罗峰震惊。

建造固定的空间通道要付出的代价的确很大。

“除了可以搭建固定空间通道……”迪伦顿了顿，继续说道，“神国还可以进行一次性传送。我在神国内，只要宇宙中某个地方有我留下的坐标点，我就可以瞬间打通空间进行一次性传送，这种传送付出的代价小一些，可是，每一次传送都必须打通一次空间通道，距离远近不一样，付出的代价也不等。”

“从这里回到我的神国，需要打通一次传送通道，消耗3混元单位。从我的神国再打通前往乾巫宇宙国的通道，需要耗费大约5混元单位。”迪伦说道。

罗峰闻言一怔。

通过神国进行一次传送就要消耗8混元单位，而许多不朽神灵的财富都不足10000混元单位，就算是真衍王，恐怕也舍不得一次次传送吧。

“打通超远距离的空间通道消耗的能量极大，所以就算是不朽神灵也习惯使用宇宙飞船。除非是很急的事，或者是逃命等，不朽神灵才会选择直接传送回神国，抑或通过神国瞬间前往某地。”

罗峰暗叹。

神国是不朽神灵的大半条命，是很玄妙的存在，具有很多特殊的能力。

“难怪前往初始宇宙要建造固定的宇宙通道，如果每一次都打通宇宙通道进行传送，一次次来回，那代价肯定很大，恐怕虚拟宇宙公司都舍不得吧。”罗峰暗自感慨。

他要回乾巫宇宙国，想要节约时间，就得耗费巨额混元单位。

第605章

前往乾巫宇宙国

原始秘境作为古老的宇宙秘境，无比广袤。

乌辰大陆上，宫殿群连绵起伏，一眼看不到尽头，历代原始秘境天才都居住在这里。而整个乌辰大陆的控制中心是一座六十六层的暗黑色的塔楼，塔楼最低的一层长宽有上千公里，高度更是有数万公里。

这座塔楼控制着周围的时空，第四十五层的殿厅内有很多精密的仪器、屏幕，精密仪器的四周有很多身穿银衣的人员和极少数身穿黑色制服的人员。

那一面面超大屏幕悬浮着，忽然，其中一面屏幕亮了起来。

“我要乘坐宇宙飞船离开原始秘境，前往乾巫宇宙国。”一道声音突然响彻殿厅。

顿时，殿厅内的一群黑衣人抬头看去。

只见那超大的屏幕上出现一道人影。

那是一个穿着银色战甲的黑发青年。

“是罗峰殿下！”

“罗峰殿下现在就要出发前往乾巫宇宙国了？任命不是还没下达吗？”

“这里距离乾巫宇宙国很远，就算是乘坐最优等的F级宇宙飞船，也需要一两年时间才能到达，而任命最长半年即可下达。罗峰殿下现在出发，也不奇怪。”

那群黑衣人低声议论。

一名黑衣人走到控制台前，按动按钮，恭敬地道：“罗峰殿下，你的要求已经传达给总控制系统，待会儿权限即可下达。”

乌辰大陆，罗峰的宫殿群上空，一艘墨黑色的扁平的宇宙飞船悬浮着。

宇宙飞船内部。

“迪伦，你的这艘宇宙飞船真不错，是F级宇宙飞船吧？我听说，很多不朽神灵用不起F级宇宙飞船。”罗峰坐在宇宙飞船控制室内的沙发上，环顾四周，夸赞道。

“我这艘延星号宇宙飞船的确是F级宇宙飞船，是之前我立了大功，我的老师奖励给我的。”迪伦坐在旁边的沙发上。

“奖励？”罗峰大吃一惊。

他的那位三师兄出手够大方的，这艘延星号宇宙飞船的材质比陨墨星号宇宙飞船要差得多，可是再怎么说，毕竟是F级宇宙飞船。

“嘀！”一道电子音响起。

“主人，已经得到权限，我们可以离开了。”控制台的小屏幕上浮现出一个可爱的少女头像，那少女脆声说道。

“出发吧！”迪伦下令。

“是！”延星号宇宙飞船当即启动。

很快，它的速度飙升，化为一道幻影，迅速飞向虚空。

当飞到乌辰大陆的边缘，顿时宇宙空间荡起涟漪，延星号宇宙飞船直接穿破空间涟漪。

半天后，延星号宇宙飞船仿佛一条扁平的大鱼悬浮在星空中。

“殿下，我们现在已经离开原始秘境。”迪伦笑道，“那原始秘境作为虚拟宇宙公司的腹地，我不敢在那里进行传送，而我们现在离开了那里，可以进行传送了。”

“麻烦你了。”罗峰站了起来。

他面露期待，看着外面的无垠星空。

这么多年，他还没有见识过神国传送。

“很快的！”迪伦站在一旁，笑着说道。

他整个人散发出强烈的法则气息，看着无尽虚空。

无比刺眼的光芒忽然从他的身上亮起，瞬间辐散开去，遍布周围数公里的宇宙空间。

延星号宇宙飞船被笼罩在刺眼的光芒中。

“这是……”罗峰瞪大眼睛，隐约看到了刺眼光芒中的金色宫殿，“这是神国吗？”

“嗖！”延星号宇宙飞船沿着光束进入空间通道，瞬间被摄入神国。

神国传送有点类似于超远距离瞬移，不过这种瞬移并非感悟宇宙法则、理解了空间法则后进行的瞬移，而是神国本身蕴含的一种特殊能力。这是神国自诞生起就拥有的一种能力。

延星号宇宙飞船被刺眼的光芒笼罩，瞬间消失在那片星空中。

不朽神灵迪伦的神国内。

“啊！”罗峰站在宇宙飞船的控制室中，透过外景虚拟，遥看外面美丽的神国。

映入眼帘的是仿佛巨大翡翠的碧蓝色海洋，海面荡漾着丝丝涟漪，无尽海洋的上空悬浮着一座金色的宫殿。那座金色神殿仿佛一颗恒星，不断散发着光芒，光芒照耀整个神国。

“这就是我的神国。”迪伦微微一笑。

“好美！真壮观！”罗峰不由得感叹道。

“殿下，神国对于不朽神灵而言是最重要的地方。”迪伦在一旁提醒罗峰，“所以千万不能将具有威胁的敌人摄入神国，否则就是真正的生死一战了。一旦神国崩溃，就算不朽神灵侥幸活了下来，也永无前进的可能。”

罗峰微微点头。

“还有，神国空间传送必须选择很隐秘的地方进行，而且周围没有其他不朽神灵。”迪伦再次说道，“因为一旦进行传送，就会暴露神国的空间位置，若是被其他不朽神灵发现你的神国空间位置，那将是一场噩梦。”

"嗯。"罗峰点头。

神国就跟自己的原核一样，是命根子，千万不能暴露。这次迪伦虽然将乘坐宇宙飞船的自己和护卫军都带进了神国，但因为护卫军中并没有不朽神灵，所以对迪伦并没有威胁。

"那现在就前往乾巫宇宙国？"迪伦看向罗峰。

"嗯。"罗峰点头。

迪伦的体表弥漫着法则气息，同时神国中的金色神殿散发的光芒凝聚成一道光柱。

"轰！"光柱冲向天际。

延星号宇宙飞船迅速飞向光柱，直接飞进光柱内，而后消失在光柱中。

"嗖！"超远距离的瞬移完成，那耀眼的光柱很快消散。

乾巫宇宙国境内，一颗无名的矿物星球地表出现了耀眼的光芒。

紧接着，一艘扁平的宇宙飞船凭空出现。

"殿下，现在我们是在乾巫宇宙国境内的鹏岩星域上。"控制室内，罗峰身侧的迪伦笑道，"我在这颗星球上留有一道不朽神力，所以即使相隔再远，我也能通过神国感应到这道不朽神力，从而直接进行神国传送。"

"必须留有不朽神力，才能进行神国传送？"罗峰疑惑。

"是的。必须确定目的地，才能进行神国传送，而不朽神灵的不朽神力具有唯一性，每一位不朽神灵的神力都是独一无二的，所以才能用来定位。"

罗峰微微点头。

不朽神灵的不朽神力的确是独一无二的，每位不朽神灵的神力都有区别。

"按照你的意思，想要神国传送到某个地方，那个地方必须留有定位的物品？"罗峰皱眉道，"也就是说，这些地方之前你都来过。"

"对。"迪伦微微一笑，"假设我从来没去过某个地方，那么自然无法被传送到那里。"

"这里距离穹玉星有多远？"罗峰又问。

“这个坐标位置是我的诸多定位坐标中离穹玉星最近的。”迪伦缓缓地说道，“我们从这里进行宇宙穿梭，不断赶路，以50倍光速的速度在暗宇宙中前进，大概需要十二天时间。”

“哦。”罗峰点头。

在浩瀚宇宙中赶路，十二天的确是极为短暂的时间。

“出发吧！”罗峰笑道。

“是。”迪伦点头。

而罗峰回到了自己的休息舱，这是迪伦专门安排的休息舱，非常豪奢。

罗峰一挥手，便将一个营养舱从空间戒指中取出，放在地面上。

“一直没来得及泡营养舱。”罗峰看着营养舱内隐隐晃动的营养液，“要让我的地球人本尊从域主级一阶上升到域主级九阶恐怕需要大半年的时间。嗯，只是最近我要为大哥的事情忙碌，只能一次次来泡营养舱了。”

“哗！”营养舱确认罗峰的身份后，自动开启。

罗峰随即躺进了冰冷的营养液中。无穷无尽的特殊能量立即渗透进罗峰的皮肤、肌肉、脏腑等，迅速开始改造他的身体。

十二天后。

迪伦将罗峰唤醒后，两人便去了控制室。

“殿下！”十名界主级护卫恭敬行礼。

“嗯。”罗峰点头。

这一路上，护卫军的界主级、域主级、宇宙级战士们都留在宇宙飞船中，直到此刻，终于要抵达目的地了，那十名界主级护卫才从舱内出来。

迪伦指着外界的星空，笑道：“殿下，你看，那就是穹玉星。”

罗峰一眼看去，只见遥远的星空中有一颗无比耀眼的星球，星球呈淡蓝色。

“殿下，穹玉星是乾巫宇宙国境内的九颗一级行政星之一。因为乾巫宇宙国的疆土实在太过广袤，所以设立一级行政星，以更好地控制整个乾巫宇宙国。穹玉星是周围近千个星域的政治中心。”迪伦笑着解释道，“而穹玉星本身是专门在神国中以人工制作出来的星球，并非自然形成的，直径有98万公里，堪比正常的恒星大小。”

“嗯。”罗峰微微一笑，“这穹玉星内有宇宙星河银行吧？”

“当然有。”迪伦点头。

“待会儿我去宇宙星河银行转账，将那8混元单位给你。”罗峰笑道。

他也该去宇宙星河银行取出老师呼延博留下的遗产了。

第606章

老师的遗产

不朽神灵们想要赚取巨额财富，一般都是需要冒生命危险的。很多寿命超过亿年的普通不朽神灵的财富可能也就上万混元单位，平均一万年都积攒不了一混元单位，这也是那些不朽神灵宁愿乘坐宇宙飞船在宇宙中闯荡，也不愿意使用便捷的神国传送的原因。

那些封王级不朽神灵习惯了乘坐宇宙飞船，又因为神国传送耗费的能源和财富太过惊人，而对他们而言，花费几年时间赶路根本不算什么。他们仅仅沉浸进去，参悟法则的玄妙，再睁开眼，或许就已经过了几年。

“殿下，不用了。”迪伦连忙说道。

“这怎么行？我们能这么快抵达穹玉星，靠的是神国传送，而神国传送耗费那么多资源和财富，怎么能让你买单呢？”罗峰摇摇头，看向远处美丽的穹玉星，“穹玉星的颜色很像我的家乡。”

“殿下的家乡？”迪伦看着罗峰。

“嗯！”罗峰轻轻点头。

他已经两百多年没有回过地球了。

当这艘F级宇宙飞船靠近穹玉星的大气层时，罗峰和护卫军等全部从舱门飞了出去。

“呼！”迪伦一伸手，F级宇宙飞船直接消失不见了。

“走，去穹玉星！”罗峰下令。

“是，殿下！”护卫军齐声应道。

这支护卫军是由一位不朽神灵、十名界主级战士、一百名域主级战士、一千名宇宙级战士组成的。他们随即簇拥着罗峰，化作一道道璀璨流光，直接朝穹玉星飞去。

数道流光迅速破开大气层，不断进入深处。

片刻。

罗峰的视线中出现了无比雄伟的城市，从表面看，那是一座座古老城市，根本看不到科技的元素。

“殿下，穹玉星是周围近千个星域的政治中心，又是乾巫宇宙国九大一级行政星之一，以至于整个乾巫宇宙国中无数界主级强者家族乃至不朽级强者家族，都在这里设立了分部。”迪伦看着下方不断逼近的一座座古老城市，“所以穹玉星中强者如云，就算遇到的只是界主级强者，我们也得低调点。”

罗峰点点头。

乾巫宇宙国有那么多不朽神灵，恐怕住在穹玉星的不朽神灵就有不少。

“我们进城吧！”罗峰下令。

“是！”

在罗峰的带领下，一千多号人直接降临其中一座古老城市。

穹玉星有108座大城，其中的相水城管理是非常严格的。即便是那些大家族的子弟或者某个星域的界主级强者，也必须规规矩矩地从城门进入，绝对不能直接降落到城内。敢这么做的，一般是乾巫宇宙国的一些有权有势的大人物。

而且，城内是禁止飞行的。

“看！那群人竟然直接飞下来了。”

足有数百米宽的街道上，长相各异的穹玉星居民们抬头看到一群人从天而降，很是震惊。

只见那群人仿佛乌云压顶降落下来，隐隐散发出一股股气息，或炽热如火，或冷冽如冰，或沉稳如山……

在穹玉星上，界主级强者并不罕见，却依旧是高贵的存在，毕竟那些高高在上的不朽神灵万年都懒得露一面，所以界主级强者应该是穹玉星居民能见到的最强者。

此刻，降落的有十名界主级强者，而且一个个都得到了本源法则承认。就算将一个星域的界主级强者都加起来，都不一定有十名得到本源法则承认的界主级强者。

“走吧！”罗峰一声令下。

一群人化作幻影，迅速离去。

“那些都是什么人？”

“十名界主级强者？什么来头？”

街道上的人面面相觑，完全被震慑住了。

任何一名界主级强者都能建立一个强大的家族，而现在这十名界主级强者竟然只是随从。

“那银甲黑发青年难道是我们宇宙国三百王侯家族的核心成员？”

“他很可能还是最得宠的成员，否则怎么会有十名界主级随从。”

“刚才我没看错吧，那一千多人中好像最弱的都是宇宙级强者。”

街道上的人啧啧称叹。

大多数人认为罗峰应该是宇宙国某个豪族的重要成员，否则排场不可能这么大。就算是在一级行政星穹玉星上，也很难看到这种排场。

罗峰带着一群人进入相水城的一座豪奢庄园，此庄园名为燕山庄园。

“相水城的物价真高。我在虚拟宇宙网络上购买这么一座庄园就花费了120亿宇宙币。”罗峰笑着说道，“购买一些小型星系恐怕也就花费1000亿宇宙币，能够在穹玉星这种星球购买超大庄园的，没点资产，还真不行。”

“哈哈，是挺贵的。”

“不过，对殿下而言，根本不算什么。”

“殿下如果公开来这里，乾巫宇宙国早就安排好一切了，根本不需要殿下自己购买庄园。”

“殿下喜欢低调，明白吗？”

那十名界主级强者议论纷纷。

罗峰点点头，下令：“好了，这座庄园就是我们在穹玉星的居所。迪伦跟我出去一趟，其他人暂时住在这里。”

“是，殿下！”护卫们恭敬应命。

罗峰点了点头。

“走吧，迪伦。”罗峰朝外走去，“跟我去一趟宇宙星河银行。”

“是。”迪伦微微点头。

穹玉星有108座城池，每一座城池中都建了宇宙星河银行，毕竟在穹玉星上生活的都是乾巫宇宙国富有的阶层，即使住着穹玉星最普通住宅的人都有钱在一些星系上购买一颗生命星球。那些宇宙初等文明国度的皇室如果来到这里，也就只能算是底层。

单单穹玉星上就有108个宇宙星河银行，也就不奇怪了。

“宇宙星河银行。”罗峰看向远处高高耸立的银行大楼。

造型极具艺术感的银行大楼，周围数公里范围内全是草坪，草坪上随处可见来自各个星域的人，正在闲聊。

“不知道老师留给我的银行账户里到底有多少钱。”罗峰心中暗道，“毕竟老师在陨墨星号宇宙飞船、摩云藤上都付出了巨额财富，不过以老师封侯级不朽神灵的实力，财富应该不少。”

他心中想着，脚步不停，带着迪伦很快来到银行大楼正门前。

“尊敬的客人，宇宙星河银行欢迎您！”正门旁边的一个机器人恭敬地说道。

那声音蕴含着简单的灵魂暗示，令听到声音的人心情无比舒畅。

宇宙星河银行大厅内，一群人在那里坐着，一个个轮流去接待室办理业务。

罗峰和迪伦却默默地站在那里。

“哧！哧！”银行智能系统扫描过罗峰和迪伦，根据生命气息迅速确定两人身份。

宇宙星河银行作为五大势力之一，它的资料库中当然有原始秘境成员罗峰和不朽神灵迪伦的相关资料。

罗峰和迪伦的身份都极高，这个宇宙星河银行分行的行长都没有权限来接待他们。

“请两位随我来。”一名容貌清秀的绿衣少女从旁边的接待室中走出来，走到罗峰两人面前，恭敬地说道。

“嗯。”罗峰、迪伦跟着绿衣少女，乘坐云梯，很快来到银行九楼的大厅。

“两位客人，”绿衣少女微笑着说道，“鉴于你们的身份权限高，我们分行没有人可以负责接待，所以你们只能和我们宇宙星河银行智能系统的子系统进行交流。”

罗峰和迪伦都点点头。

这是出于保密的需求，身份越高的人，有一些业务越需要绝对保密。

“迪伦，你就待在这里，我进去。”罗峰说道。

“是。”迪伦点头。

“哗！”大厅的玻璃门自动打开。

罗峰步入。

玻璃门自动关闭。

虽然看起来是普通的玻璃门，但是念力、原力等各种探测信号都无法渗透这扇玻璃门。

“尊敬的客人，您好。”一名容貌绝美、有毛茸茸的红色尾巴的女子微微欠身行礼。

“你好，我需要取钱。”罗峰说道。

他一眼就看出眼前的女子实际上是机器人，只是表面多了一层生物皮肤。

“请输入您的账号。”女子笑道。

“8492-8593-WOXH-8528-5285-032。”罗峰迅速输入。

“我需要确认一下您的念力。”女子伸出了右手，“请用念力扫过我的右手。”

罗峰点头。

一丝念力迅速扫过女子的右手。

呼延博的遗产必须是陨墨星传人才能接收，而确认念力是非常重要的环节。

“数据符合，请输入三重四维波段密码。”女子继续说道。

罗峰迅速输入无比复杂的密码，同时盯着女子面前的一层光幕。

“嘀！”

“密码通过！”

女子微微一笑。

罗峰下令：“余额查询。”

此刻他心中有些紧张，老师留给自己的遗产到底有多少呢？

光幕一闪，浮现出一行文字——余额：3122810混元单位。

第607章

摩云藤的进化

看到余额，罗峰脸上浮现笑容。

呼延博的确给自己的徒弟留下了足够多的遗产，那可是足足3122810混元单位啊！

这是何等丰富的一笔资产，足以购买好几个星域了。

当然罗峰现在的地位不一样了，见识也多了，虽然很是激动，但是还没到难以抑制的地步。因为他拥有陨墨星号宇宙飞船、近10000颗血洛晶、究炎虚空金、紫宸百络叶、洛夫鹨盘，这些都是价值100万混元单位的至宝。

当然这些罗峰都舍不得卖掉以换取现金，所以手中的现金很少，就连进行神国传送需交的8混元单位都拿不出来。

他之所以拿不出8混元单位，一是因为部分现金投资给平海公司了，二是因为部分现金拿去购买金角巨兽进化所需的金属等物品了。

“有现金的感觉就是不一样。”罗峰看着光幕显示的余额，露出了笑容，“300多万混元单位，不管是修复陨墨星号宇宙飞船，还是让摩云藤进化到界主级，都没有任何难度。”

“转账！”罗峰吩咐道，“转账到我的精神印记绑定的账户。”

“好的。”女子点头。

“转账成功，罗峰先生。”女子笑着问道，“您这个账户下的其中一个子账户中还有3混元单位，是否转账？”

“子账户？”罗峰一愣。

他的老师当年在地球上殒身，临死之前，通过虚拟宇宙网络迅速将银行账户设定了一下，两个子账户分别是让继承人达到恒星级、宇宙级时得到相应遗产。而达到域主级时，能获得的就是总账户里的资产。

“竟然有3混元单位！”罗峰暗叹。

他的老师的确很有钱，又很大方。

恒星级账户中有100亿乾巫币，这都可以媲美宇宙级强者的资产了。

宇宙级账户中有3混元单位，可以媲美普通界主级强者的资产了。

域主级账户中有3122810混元单位，这是老师总账户里的全部资产了。

“转吧！”罗峰道。

“好的。”

女子迅速将余额都转到罗峰精神印记绑定的账户，这个账户是最安全的。放眼浩瀚宇宙，没有两个生命的精神印记是完全一样的。

“哗！”玻璃门开启，罗峰走了出来。

“殿下。”迪伦看着罗峰。

“刚刚转了8混元单位到你的账户，收到了吗？”罗峰看着迪伦。

“收到了。”迪伦点头，心中却有些无奈。

他已经是上等的不朽级军主，真正的战斗力接近封侯级强者，甚至勉强能够封侯了，资产自然不少。虽然这么随意花费8混元单位有点心疼，但是罗峰毕竟是他的小师叔，为小师叔花一次钱根本不算什么。

在他看来，罗峰虽然辈分比他高，但只是域主级天才，又能拥有多少资产？

罗峰岂能和他这位不朽级军主相比？

可罗峰坚持要还，他也不好拒绝。

“小师叔还真有骨气，不轻易欠人情。”迪伦心中暗道。

“我们回去吧！”罗峰笑道。

得到了300多万混元单位，罗峰心情大好。

“是，殿下！”

迪伦当即陪同罗峰离开了宇宙星河银行，回到了罗峰购买的燕山庄园。

燕山庄园，静室。

罗峰盘膝而坐，一丝意识迅速连接虚拟宇宙网络。

虚拟宇宙，雨相山，原始区，罗峰住处的书房。

“哈哈！罗峰，你的老师给你留的资产不少吧！”他肩膀上的巴巴塔笑着说道。

罗峰点点头。

他坐在书桌前，看着笔记本电脑，屏幕显示收到一封邮件。那是宇宙星河银行发来的邮件，内容是恭喜罗峰成为宇宙星河银行四星级客户。

“四星级客户？巴巴塔，我记得三星级客户的门槛是10混元单位，这邮件上写着四星级客户的门槛是10000混元单位。那五星级客户的门槛呢？”

“五星级客户的门槛是1000万混元单位。”巴巴塔笑道，“你的老师现钱最多的时候超过1000万混元单位，可是后来在摩云藤上花费了620万混元单位，运气还算好，终于成功让摩云藤达到不朽级。你的老师施展出不朽级摩云藤，封侯级不朽神灵都很难击杀你的老师，可惜你的老师最后碰到一位精通灵魂的勉强封王的不朽神灵。”

罗峰微微点头。

“不过，普通不朽神灵的资产是10000混元单位。”巴巴塔再次说道，“很弱的不朽神灵的资产或许不足1000混元单位，而封侯级不朽神灵的资产都有1000万混元单位。注意，我说的是资产，不是现金。”

罗峰点头。

强者们早就将财富转化为实力了，比如呼延博，他就将巨额财富用来购买摩云藤进化所需的物品了。摩云藤达到不朽级，也就令其拥有了最强的助手。

可惜，呼延博最终还是殒身了。

“我的资产算起来也有1000万混元单位了。”罗峰心中暗道，“究炎虚空金、紫宸百络叶、洛夫鹦盘这三者加起来就价值500万混元单位，陨墨星号宇宙飞船价值300多万混元单位。当然，我这里最贵重的当数血洛晶。”

他拥有近10000颗血洛晶，单单给虚拟宇宙公司兑换即可兑换数百万积分。

而且，物以稀为贵，虚拟宇宙公司垄断血洛晶，血洛晶真正的卖价远超数百万积分，所以这血洛晶才是自己身上最贵重的。

“老师的遗产，加上我几次执行修炼任务时得到的机遇，令我拥有巨额的资产了。”罗峰暗自感慨，“当然，和我的另外一位老师真衍王相比，我这一点资产根本算不了什么。对于真衍王而言，上百万混元单位都不算什么。”

地位不同，资产自然不同，封王级不朽神灵的资产比封侯级不朽神灵的要多得多。

而达到巅峰的封王级不朽神灵，甚至于接近宇宙国主的真衍王，资产自然更加惊人。作为老师，他有一大堆徒弟，最多偶尔帮帮某个徒弟，根本不可能将资产全部给某个徒弟。

除非像呼延博，他的其他传人都离世了，最后只能将遗产留给唯一的隔代传人罗峰。

罗峰坐在书桌前，迅速点击笔记本电脑屏幕，购买能够让摩云藤突破到界主级的一些珍贵物品。在虚拟宇宙公司购买宝物，可以通过积分兑换，也可以通过现金购买。之前罗峰购买金角巨兽所需的金属就是用的现金。

“嗯？”罗峰惊讶地看着屏幕。

屏幕上出现了三个选择：

一、摩云藤从域主级九阶进化到界主级（普通进化，耗时3年，需1.18万混元单位）；

二、摩云藤从域主级九阶进化到界主级（普通进化，耗时1个月，需1.92万混元单位）；

三、摩云藤从域主级九阶进化到界主级（超级进化，耗时3个月到6个月，需3.2万混元单位、5.6万混元单位、8.5万混元单位这三者之一）。

“超级进化？”罗峰眉毛一挑。

他轻轻点开，分别查看这三个选择的详细信息。

摩云藤不同的进化之路，实力差别也是非常大的。从摩云藤有多少条主藤蔓就能判定其进化程度，界主级摩云藤最少拥有36条主藤蔓，这是最差的一种情况；最多拥有360条主藤蔓，这是最好的一种情况。

“我的摩云藤现在是域主级九阶，有108条主藤蔓……”罗峰看着详细信息，“超级进化是有三种珍贵物品配比模式的，价格从3.2万混元单位到8.5万混元单位不等。按照这上面的描述，我的摩云藤使用最好的超级进化应该能进化出216条主藤蔓。”

罗峰眉头微皱。

摩云藤最好的状态才能进化出216条主藤蔓？

“巴巴塔，怎么回事？”罗峰问道。

“界主级摩云藤拥有360条主藤蔓，那是传说中完美的极限。”巴巴塔随意地道，“从一开始培育就需要付出巨大的代价，摩云藤达到界主级时，就需要投入近100万混元单位。”

“近100万混元单位？老师有这么多钱的吧？”罗峰思索着。

“还有一点……”巴巴塔撇撇嘴，“越是进化高等的摩云藤，突破到不朽级的难度就越大。当年你老师的摩云藤在界主级时仅有108条主藤蔓，可是依旧耗费了620万混元单位，机缘巧合之下，才最终让摩云藤突破到不朽级。至于完美状态的摩云藤，越完美，越容易遭到宇宙级强者的嫉妒，想成为不朽级强者实在是太难了。”

罗峰点点头。

“不过，你的资源、条件、背景，还有将来的发展前景，可比你老师那个独行侠强多了。你现在可以选择最好的超级进化。摩云藤达到界主级，能进化出216条主藤蔓，将来突破到不朽级或许会很难，可是，还是有可能成功的。”

“嗯。”罗峰毫不犹豫，轻轻点击，选择最好的超级进化。

对于未来，罗峰有十足的信心。

自己不踏入不朽级便罢了，一旦踏入不朽级，一定会是不朽级强者中的超级强者，最起码先得封侯，之后就得封王，所以最佳帮手摩云藤也得够强。

“8.5万混元单位就这么没了。”罗峰摇头苦笑，“嗯，再让虚拟宇宙公司帮忙维修陨墨星号宇宙飞船。”

第608章

秘纹固化

“罗峰，我建议你，不单单维修陨墨星号宇宙飞船，还要让虚拟宇宙公司的人将陨墨星号宇宙飞船的内部改造一下，提高陨墨星号宇宙飞船的性能。论科技实力，虚拟宇宙公司可是人类族群中最强的，改造的宇宙飞船的性能极强。”

罗峰当即联系虚拟宇宙公司内部人员，说明自己的一些要求。

“罗峰殿下，请你将需要维修的宇宙飞船的详细参数、照片等资料，还有你需要改造后宇宙飞船达到的性能指标、层次等资料都发给我们，资料越齐全越好。我们能够根据宇宙飞船的受损情况、改造的需求来审核并判定需要多少费用。”屏幕中传来一道清脆的声音。

“好的。”罗峰点头。

他当即将巴巴塔早就准备好的资料发送过去。

仅仅片刻——

“罗峰殿下，虚拟宇宙公司制造出了能够达到50倍光速的F级宇宙飞船，此项技术非常成熟，我劝殿下也选择极限是50倍光速的性能配置。如果再提高要求，那么改造宇宙飞船的费用将大大提高，而正常性能配置的性价比是最高的。”屏幕中再次传来那道声音。

“灵活机动性能呢？”罗峰问道。

“也是正常规格。”那道清脆的声音又一次响起，“殿下，维修宇宙飞船需要5.6万混元单位，改造宇宙飞船的内部性能需要12.4万混元单位，一共18万混元单位。”

罗峰点点头。

巴巴塔计算过，如果在外界购买材料，再让虚拟宇宙公司的人来维修，单单购买材料就需要耗费8万混元单位左右，幸好罗峰是原始秘境的成员，享有优惠。

“罗峰殿下，我们这边的设计人员有一个疑问，这艘F级宇宙飞船是用赤混铜母打造的，边缘很薄，也很锋利，而且蕴含了固化秘纹，具有很强的切割威力。不过，这法则秘纹固化方面比较简陋，不够完善，请问是否需要完善？”那道清脆的声音再次响起。

罗峰闻言一怔。

陨墨星号是三角形的宇宙飞船，边缘无比锋利，可是这法则秘纹固化又是怎么回事？

“同意。”巴巴塔催促道。

“完善的话，主要有哪些方案，需要多少费用？”罗峰追问。

“首先，简单修复破损的固化秘纹，这是免费的；其次，整体进行完善，让这艘宇宙飞船的防御程度提高30%，机身切割攻击力提高50%，需要13.9万混元单位。”

“我同意进行完善。”罗峰点头。

摩云藤进化耗费8.5万混元单位，陨墨星号宇宙飞船维修改造耗费31.9万混元单位，总共是40.4万混元单位。

“这么快就消耗了40多万混元单位。”罗峰坐在书桌前，看着笔记本电脑屏幕，“花钱真是如流水啊！对了，巴巴塔，法则秘纹固化是怎么回事，怎么需要耗费13.9万混元单位？”

“你就知足吧！”巴巴塔撇撇嘴，“所谓法则秘纹固化，其实就是通过催动念力兵器、原力兵器上面的一些法则秘纹，勾动宇宙本源法则之力，由此来增强防御力和攻击力。主人当年为了制造陨墨星号宇宙飞船花了很大力气，请了很厉害的高手来进行法则秘纹固化。”

“当然，主人请的高手比不上虚拟宇宙公司内部的大师。”巴巴塔感慨一声，“能够在原有基础上，使得防御力提高30%，切割攻击力提高50%，虚拟宇宙公司中的法则秘纹固化的制造大师实在是厉害啊！这可是对整艘宇宙飞船船身进行法则秘纹固化，单单材料费就很昂贵，那可要13.9万混元单位呢。啧啧，如果当年你的老师请到这样的高手进行法则秘纹固化，最起码价格翻倍。你有虚拟宇宙公司在背后支持，的确方便得很。”

罗峰笑了。

方便是方便，就是花钱很厉害。

穹玉星，相水城，燕山庄园，地下仓库。

罗峰花费120亿宇宙币购买了庄园，由此可以想象其面积之大。整座庄园长宽达30公里，单单主建筑的地下仓库的长宽就达3公里，这是专门给一些大家族、大势力的人物用来存放宇宙飞船的。

“通体都是赤混铜母！”三名白袍人站在仓库内，看着面前的三角形宇宙飞船。

宇宙飞船的三个角都呈弧形，非常薄，而且锋利。

“这宇宙飞船加速起来，切割力极强，甚至能轻易切割一颗星球。”为首的白袍老者看着罗峰，笑着说道，“罗峰殿下，这艘宇宙飞船我们就带走了。”

“什么时候能修好，给我送回来？”罗峰问道。

眼前这三人正是虚拟宇宙公司派来的。因为穹玉星是乾巫宇宙国境内一颗极其重要的星球，所以穹玉星上有不少虚拟宇宙公司的重要成员。

罗峰刚刚通过虚拟宇宙网络签订了合同，当天虚拟宇宙公司就派人来领走了宇宙飞船。

“殿下，我们虚拟宇宙公司在宇宙人族疆域内的维修改造点不少，所以应该会很快，一来一回，最长不超过三个月。”白袍老者回道。

“嗯。”罗峰点头，“你们带走吧。”

“是。”

白袍老者看着陨墨星号宇宙飞船，心念一动，便将这艘宇宙飞船直接收进体内世界。

这个交接的过程是直接同步输入虚拟宇宙网络的。只要交接完成，罗峰就没必要担心陨墨星号宇宙飞船的安全问题了。

假设押送人员起了贪念，敢将这艘陨墨星号宇宙飞船吞没，然后在宇宙中逃亡，那么虚拟宇宙公司会直接赔一艘外表一样、性能更好的宇宙飞船给罗峰。

目送三名白袍人乘坐宇宙飞船离开，罗峰转头看向身侧的迪伦："迪伦，走，跟我去见一下我大哥。"

"是，殿下。"迪伦点头。

迪伦是罗峰的护卫军首领，在外放期间，负责贴身保护罗峰。当然，身为不朽神灵，迪伦的大半意识在虚拟宇宙网络中静修、参悟，只需部分意识在现实世界中即可达到最佳警戒效果。

一旦发生危机，迪伦的另外小部分意识会瞬间回归现实。

"大哥！"罗峰的眼中有一丝期待。

而后，他带着迪伦走出了燕山庄园。

他已经很久没在现实世界中见到洪了。

穹玉星，宝典城。

名气极大的晨星餐厅的三楼包厢是罗峰和洪约定好见面的地方。

"老三，宝典城还有一个典故，你知道的。穹玉星是人工制造的星球，当年穹玉星被从神国中送出来并放在这片星空中，乾巫宇宙国就开始大规模移民，很多大家族立即驻扎在这里。"洪坐在桌旁，笑道，"家族林立，强者如云，自然是非很多，后来因为一位强大的不朽神灵遗留传承宝典在穹玉星，引起了一场不朽神灵的大战，幸好穹玉星是人工制造的星球，用材也很奢侈，才能承受那些不朽神灵大战的余波。即使如此，那一场大战后，上万公里范围内的建筑都化为废墟，后来那片废墟中建造起一座城市，名为宝典城，其实也有警示之意……"

罗峰点头。

坐在罗峰身侧的迪伦微微一笑，道："穹玉星经过刚开始的混乱后，在统治者强有力的管制下变得和平。"

"在宝典城待了这么久，我都喜欢上这座城市了。"洪笑道。

"哈哈，因为这里有大哥喜欢的女人。"罗峰笑道。

"哈哈……"洪自嘲一笑。

"大哥，你现在住哪？"罗峰问道。

"我现在跟随老师，老师因为和一位老友交流、参悟，所以就住在老友家，我现在也住在那里。"洪端起酒杯，轻轻一饮，"老师的朋友名唤卜篮卡，是一位比较强大的不朽神灵。"

罗峰问道："你和姬青相恋的事情，你的老师和不朽神灵卜篮卡知道吗？"

"此事怎么可能瞒得住他们？"洪摇头，"之前我和姬青相恋的事被姬氏家族发现了，姬氏家族直接派人冲到卜篮卡前辈家，如果不是给卜篮卡前辈面子，恐怕会直接杀了我。"

罗峰脸色一变。

"姬氏家族的势力比卜篮家族强得多，所以卜篮卡前辈也没有办法。卜篮卡前辈曾经替我去拜访银雪侯，奈何银雪侯根本不见卜篮卡前辈。害得卜篮卡前辈因为我丢了面子，我真是……"

洪表情复杂，仰头喝光杯中的酒。

罗峰听了，微微点头。

卜篮卡是一位比较厉害的不朽神灵，可是有时候不同的不朽神灵的实力差距是很大的。银雪侯姬天藏乃是三百王侯之一，很久很久以前就是封侯级不朽神灵，又是乾巫国主手下的老臣子，不管是家族势力，还是个体实力，绝对压制卜篮卡。

而且，罗峰根据靠自己的权限搜集到的信息判定，银雪侯是个孤傲的人。卜篮卡去拜访银雪侯，银雪侯却拒不见面，这都在罗峰的意料之中。

"看来这位封侯级不朽神灵真的很恼怒，也很反对此事。"罗峰皱眉沉思，

“嗯，等正式任命下达，我成为乾巫分部的高层之一，到时候，我的话才有足够的分量。”

“大哥，再等一些日子，我的任命一到，我就去见见那位银雪侯。”罗峰说道。

第609章

请求离开

当罗峰抵达穹玉星，和洪在餐厅中见面时，穹玉星天藏城的银雪侯府内发生了一些事。

银雪侯姬天藏在乾巫宇宙国有极为深厚的根基，作为三百王侯之一，当年穹玉星建成后，专门有一座城市是以“天藏”命名的，而天藏城是由银雪侯府负责管理的。

银雪侯的权势远远超过黑龙山帝国的圣地神主。

银雪侯府内。

“主人，”一个皮肤呈暗红色、两耳尖尖、有一双碧绿色眸子的瘦小男子恭敬地跪伏在地，“洪终于离开了卜篮家族的府邸，去了宝典城晨星餐厅会客。”

“那小子终于出来了！”

上方的座椅上端坐着一个穿着华美长袍的男子，男子有黑色长发、白皙的面孔、一双隐隐泛着银光的黑色眸子。从外貌来看，他和地球C国人非常相像，只是那自然而然显露的凌厉气势彰显他身处高位。

“主人？”瘦小男子抬头看着眼前的人。

姬氏家族作为存在超过亿年的古老家族，子嗣是数以亿万计的。身为姬氏家族的血脉，并没有任何值得骄傲的地方。正因为家族子弟太多，所以想要出头非常难，一切都要看个人的能力。

而他的主人姬蓝登从小就非常努力，天赋也不错，总算成了宇宙级强者。能成为宇宙级的强者，在姬氏家族内自然会得到重用，还有1000多颗生命星球做领地呢。

可是——

在庞大的姬氏家族中，姬蓝登依旧只是底层，毕竟家族内的域主级强者、界主级强者很多，宇宙级强者更是多得多。

本来姬蓝登就该这么默默地过一生，可是他有一次无意宠幸了侍女，有了女儿姬青，他的命运顿时改变了。他的女儿姬青从小就展露出了惊人的天赋，迅速成长，直接得到姬氏家族总部的重点关注、培养。而后，更是被宇宙佣兵联盟吸纳为核心成员。

宇宙人族五大势力的核心成员都是超级天才。亿万年来，姬氏家族虽然也培养出了几个被五大势力吸纳的核心成员，可那都不是姬氏家族血脉，只是姬氏家族领地雪疆星域中诞生的天才而已，而姬青乃是数年来第一位早早就被吸纳进五大势力的绝世天才。

就连姬氏家族的族祖，第一任族长，也就是银雪侯姬天藏，都既震惊又欣喜。

姬青在族内的地位立即飙升，成为族内排名前十的大人物，连那些界主级强者对姬青都不敢造次。

女儿的地位飙升，姬蓝登这个当爹的地位当然随之提高，分管雪疆星域领地中的数十个星系，顿时成为姬氏家族的上流人物。

“没想到，我不在穹玉星的这些年，小青竟然喜欢上了一个从偏僻的土著星球冒出的家伙。哼！不管怎样，任何阻碍小青前途的，我这个做父亲的都要帮小青解决掉。”姬蓝登的双眸中掠过一丝厉芒。

得知女儿的事，姬蓝登立即乘坐宇宙飞船赶回穹玉星。

不过，这段日子洪一直待在卜筮家族的府邸中，卜筮家族毕竟是不朽神灵家族，高高在上的银雪侯姬天藏可以不把它放在眼里，可是姬氏家族的其他人不敢不敬。

所以姬蓝登一直没有去见洪，而现在他终于找到机会了。

姬青是他的宝贝女儿，也是他事业风生水起的倚仗。他之所以从家族底层走到上层，就是因为沾了女儿的光。女儿一旦有差池，他现在的权力和地位恐怕都会失去。

“绝不允许！”姬蓝登双拳紧握，“让人带路，我要去晨星餐厅！”

“是，主人！”瘦小男子恭敬应道。

晨星餐厅三楼包厢。

罗峰正和洪在交谈，忽然，急促的敲门声响起。

“嗯？”罗峰眉头微皱。

“进来。”洪看向门口。

门自动打开。

一个身材高大、俊美的男服务员恭敬行礼：“楼下有人想要进来见一位客人。”

“见谁？”罗峰疑惑。

“那人说想要见叫‘洪’的男子。”

服务员感觉到包厢中的二人自然而然散发出的威压，不由得更加恭敬。这是个现实的世界，一旦惹怒某个有地位的人物，他恐怕会丢掉小命。

“大哥，是见你的。”罗峰看着洪。

“哦？”洪看着服务员，“让他进来。”

“是！”服务员这才恭敬退下。

“到底是谁要见我？我在穹玉星认识的人不多。”洪疑惑地摇摇头。

罗峰笑道：“都能直接说出大哥的名字，估计对大哥很熟悉，说不定是那位姬青姑娘呢。”

“姬青？”洪心中一动。

忽然，楼梯间响起了脚步声。

罗峰、洪二人都看向门外。

“殿下，来的是一名宇宙级九阶强者和一名域主级九阶强者，没有一点威胁。”迪伦坐在一旁，半眯着眼，传音给罗峰。

“哦！”罗峰微微点头。

门外终于出现了来人的身影，那是两个男人。

那宇宙级九阶强者一头黑发，方脸，皮肤白皙，长相跟地球的C国人没两样，而那个域主级九阶强者高大一些，皮肤泛着紫色，有些长的指甲仿佛锋利的匕首，双眸泛着紫色。

两人一前一后走上来，那域主级九阶强者应该是个保镖。

“你好，洪！”方脸男子看向洪。

“你是？”洪疑惑地看着方脸男子。

“自我介绍一下，我是姬青的父亲，姬蓝登！”方脸男子说道。

罗峰脸色一变。

姬青的父亲来了，看样子大哥还没见过姬青的父亲。

洪立即站起身来，恭敬行礼：“姬先生。”

“我得知你和姬青相恋的事情后，就立即从雪疆星域赶回了穹玉星。”姬蓝登紧紧地盯着洪，“只是，这些日子你一直住在卜筮家族府内，我不好前去打扰，今天我来找你没有丝毫恶意，纯粹是想以姬青父亲的身份和你谈一谈。”

“我明白。”洪点点头。

“你很优秀！”姬蓝登看着洪，“听说你在乾巫宇宙国内部的天才战中表现很不错，虽然最终没能被虚拟宇宙公司吸纳，但是，无可否认，你是一个很优秀的青年。”

洪认真聆听。

“可是……”姬蓝登轻叹一声，“你和我女儿终究是两个世界的人。我女儿从小生活在姬氏家族，这是一个比你们黑龙山星域皇族还要强大百倍的家族。你是独行者，可以跟随你的老师到处流浪，没什么牵挂，也没什么压力。可是，我的女儿是在姬氏家族长大的，家族内部的竞争压力极大。在姬氏家族中，一旦犯错，就会被千万人踩在脚下。这些你懂吗？”

“我懂。”洪又点点头。

皇族内部争斗惨烈，宇宙中的超级家族姬氏家族内部竞争更是格外激烈。

“所以我女儿姬青不能走错路，一旦走错路，便是万劫不复。”姬蓝登看着洪，“然而她和你相恋，此事已经惹得姬氏家族的族祖震怒。族祖震怒，整个家族的人都惶恐不安……”

洪沉默不语。

“所以我希望你为了姬青的前途着想，离开她，不要再跟她纠缠。”姬蓝登郑重地道，“别跟她在虚拟宇宙网络中联系，也早点离开穹玉星，我希望你能够从她的世界中消失。只要你消失，她依旧是族祖最宠爱的孩子。如果你继续纠缠，将会令她陷入万劫不复的地步。”

洪攥紧拳头，脸色很是难看。

罗峰眉头微皱。

“我以姬青父亲的身份再次请求你，放过我的女儿吧。我相信，你也希望她有一个美好的未来，对吗？”姬蓝登看着洪。

“我明白。”洪微微点头。

“我希望你能够离开穹玉星，那样的话，我这个当父亲的会很感激你的。”

姬蓝登微微欠身，说完便转过身去，带着保镖离去，从头到尾根本就没有注意到罗峰，也没注意到迪伦。

不朽神灵迪伦不想暴露身份，姬蓝登和他的保镖只有那等实力，怎么可能发现他？

餐厅内一片安静。

一直控制着自己情绪的洪脸色陡然变得苍白，随即摇头苦笑。

“老三，可笑不可笑？”洪看着罗峰。

“没什么可笑的。”罗峰摇头。

洪摇摇头。

他看事情是很透彻的，姬青的父亲看似很客气，实则那些话的意思很明显，就是要洪主动离开姬青。姬青的父亲显然非常讨厌洪，巴不得洪早点离开穹玉星，消失在姬青的世界里。

洪被心爱的女子的父亲这般厌恶，他的心中很难受。

“大哥。”罗峰拍拍洪的肩膀。

“我没事。”洪摇头。

罗峰眉头紧蹙。

那银雪侯到底是怎么回事？就算姬青是超级天才，难道就不能谈恋爱？

这是什么迂腐之举？

当天罗峰送洪回了卜筮家族府邸。

洪回去之前，嘱咐罗峰：“老三，此事我的确需要你帮忙，可你也得弄清楚到底是什么情况，千万别乱来。假如真的会对姬青造成伤害，那我就……”

“大哥，这一点我懂。”罗峰点头。

这也是罗峰一直没主动暴露身份的缘故。姬蓝登来时，罗峰略微变动了面部肌肉，以防姬蓝登认出自己。

无论如何，现在还没到和银雪侯姬天藏正式碰面的时候，大哥的事情很急，可罗峰也不敢乱来，毕竟好心办坏事的例子数不胜数。

第610章

新陨墨星号

时间飞快流逝。

罗峰虽然来到了穹玉星，却一直住在燕山庄园，泡着营养舱。

“还没走？那个洪一直留在卜筮家族府中？”姬蓝登在大厅内来回踱步，“洪是在宇宙国内部天才战中表现优秀的天才，天才的自尊心极强。我都说出了那番话，他不可能还为了可笑的爱情继续坚持，应该早早离开才对。”

“主人，他的确一直待在卜筮家族府中。”跪伏在地的瘦小男子恭敬地回道。

“浑蛋！”姬蓝登怒气冲天。

可是，他心里清楚，连族祖银雪侯都没派人动手，就没有人敢擅作主张。

一个月，两个月，三个月……

姬蓝登焦急地期盼着，洪却一直待在卜筮家族府中，大门不出。

这段时间，罗峰也默默地待在燕山庄园。

燕山庄园，主楼的静室中。

一个营养舱摆放在静室的角落，而蕴含多种色彩的藤蔓遍布整个静室，那一条条主藤蔓和叶子中隐隐有流光闪烁，所有长藤和蔓叶都在悄悄发生变化，色泽、模样都在不断变化。

“殿下！”迪伦的声音直接穿透墙壁，在静室中回荡。

“咔咔——”营养舱舱门自动开启。

一个黑发男子从冰冷的营养液中起身，同时体表直接出现贴身的青色战衣。

这套四阶原力战衣是罗峰让虚拟宇宙公司的人送来的，这是虚拟宇宙公司免费提供给核心成员使用的。

“嗖！”旁边遍布静室墙壁的藤蔓上的不少蔓叶迅速贴过来，缠绕在罗峰的手臂上。

“摩云，”罗峰轻轻抚摸蔓叶，“这段日子你就慢慢进化，待进化完毕后，再跟我一起战斗。”

顿时，竖起的藤蔓微微下垂，好似在点头。同时，罗峰的意识传来摩云藤浓浓的依恋。

“哈哈！别急，快了，还有两个月，你就能成功蜕变了。”

罗峰里面穿着青色战衣，外面则套着银色铠甲。

他推开静室大门，走了出去。

“殿下。”门口的迪伦微微欠身，面带笑容，“恭喜殿下，达到了域主级八阶。”

“离九阶还差一点。”罗峰一笑。

从域主级一阶到九阶，越往后，所需积蓄的能量越多，特别是最后三阶需要的能量是最多的。罗峰要达到域主级九阶巅峰，按理说需要六个月，现在已经耗费四个月，估摸着还差两个月。

“殿下，虚拟宇宙公司的人正在楼下。”迪伦说道。

“嗯，走吧。”罗峰带着迪伦很快就来到主楼的一楼客厅。

三名白袍人站在那里，当看到罗峰和迪伦下楼时，同时躬身行礼：“殿下！”

“哈哈，见到你们，真是开心。”罗峰的眼中有一丝期盼，“我的宇宙飞船已经维修并改装好了吗？”

“是的，殿下！”为首的白袍老者满怀歉意，“这次主要是改装部多花了一些时间，所以现在才把宇宙飞船送回来，还请殿下见谅。”

“没事。走吧，去地下仓库。”罗峰忍不住想要去看宇宙飞船，“让我好好瞧瞧它。”

“是！”

罗峰等人一道去到宽敞的地下仓库。

为首的白袍老者朝罗峰恭敬行礼：“殿下，请看！”

说完，他遥指前方，顿时一艘红色的三角形宇宙飞船出现在地下仓库，宇宙飞船蕴含的凌厉气息令周围空间隐隐震荡。

“嗯？”罗峰眼睛一亮。

陨墨星号宇宙飞船直径约800米，这艘宇宙飞船的三个角都很薄，而且锋利，船身上有一些肉眼无法看清的很淡的秘纹，那些秘纹自然而然令船身散发出凌厉的气息。

毫无疑问，这艘宇宙飞船加速起来，就算是陨石群也会直接被切割开来，甚至对它的速度影响不大。

“罗峰殿下，这艘宇宙飞船通体都是F9级金属赤混铜母，再辅以虚拟宇宙公司的制造大师们完善的法则秘纹，它的防御力已经达到极为惊人的地步。即便是封王级不朽神灵想要破开这艘宇宙飞船，也是非常难的。”白袍老者笑着说道，“这样一艘宇宙飞船，只需要融合一个不朽级金属生命，绝对配得上封王级不朽神灵了。”

罗峰两眼放光。

修复好的陨墨星号宇宙飞船将会陪伴自己很久很久。

“罗峰，赶紧进去，赶紧进去。”巴巴塔催促道。

“嗯。”罗峰应道。

“宇宙飞船船身的防御力提升，加上能量罩进行了改装，整体防御力比一开始提高了近40%。”控制室中的屏幕上出现了巴巴塔的头像，“宇宙飞船的加速、转弯等瞬间迸发力也提高了近80%，最快的飞行速度更是达到50倍光速，虚拟宇宙公司的科技实在太强大了。某种程度上，虚拟宇宙公司已经将陨墨星号宇宙飞船的潜能发挥到极致。想要再次提升陨墨星号，最好的方法就是让不朽级金属生命和陨墨星号融合，让其具有生命特性……”

“哈哈！这么多年了，我终于又能操控陨墨星号宇宙飞船了。”屏幕上的巴巴塔无比兴奋，忽然又有些哀伤，“可是主人他……”

“罗峰！”巴巴塔看着罗峰，双眸发亮，“你将来一定要为主人报仇！”

“嗯。”罗峰轻轻点头，“一定！”

巴巴塔看着罗峰，想起了当年在地球时，那个发现了陨墨星号宇宙飞船并悄悄进入陨墨星号宇宙飞船的青年。

当时它纯粹是抱着没有更好选择的想法才让罗峰接受了呼延博的传承，成为呼延博唯一活着的弟子。

当时巴巴塔禁止罗峰询问呼延博仇人的事，因为它都不敢想有一天罗峰能够给呼延博报仇，可是现在它看到了希望。

“逆天的天赋，惊人的意志，强势的背景，虚拟宇宙公司的精心培养，罗峰将来成为封王级不朽神灵绝对是有希望的，到时候他就能杀死那个害死呼延博的浑蛋了。”巴巴塔默默地期盼着。

罗峰仔细地观察陨墨星号宇宙飞船。

陨墨星号宇宙飞船的构造就像宇宙星河银行的一些机密房间一样能够隔绝念力等的探测。陨墨星号宇宙飞船拥有诸多系统性能，不朽神灵可以强行将神力渗透进去，不朽级以下的强者根本无法让神力渗透并进行灵魂攻击。

“这艘宇宙飞船还真安全。”罗峰心中暗道，“将来我成为不朽神灵，我的魔杀族分身无惧灵魂攻击，陨墨星号宇宙飞船的防御力极强，二者结合，堪称王牌组合。”

喜事一件接一件，罗峰拥有将来进行生死冒险的好伙伴陨墨星号宇宙飞船的第二天，虚拟宇宙公司的正式任命终于下达了。

虚拟宇宙，雨相山，原始区，罗峰的庄园内。

书房中，罗峰坐在书桌前，看着笔记本电脑屏幕上显示的邮件通知，那是虚拟宇宙公司发送过来的。

“罗峰，从今天起，你就是虚拟宇宙公司乾巫分部的监察特使，你拥有对武部、商部、军部的调查、监视等特权。”罗峰肩膀上的巴巴塔大叫起来，“哈哈，罗峰，从现在起，乾巫分部的三大巨头恐怕得惧怕你了。”

罗峰默默地看着邮件内容。

这任命很简单，主要是对他达到域主级时的考验。他通过考验，就能得到很多积分。单单监察这一项工作，当他达到界主期，卸任的那一天即可直接获得10万积分。

“在外放期间，虚拟宇宙公司偶尔会下达一些特别任务让你去执行，每一项任务都有相应的积分奖励。”这是邮件中的一句话。

显然，培养期间，宇宙级天才可以执行修炼任务，域主级天才执行各项工作，界主级天才则进行各种生死冒险，这些都附带了积分奖励。

“任命下达，乾巫分部的高层同时会得到通知。”罗峰眼睛发亮，“现在该是我上任、去拜会那三大巨头的时候了。”

任命在身，罗峰的身份自然不一样了。

第611章

罗峰上任

“正式任命一下达，我在虚拟宇宙中不用靠自己飞行，可以直接从我的庄园被传送到乾巫分部。”

罗峰看着邮件附件中的详细内容，将一些需要注意的规则全部记下后，满意地点点头。

“去乾巫分部！”罗峰心念一动。

“唰！”他直接消失在书桌前，被传送到了虚拟宇宙中的乾巫分部。

虚拟宇宙中有一个主位面空间，这个主位面空间中有一片片大陆，每一片大陆都代表着一个宇宙国，这些大陆的周围有密密麻麻的岛屿，这些岛屿或代表宇宙中等文明国度，或代表一些特殊地点。比如乾巫大陆管辖下的黑龙山岛屿，就是黑龙山帝国居民进入虚拟宇宙后经常待的地方。

乾巫大陆管辖下的紫晶岛由紫色水晶构成，面积较大，即使与黑龙山岛屿相比也丝毫不逊色。岛上有紫晶构成的宫殿，一座座宫殿高矮、雄伟程度有明显的区别，而最中间的上万公里高的紫晶宫殿是最耀眼的。

在阳光的照耀下，这座紫晶宫殿折射出绚丽的彩光。

紫晶岛是虚拟宇宙公司乾巫分部的办事处，因为宇宙太过广袤，办公地点自然设在虚拟宇宙中。

“一切都很正常，现在总部竟然突然派遣一个监察特使过来。那个罗峰也是，这么急着突破到域主级做什么……”

高大的殿厅内有一个直径超过1000米的圆桌，圆桌旁有三个王座。

此刻每个王座上都端坐着一人。

说话的是脸上有绒毛的猿人，他穿着精美的紫袍。

“哧哧——”他身上的紫袍弥漫着丝丝紫色电光。

“你不爽有什么用？就算罗峰现在没突破到域主级，数千年后，他照样能突破到域主级，他的家乡又是乾巫宇宙国，到时候他还是会作为监察特使来到乾巫分部。”一个有金色长发、头顶有三根金色羽毛、容貌俊美的男子说道。

“紫电侯，金羽侯。”一道温柔的声音响起。

说话者是一个通体蒙着黑纱、赤着脚的少女，她的目光好似能令周围时空扭转：“任命已经下达，罗峰很快就会到任，你们在这里争吵一点意义都没有。”

紫电侯和金羽侯都不说话了。

“罗峰的身份是监察特使，有权调查我们在职期间做的任何事情，恐怕会查出对我们不利的证据。”黑纱少女轻声说道。

“紫电侯负责商部，商部内部乱七八糟的交易多得是，即使账目做得再好，又销毁了许多证据，可罗峰要是认真调查，一定能查个水落石出。猴子，你到时即使不被关进星域牢狱，也得去域外战场将功赎罪。”金羽侯嘿嘿笑道。

“难道你们武部就干净？”紫电侯冷视金羽侯。

“总比你商部好点。”金羽侯眉毛一挑。

“好了！”黑纱少女皱眉，轻声喝道。

顿时，两人都看向黑纱少女。

黑纱少女没好气地道：“有些事情不可避免会违规，而罗峰若铁了心要查，只要时间足够，绝对会查出一些问题来。就算问题不严重，他将我们革职都是没问题的。”

“嗯。”紫电侯和金羽侯都点点头。

“不管怎样，职位得保住！”紫电侯沉声道。

乾巫分部的三大巨头有显赫的身份，掌控莫大的权力，可比一般的封侯级不朽神灵强多了。

武部、商部、军部三个分部中，最难调查的是军部，因为军部实在太过庞大，而且是和乾巫宇宙国共同管理宇宙军队。罗峰若要调查军部，还需要通过乾巫宇宙国高层，非常复杂，而武部和商部调查起来就容易多了。

“罗峰不是傻瓜，他若铁了心要调查，那就是逼我们和他作对。”黑纱少女缓缓地道，“此事对他一点好处都没有。”

“他若敢那么做，我们直接暗中弄死他！”金羽侯冷冷地道。

“弄死？”紫电侯嗤笑一声，“金羽侯，你这是完全没把罗峰的老师真衍王放在眼里？真衍王可是我猿人一族中仅次于圣主的存在，你如果真的敢暗中弄死罗峰，除非做得滴水不漏，连你自己脑中的记忆也抹掉，不让真衍王查到，否则你也死定了。”

金羽侯瞳孔一缩。

真衍王的确极强，要杀了他简直跟捏死一只蚂蚁那样容易。

“你们都清醒一点。罗峰在第一次资格战中就脱颖而出，冲进了原始秘境，此等天才肯定是受到总部高层重视的。”黑纱少女冷冷地道，“而且，他的背后还有真衍王撑腰。我们就算动手，也最多教训教训他，让他吃吃苦头，绝对不能下杀手。一旦下杀手，那我们就真的是走上绝路了。”

紫电侯和金羽侯都点点头。

“我们没有其他办法了。”黑纱少女遥指虚空，虚空中出现一面屏幕，屏幕上有详细的方案，“这是我属下写的三个应对方案，你们看看。”

其他二人当即看起来。

看完后，两人对视一眼。

“希望罗峰是个聪明人，睁一只眼闭一只眼。这样一来，他在担任监察特使期间能威风八面，舒畅痛快，我们三个也没有烦恼，否则的话，大家只能一起痛苦了。”金羽侯低哼一声。

片刻后——

“嘟——”刺耳的警报声在殿厅中响起。

三大巨头猛地站起身来。

“他来了！”黑纱少女郑重地道，“走，我们要热情迎接前来进行监察工作的特使大人。”

“对，无比热情。”紫电侯点头。

“极度地热情。”金羽侯露出自认最友好的笑容。

紫晶岛东边的一块紫晶礁石上，一阵绚丽光芒冲天而起。

下一瞬，罗峰出现在紫晶礁石上。

“这就是乾巫分部在虚拟宇宙中的办公地点？”

罗峰看到闪烁的光芒，眼睛有些发花。

整座岛屿好像一个巨型的艺术品。在阳光的照射下，岛上的一座座紫晶宫殿美得让人心颤。

“嗖！”

罗峰直接朝紫晶岛中央飞去。

这紫晶岛实在是太大了，足以媲美黑龙山岛屿。

“嗯？”

飞行片刻，罗峰看到了巨大的紫晶广场上密密麻麻的人影，一眼看去，最前方站着三人。

穿着华丽紫袍的紫电侯，他面带微笑，身体周围闪烁着紫色闪电。

有着金色长发的金羽侯笑容璀璨，整个人仿佛太阳一般让人感觉到温暖。

披着黑色纱衣、赤着脚的少女，不经意间散发出迷人的笑容。

“欢迎监察特使罗峰先生！”黑纱少女笑道。

“哗！”密密麻麻的人影齐刷刷地跪伏在地。

一个个恭敬地齐声喊道：“拜见罗峰殿下！”

“拜见罗峰殿下。”数百位不朽神灵也躬身行礼。

“罗峰，欢迎你加入我们乾巫分部！”黑纱少女微微一笑。

“罗峰，我早就听说过你的大名了，这么短时间内就能冲进原始秘境，真是让我佩服啊！”金羽侯也笑道。

“哈哈！罗峰，我属于猿人族群中的冠焱族，你的老师真衍王是猿人族群中的卡混斯族最伟大的存在，我从小就很钦佩真衍王前辈，一直以他为目标，今天能够见到真衍王前辈的弟子，真是开心啊！”紫电侯热情无比。

罗峰站在那里，有些发蒙。

乾巫分部三大巨头的迎接仪式未免太隆重了吧！

这三大巨头可都是封侯级不朽神灵，地位丝毫不亚于自己，竟然这么热情！

“罗峰，”黑纱少女走了过来，“我来介绍一下……”

“我也听说过三位的大名。”罗峰打断黑纱少女的话，“你应该是执掌军部的部长黑湮侯薇撒。”

黑纱少女笑着点点头。

“你应该是执掌武部的部长金羽侯埃弗。”罗峰看向金发男子。

金发男子微笑点头。

“你应该是执掌商部的部长紫电侯震潜。”罗峰看向猿人。

紫电侯朗声大笑，连连点头：“看来你对我们三个很了解啊，来之前应该搜集过我们的资料吧。以你的探察能力，监察特使的工作肯定很轻松啊！”

“还要烦请三位协助。”罗峰谦逊地道。

“这是当然。”

“一定。”

“应该的。”

三大巨头都点点头。

“罗峰，我给你介绍一下。”黑湮侯指着后面密密麻麻的人影和不朽神灵，“我们乾巫分部需要掌管乾巫宇宙国的一万多个星域、上亿星系，所以除了我们三个部长外，分部还有三百二十二位不朽神灵，还有负责诸多星域、星系的重要人员，一共约八亿人，全部都在这里了。”

罗峰屏息。

他看着眼前密密麻麻的人影，原来大约有八亿人，难怪以自己的视力都无法看清。

“嗯？”罗峰目光扫过那些不朽神灵，忽然看到一名有着绿色皮肤、脸上满是皱纹的老者，“曼落？”

此人是当年罗峰在黑龙山岛屿杀戮场上经常看到的老头。

第612章

筹备

“罗峰！”曼落见罗峰看了过来，神色一变。

作为不朽神灵，他的记忆力当然非常好，当即露出笑容，以示友好。

罗峰笑着点点头。

当年杀戮场上的大人物曼落现在竟然成了自己的下属，罗峰觉得世事很玄妙。

“黑湮侯，”罗峰看向身旁的三大巨头，低声说道，“没必要让大家一直站着，让他们都散了吧。”

“罗峰，你的确心地仁善。”金羽侯笑道。

罗峰心中一惊。

这行为都能叫心地仁善？武部部长金羽侯这么拍马屁，罗峰有点受不了。

黑湮侯当即下令：“你们都散了吧！”

她那温柔的声音在紫晶岛上空不断回荡。

“是！”那些人恭敬应道，随即化作一道道流光，井然有序地朝紫晶岛的各个方向飞去。

“诸位不朽神灵，请跟随我们三人陪监察特使好好看看紫晶岛，再看看我们乾巫分部的运作。”黑湮侯下令。

“是！”包括曼落在内的不朽神灵都微微躬身。

不朽神灵们跟在罗峰、金羽侯、黑湮侯、紫电侯这四大巨头身后，一旦他们谈到下属部门的一些事情，这些不朽神灵就需要出来解释。

“当年那个参加天才战的小家伙跟随他的大哥和二哥第一次出现在杀戮场上时，多么稚嫩啊！即使有资格参加天才战，实力依旧不算强。没想到，这才两百年，他竟然成了乾巫分部第四大巨头。”曼落看着罗峰，心中慨叹，“紫电侯等三大巨头都无比热情，将罗峰给哄得开开心心的，否则罗峰翻脸，他们三个就没好日子过了。”

“曼落！”紫电侯低喝一声。

“部长！”曼落从回忆中惊醒过来，连忙走上前去。

“黑龙山星域商部是你管理的部门。”紫电侯看了曼落一眼，“罗峰的家乡属于黑龙山星域，他想要多了解黑龙山星域的情况，你来给他解答吧！”

“是！”曼落微微躬身。

“曼落先生，好久不见。”罗峰转头，笑着看向曼落。

“的确好久没见了。今日一见，殿下让曼落刮目相看啊！”曼落笑道。

“嗯，我们边走边说。”罗峰点头。

罗峰在紫电侯、金羽侯、黑湮侯这三大巨头的陪同下视察了乾巫分部的一个个重要部门。他进行了一些简单的询问，以对整个乾巫分部的运作有一个简单的认知。

宫殿内的一个休息厅中，紫电侯、金羽侯、黑湮侯、罗峰四人聚在一起，其他的不朽神灵已经退下了。

“不看不知道，一看吓一跳，虚拟宇宙公司的势力真大啊！”罗峰拿起眼前摆着的珍贵水果，咬了一口，“整个乾巫宇宙国的民生、经济等几乎都被虚拟宇宙公司完全掌控了。”

“这是当然！”紫电侯笑着说道，“宇宙人族五大势力中，宇宙佣兵联盟重视高手，宇宙第一银行、宇宙星河银行主要是经营银行储存业务、部分投资业务。巨斧斗武场也是重视高手，唯有虚拟宇宙公司掌控整个人族经济命脉。”

罗峰感慨。

虚拟宇宙公司的确很厉害。

宇宙中有很多大型企业、商业势力，全部都受到虚拟宇宙公司的控制。就拿那些制造虚拟游戏的游戏企业来说，所有的虚拟游戏需要占据一个虚拟的位面空间，那都是需要向虚拟宇宙公司租借的。又如杀戮场，更是直接被虚拟宇宙公司垄断。

巨斧斗武场在虚拟宇宙网络中举行一场场直播，也是需要分钱给虚拟宇宙公司的。

总之，人类离不开虚拟宇宙网络，所以虚拟宇宙公司就控制了人族的经济命脉，甚至连宇宙军队也是和巨斧斗武场对半分，双方各控制504个宇宙国的宇宙军队。

“任何国度、任何家族、任何组织想要发展，就得和我们虚拟宇宙公司合作。”紫电侯自信满满地道，“就连其他四大势力都得和我们合作，更别提那些国度和家族了。商业经济方面，我们虚拟宇宙公司处于绝对垄断地位。”

“经济控制，宝物无数，强者如云，所以我们虚拟宇宙公司每年吸纳的天才武者是五大势力中最多的。”金羽侯也自信地道。

“在乾巫宇宙国，我们乾巫分部拥有一半控制力，另外一半控制力则归乾巫国主所有。”黑湮侯也道。

三大巨头的话语中有着绝对的自信。

罗峰不由得心神一颤。

他此时真正体会到了虚拟宇宙公司的威慑力、控制力。难怪进行天才战时，乾巫国主巴不得将全宇宙国的天才都送上去，现在看来，乾巫国主很可能就是虚拟宇宙公司内部的一员。

“罗峰，你什么时候来乾巫宇宙国？”黑湮侯笑道。

“对，什么时候到？”金羽侯、紫电侯都期待地看着罗峰。

“我已经到穹玉星了。”罗峰说道。

“什么?！”三大巨头一惊。

原始秘境离乾巫宇宙国非常远，罗峰即使乘坐飞行速度极快的宇宙飞船，也得一两年的时间。

“你竟然已经到达穹玉星了，也不提前和我们说。”紫电侯脸上挤出一抹笑，“这可就是你不对了，你可是总部派来的监察特使，代表的可是总部，怎么能就这么不声不响地来到乾巫宇宙国呢？金羽侯、黑湮侯，我们应该按照例行的规矩给罗峰准备一场接风宴！”

“对。”黑湮侯点头。

“当然得准备一场接风宴，而且要很隆重。我们要通过这场接风宴向整个乾巫宇宙国的上层宣告，乾巫分部的监察特使罗峰来了！”金羽侯说道。

“嗯！此事就交给我吧。”紫电侯说道。

“你们商部负责这事肯定没问题。”金羽侯连忙说道，“可是有一点要注意，那就是必须彰显罗峰的身份，他可是原始秘境的成员，是总部派来的监察特使，宴会规格也得高，不准那些小家族的人都跑来凑热闹。”

罗峰哭笑不得。

“三位，没必要……”罗峰刚开口。

“什么没必要，完全有必要！”紫电侯连声说道，“罗峰，这可不仅关乎你个人的颜面，而且关乎我们乾巫分部的颜面，甚至是整个虚拟宇宙公司总部的颜面，也关乎你的老师真衍王的颜面。”

罗峰无语了。

“此事就交给我们了。”金羽侯拍着胸脯，斩钉截铁地道。

“规模小一点，我不喜欢太热闹，就在穹玉星内部办吧！”罗峰道。

“规模小一点，不喜欢太热闹？行，没问题。”紫电侯应道。

虚拟宇宙公司乾巫分部在乾巫宇宙国有着极高的地位，因为乾巫分部代表虚拟宇宙公司管理整个乾巫宇宙国。虽然明面上宇宙国归乾巫国主管，但是即使是乾巫国主，也得听从虚拟宇宙公司的，所以1008个宇宙国的分部都吸引了许多封侯级不朽神灵抢着担任部长。

三大部长个个地位尊贵，比三百王侯都要强得多。

“乾巫分部的邀请函？”

“总部派遣监察特使加入乾巫分部？难怪那三大巨头这么急匆匆的。”

“三大巨头举办宴会，可不能不给面子。”

当一封封邀请函派发下去时，整个乾巫宇宙国的高层都轰动了。

那可是乾巫分部三大巨头发出的邀请函，谁敢不去？

穹玉星，天藏城，银雪侯府。

“族祖！”

“老师！”

八位不朽神灵恭敬行礼。

数百名界主级强者和近万人全部跪伏在地。

这就是银雪侯府真正的高层势力。姬蓝登因为女儿的关系勉强挤进了近万人的行列，所以在人群的最后面跪着。而那八大不朽神灵都是银雪侯的徒弟，多年来已突破成为不朽神灵。

姬氏家族能出多少人才？整个雪疆星域的人才要多得多。银雪侯数年来培养出了十五位不朽神灵，在总部的仅仅八人。

“起来！”一道冰冷的声音响起。

八位不朽神灵、数百名界主级强者、近万人都恭敬地站起身来，正前方站着一个穿着银白色长袍、有一头黑色长发、鬓角有银白色长发的男子。

银袍男子站在那里，让人感觉仿佛面对的是无穷无尽的冰雪世界。

他便是银雪侯！

银雪侯是乾巫宇宙国的三百王侯之一！

“乾巫分部的三大巨头亲自给我发来了邀请函。”银雪侯冷冷地道，“这次是他们给虚拟宇宙公司总部派来的监察特使举行的接风宴，给整个宇宙国所有重要家族发了邀请函。因为规模所限，这次我只带两人去。”

下面的人抬头，期待不已。

这种绝对属于高层宴会，能参加的都是乾巫宇宙国的顶级人物，连银雪侯都只能带两人前去，恐怕很多差一点的不朽神灵家族都没资格去。

“誉阚、风烟，你们俩随我去。”银雪侯淡淡地道。

“是！”

“是！”

其中一位不朽神灵和一名界主级女强者面露喜色，恭敬应道。

第613章

接风宴

银雪侯看了两人一眼，心中暗叹。

誉阚是他最喜欢的徒弟，可惜他麾下的十五位不朽神灵并非姬氏家族血脉。

风烟，全名姬风烟，界主级巅峰强者，拥有姬氏家族血脉，也是近百名界主级强者中最有希望达到不朽级的。

“可惜姬氏家族除了我之外，没有第二位不朽神灵。”银雪侯心中暗叹。

不朽神灵的诞生概率实在太低，放眼整个宇宙国，能够诞生上万位不朽神灵。可是局限在一个家族中，即使经历漫长的岁月，也很难出现两位不朽神灵。

“其他人都给我退下。”银雪侯下令。

“是！”

七位不朽神灵、数百名界主级强者、近万名家族精英恭敬退下。

只有不朽神灵誉阚、界主级强者姬风烟二人留在那里。

乾巫分部三大巨头为即将到来的监察特使举办接风宴，这个消息很快就传遍整个乾巫宇宙国。

然而，这场接风宴的规模很小，参加者的层次非常高，只有三百王侯和极少数较为强大的不朽神灵家族的人接到邀请。

而超过九成的不朽神灵没接到邀请，更别提那些界主级强者了。

很多不朽神灵都感叹道：“平常想要见见那三大巨头都没机会。没想到，这次接风宴的规模这么小，我们都没收到邀请函。”

乾巫分部的邀请函也是身份的象征，收到邀请函的个个都是乾巫宇宙国中上层的大人物。

穹玉星，燕山庄园。

静室。

那爬满墙壁的藤蔓忽然摇曳起来，短发青年从冰冷的营养液中站了起来，其体表自动浮现出原力战衣，外面穿了一身银白色战铠。

正是罗峰！

“摩云，”罗峰笑着摸了摸伸过来的一条藤蔓，“我先出去，你继续进化。”

那一条藤蔓上面的蔓叶上下摆动，好似点头。

静室的门自动打开了，罗峰走了出去。

外面的一道光芒闪烁，而后凝聚成一道人影，正是迪伦。

“殿下。”迪伦笑着看向罗峰，“恭喜殿下，达到域主级九阶。”

“只是达到域主级九阶，还没达到九阶巅峰。”罗峰无奈地笑道，“如果再给我大半个月，就能达到九阶巅峰了。不过，既然今天晚上接风宴就要开始了，我不能不出关。”

“殿下，乾巫分部的三大巨头的确很给殿下面子。我听说，那三大巨头联名发出了邀请函，邀请乾巫宇宙国的那群王侯来参加接风宴，哪个敢不来啊？”迪伦微微一笑，“殿下的面子可是赚得足足的。”

罗峰淡淡一笑，道：“他们这么做是希望我手下留情。”

乾巫分部负责处理整个宇宙国内部的诸多事务，其中的牵扯何等大，罗峰真的要调查的话，就算那三大巨头提前毁灭了大部分证据，也能查出一些东西。说不定，罗峰通过自己的师兄弟一些关系，以及一些特别想来乾巫分部担任部长的封侯级不朽神灵的主动帮忙，照样能扳倒一两个。更何况，据罗峰估计，这三大巨头手脚不会太干净，否则何必对他这般讨好。

“殿下，你准备怎么做？”迪伦看着罗峰。

“水至清则无鱼。”罗峰说了一句便朝外面走去。

迪伦微微一怔。

“殿下不愧是师祖看重的弟子。”下一瞬，迪伦跟着罗峰一起离开了。

罗峰带着护卫军迅速朝今晚即将举行接风宴的地点赶去，同时命令麾下的一名界主级强者去卜箜家族府邸把自己的大哥洪接过来。

片刻后。

相水城东城有一个直径有近千公里的核心地块，一个月前，这里还是虚拟宇宙公司成员的一个聚集地，在一个月的时间内，这核心地块迅速完成拆迁，将那些成员转移到地理位置次一点的地方去了。

并且，仅仅耗费三天时间，就建造了一座占地近千公里的豪奢庄园，名为罗氏庄园。

监察特使任职后，虚拟宇宙公司会给其建造一个住处。身为乾巫分部四大巨头之一，在穹玉星这种寸土寸金的地方建造直径有上千公里的豪奢庄园，也算是符合罗峰的身份。

罗峰等人远远看到了那座豪奢庄园。

“老三，这就是你的新庄园？”洪看着远处的罗氏庄园，忍不住惊叹，“这可比卜箜家族的府邸还要大。”

“殿下是乾巫分部的监察特使，地位等同三位部长，府邸规格应该是媲美三百王侯府邸的。”站在罗峰身侧的迪伦笑着解释，“因为殿下仅仅在域主级时会待在这里，所以建造的庄园比银雪侯府小一些。”

罗峰淡淡一笑。

“走，我们进去。”罗峰下令。

“是，殿下。”一群人紧随其后。

罗氏庄园中的仆人数以百万计，不过在直径有上千公里的豪奢庄园内，上百万名仆人不算多。

“殿下，我是受紫电侯的命令，在这里等候殿下的。”

“殿下，我是受金羽侯的命令……”

“殿下，我是受黑湮侯的命令……”

一名界主级男强者和两名界主级女强者都在庄园的正门口站着，当看到罗峰时都恭敬行礼。

在行礼的同时，这三人悄悄通知了那三大巨头。

“嗖！嗖！嗖！”三道人影瞬间出现在正门口。

“罗峰！”黑湮侯大声唤道。

“罗峰，你还真是不急，到了最后一天才来。”紫电侯忍不住说道。

“这可是你的庄园，紫电侯为了建造这座庄园可是花了不少力气，你应该早点来好好参观参观。”金羽侯也说道。

罗峰微微一笑，道：“不好意思，我之前忙于修炼，所以到今天才来。”

“哦，原来是忙于修炼，不管怎么样，修炼是最重要的。”紫电侯连连点头。

金羽侯、黑湮侯笑着附和。

这三大巨头心中暗道：“罗峰，你这个绝世天才还是全身心地去修炼吧，监察工作就别多操心了。”

在三大巨头的带领下，罗峰进入了罗氏庄园。

罗氏庄园的建设仅仅耗费三天。而为了准备这场接风宴，三大巨头反而耗费了十余天，主要是因为一些珍贵的食材和物品是从宇宙中的其他地方运来的。

乾巫分部三大巨头既然表明要将接风宴搞得很隆重，让罗峰很有面子，自然尽心尽力。

此外，因为乾巫宇宙国的三百王侯和其他厉害的不朽神灵家族大多距离穹玉星较远，所以邀请函是提前一个月发出去的，好让那些大人物都能及时赶来。

转眼，天黑了。

罗氏庄园内隐隐光芒四射，在庄园外却根本无法看清内部的人在干什么。

这一天，一艘艘宇宙飞船停在庄园上空，接连有不朽神灵从舱门中走下，一个个从正门口走进去。

宴会厅，主厅。

“大哥，你现在就在休息室内休息，我出去接待客人。待会儿需要你出来的时候，我会通知你的。”罗峰和洪交代几句，并且将洪安置在旁边一个安静的休息室中。

“罗峰，客人要到了。”

紫电侯、金羽侯、黑湮侯都看向罗峰。

“来了。”罗峰应道。

他两次闪身，就从宴会厅主厅一端到了另一端。

“今天我们邀请的毕竟是乾巫宇宙国的重要人物，还提前发出了邀请函，当然得好好迎接。”紫电侯笑着说道，“不过，从庄园正门口到宴会厅有数百公里的距离，他们不会急匆匆地飞来，而会一边交谈一边走过来，应该还要一会儿才会到。”

罗峰点点头。

乾巫分部的四大巨头分别站在宴会厅主厅两侧。遥看远处，罗峰能清晰地感觉到一股股强大的法则气息辐散开来，或如光线般耀眼，或如雷电般蛮横，或如天地般雄浑，或如火焰般炽热……

法则气息弥漫开去，周围空间隐隐震荡。

终于一个个大人物出现在四大巨头的视线中。或是穿着灰色长袍、披散长发、赤着脚，或是穿着华丽的长袍，或是穿着不朽级战甲，或是骑着体形小的不朽级凶兽，或是全身笼罩在袍子中，只露出一双眼睛……

有的身高足足有数十米，而有的不足半米，有的脸上满是绒毛，仿佛兽人，有的却是光秃秃的，仿佛金属铸就，没有一丝毛发……

这些人绝大多数是封侯级的不朽神灵，三两成群，和好友交谈，和仇人拉开距离，正朝宴会厅主厅走来。

“罗峰，”紫电侯传音，“此次参加宴会的除了三百王侯，就是一些封侯级不朽神灵，以及一些有背景、权势惊人的不朽神灵，还有几个跟你关系比较亲近的，比如卜箧家族的卜箧卡，比如黑龙山帝国的神主，或许资格不够，可我也邀请了。”

罗峰点点头，看着远处那群边走边闲聊的不朽神灵。

“金羽侯，紫电侯，黑湮侯！”走在最前面的男子有大鼻子、独角、卷发，穿着华丽的暗金色长袍。

第614章

吹捧

一晃身，他就已经来到了宴会厅主厅门口，笑眯眯地看向罗峰：“这位就是新来的监察特使罗峰先生吧！”

“哈哈，你跑得最快。”紫电侯朗声笑道，而后转头看向罗峰，“罗峰，这位是乾巫宇宙国三百王侯之一的龙翼王。”

“龙翼王，你好。”罗峰点头示意。

宇宙国的那些王侯实力要弱得多，三百王侯都是封侯级不朽神灵。

“哈哈，早就听过你的大名，你给我们乾巫宇宙国争了面子啊。今日一见，果然名不虚传。”龙翼王笑道。

在宴会厅服务人员带领下，他带着两名手下步入宴会厅。

另外一位不朽神灵随即走了过来，分别向乾巫分部三大巨头和罗峰热情地打招呼。

一位位不朽神灵带着手下过来了，乾巫分部三大巨头和罗峰逐一接待了。

片刻后——

“紫电侯、金羽侯、黑湮侯，你们能够邀请我，我很开心，哈哈……”一个体形魁梧、全身有黑色龙鳞、头部长着一根黑色龙角的大汉走了过来，当他的目光落到罗峰身上时，眼睛猛地一亮。

“罗峰，这就是你家乡黑龙山帝国的那位神主，你称呼他为黑龙即可。”紫电侯笑着介绍。

罗峰眼睛瞪得老大。

眼前散发着凶兽气息的大汉竟然是黑龙山帝国圣地黑龙山的神主！

“黑龙先生，你好！”罗峰微微一笑。

“哈哈，你也来自黑龙山帝国，我备感骄傲啊！”黑龙山神主朗声笑道。

随即他也步入宴会厅主厅。

紫电侯看到黑龙进入宴会厅主厅后才传音道：“罗峰，你家乡黑龙山帝国的这位神主来自龙人族群中实力很弱的黑龙山部落，黑龙山部落的纯种族人有万人左右，黑龙就是黑龙山部落的族长，建立了黑龙山帝国。他的实力一般，离成为封侯级不朽神灵还有一段距离。一般来说，这种聚会他是没资格参加的，因为他是你家乡的神主，所以这次他才能来参加。”

罗峰点点头。

参加宴会的人一个接一个。

“是他——”罗峰再次眼睛一亮。

只见一个头上满是银色疙瘩的高瘦男子带着一名花白头发、面目慈祥的老者走了过来。那老者罗峰自然是认识的，正是洪的老师时光界主洛，旁边的应该是洛的好友——不朽神灵卜箍卡。

“卜箍卡。”紫电侯笑着喊道，“哈哈！你们总算到了，这是罗峰，我就不用介绍了吧。”

罗峰和洪的关系，罗峰早在第一次见面时就告诉了乾巫分部的三大巨头。

而卜箍卡得到邀请函时也知道了其中的缘由。

那高瘦男子笑眯眯地看着罗峰，其身侧的时光界主洛也看着罗峰。

“大哥在里面，卜箍卡先生、洛先生，回头再详谈。”罗峰微微点头。

“嗯。”两人点头，也进入宴会厅中。

乾巫分部三大巨头发出的邀请函有近千份，除了极少部分因为一些特殊的原因，比如正在宇宙秘境中闯荡，或者正在宇宙其他族群的疆域中冒险等，不能参加宴席，其他的都到了。超过80%受到邀请的客人都到了这里。

罗峰耐心接待，也对乾巫宇宙国的高层有了深入的认识。

那些皇子、世子等其实都不算什么，宇宙国真正掌权的还是这些伟大的不朽神灵。

“金羽侯、紫电侯、黑湮侯。”一道清冷的声音响起。

只见一个鬓角银发飘起的银袍男子带着一男一女走了过来，同时笑着打招呼，随即看向罗峰：“监察特使罗峰先生，看到你，真高兴。”

“罗峰，这位就是银雪侯。”紫电侯笑着介绍。

来了！

正主来了！

这场接风宴自己最重视的客人来了！

就是他阻拦大哥和姬青在一起！

罗峰看着银袍男子，面露笑容：“我初来穹玉星的时候就听过不少人谈论银雪侯的大名，甚至穹玉星还建造了一座以银雪侯名字命名的城市——天藏城。今天能够见到银雪侯本尊，我觉得很荣幸。”

“哈哈。”银雪侯不由得笑了。

“我也听我的护卫军首领说起过银雪侯追杀不朽金属生命库巴提的故事。银雪侯从无数星域追杀到虫族疆域，最终在虫族大潮中击杀库巴提，让人忍不住热血沸腾啊！”罗峰感叹。

银雪侯脸上的笑容更盛，道：“那是以前的事了，不值一提，不值一提。”

银雪侯看似孤傲，可是也得看是谁在跟他说话。罗峰作为原始秘境成员，又是现任监察特使，地位丝毫不亚于他。

作为虚拟宇宙公司深受重视的新一代绝世天才，加上背后有真衍王这样的老师，罗峰绝对是宇宙人族中的天之骄子。这样的绝世天才说出吹捧的话，银雪侯心中很受用。

“银雪侯请先进去休息，回头再详谈。”罗峰说道。

“嗯。”银雪侯微笑点头，随即带着身后的誉阚和姬风烟进入了宴会厅。

紫电侯、金羽侯、黑湮侯三人暗中交流了一下眼神，传音交流。

“接待了这么多客人，第一次见罗峰这么热情。”

“是啊，罗峰刚刚仿佛见到了崇拜的人，他的身份、地位、眼界都很高，没必要摆低姿态吧。”

“难道他真的很崇拜银雪侯？”

三大巨头虽然因为罗峰主动透露，得知了罗峰和洪的关系，可是他们根本不知道洪和姬青的事。

作为乾巫分部的三大巨头，他们哪会有闲情逸致去关心小辈们谈情说爱？

所以，三人见罗峰这么客气都很疑惑。

终于客人都已经进入宴会厅，相继坐在相应的位置上，三三两两地低声议论起来。

三大巨头和罗峰也回到了宴会厅。

“金羽侯。”一道声音在金羽侯耳边响起。

金羽侯转头看去，只见远处坐着银雪侯。

“银雪侯，找我有事？”金羽侯走到银雪侯对面坐下。

“的确有一些事。”银雪侯缓缓地说道，“你们武部不是负责在乾巫宇宙国吸纳精英、培养精英吗？”

“嗯！怎么了？”金羽侯不解地看着银雪侯。

吸纳天才，除了可以通过天才战外，就是平常在宇宙中搜集三级、二级、一级、特级精英，最终筛选出最优秀的，让其进入核心层。

其实，相比于通过天才战、英雄战筛选出天才，这种吸纳天才的模式也丝毫不差。

“精英培养是有指标的，能否多给我姬氏家族五成的指标？”银雪侯说道。

“五成？”金羽侯嘴角微微上翘，“未免太多了吧！嗯，我还有事，回头再和你谈。”

说完，金羽侯直接起身离开了。

“银雪侯还真敢开口，多给五成指标？要知道，虚拟宇宙公司培养精英要耗费许多资源，姬氏家族分明是想要多一些家族精英进入虚拟宇宙公司，让虚拟宇宙公司帮他们培养人才，自己却不用花钱。哼——”金羽侯眼中掠过一丝不屑，整个人多了一丝邪异感。

可是，看到远处的罗峰，他立即调整状态，整个人变得亲切。

“罗峰。”金羽侯笑着走过去。

目送金羽侯离开，银雪侯眉头微皱。

这时，姬风烟和誉阙走了回来。

姬风烟低声说道：“族祖，金羽侯没答应？”

“金羽侯没答应，也没拒绝。”银雪侯冷哼一声，“我们姬氏家族雪疆星域多五成进入虚拟宇宙公司的精英名额，在整个乾巫宇宙国范围内根本不明显。事实上，每一代精英的实力不一样，培养精英的数量是可以有一些波动的。多加一些精英进去，也不需要金羽侯耗费资源。可是，不让他满意，此事的确难成。”

姬氏家族的未来更重要。

他手下有十五位不朽神灵，如果说他只是光杆司令，哪会有如今的滔天权势？

小到家族，大到族群，培养后代都是无比重要的。

“族祖。”姬风烟轻声唤道。

“嗯？”银雪侯看向姬风烟。

“在场的人都看得出来，罗峰也就是区区一个域主级九阶强者，虽然他是宇宙中难得一见的绝世天才，可是不朽之路哪是这么容易通过的，说不定将来他就陨落了。在场的诸位不朽神灵恐怕没几个在意罗峰。”姬风烟低声说道，“可是所有人对罗峰都很客气，毫无疑问是乾巫分部三大巨头在场的缘故。”

银雪侯目光灼灼地看着姬风烟，认真地听他分析。

“乾巫分部三大巨头控制了很多资源，各方势力想要发展，需要看商部部长的脸色；各大家族要培养精英，则需要看武部部长的脸色；而强者想要在域外战场上更加安全，获得更多功勋，需要看军部部长的脸色。三百王侯，诸多权势，不朽神灵家族，没几个敢不给乾巫分部三大巨头面子。”

“大家对罗峰客气，就是因为看在乾巫分部三大巨头的面子上。那三大巨头忌惮罗峰，因为罗峰拥有监察权，所以三大巨头这般殷勤，亲自邀请乾巫宇宙国各方大人物来参加宴会，亲自为罗峰介绍不朽神灵。过去谁见过三大巨头如此殷勤？一般都是别人对他们献殷勤。”姬风烟自信满满地道，“所以只要能够说服罗峰帮忙，此事应该容易得多。”

“嗯。”银雪侯点头，“这一点我懂，可罗峰的来头不小，想要得到他的帮助并不容易。”

“罗峰不是对族祖很敬仰吗？”姬风烟道。

“敬仰？”银雪侯眼睛微眯，沉思片刻，“嗯，待会儿我找罗峰聊聊。”

第615章

那是我大哥

宴会厅，主厅。

数千人聚集在一起。

乾巫分部三大巨头聊了一会儿，一个个走到宴会厅主厅中最前面的高台上。

“各位！”

紫电侯看着下面的人，微微一笑。

下面的人都抬头看着，准备聆听三大巨头讲话。

“每一纪元都有那么一批天才，经历天才战，被选入虚拟宇宙公司，可是在第一次资格战中就击败诸多修炼了数千年的绝世天才冲到原始秘境的，又有几个？”紫电侯高声说道，“人人都说伯兰是上万纪元难得一出的绝世天才，可是我下面要介绍的这人比伯兰还要强得多，进步速度还要快得多，这样的绝世天才算是百万纪元难得一见的吧？”

“他是谁？”紫电侯笑容满面，“他就是我们乾巫分部新任监察特使——罗峰。将来的很长一段时间里，他将会是我、金羽侯、黑湮侯最好的伙伴。”

“对，他将会是我们三人最好的伙伴，虚拟宇宙公司在乾巫宇宙国的诸多事务也需要罗峰从中调停、监察。”旁边的金羽侯开口了。

“总部派罗峰加入乾巫分部，我和金羽侯、紫电侯都很开心。能和真衍王的爱徒、绝世天才罗峰先生共事，我们感到很荣幸。”黑湮侯笑着说道，“让我们欢迎罗峰先生上台讲话！”

“欢迎！”

“欢迎罗峰先生！”

紫电侯、金羽侯都热情地喊着。

三大巨头都带头了，下面的那群不朽神灵哪会不给面子？

所以，不朽神灵们都显得很热情。

“罗峰！”紫电侯大声喊着。

罗峰只能走到高台上。

乾巫分部三大巨头如此殷勤，这让那些不朽神灵都惊叹不已。

“乾巫分部三大巨头平时傲得很，乾巫宇宙国没几人能让他们这样殷勤，今天真是长见识了。”

“罗峰不就是监察特使吗，三大巨头有必要这样吗？罗峰如果敢不识相，三大巨头在背后直接使点手段让他消失，到时候一点证据都没有。他再怎么厉害，也就一个域主级九阶的小家伙，三大巨头有的是手段对付他。”几位不朽神灵议论。

“杀了罗峰？你在开什么玩笑？难道你不知道他的老师是真衍王？”

“真衍王没证据，敢乱来吗？”

“哈哈，看来真衍王在混沌城待太久了。确实，亿万年了，很多人都忘记他的事了。”

乾巫分部三大巨头对罗峰献殷勤，三大巨头的态度很明显，他们是力挺罗峰的。罗峰和他们是一个阵营的，罗峰和他们并称乾巫分部的四大巨头，惹了罗峰，就是惹了他们三个。

其实，三大巨头说的那些话也就是一种表态。

顿时，不朽神灵们心中的想法改变了，罗峰在他们心中的地位提高了。

“得罪罗峰，那就是得罪了三大巨头，得罪了三大巨头，在乾巫宇宙国中就会被排挤。”诸多不朽神灵心里都很清楚，“显然，紫电侯、金羽侯、黑湮侯比较怕罗峰找他们麻烦。”

“嗯！在罗峰担任监察特使的这段时间，乾巫分部又多了一个惹不起的人，正是罗峰。他算是乾巫分部的第四大巨头。”

不朽神灵们考虑到自己家族的未来发展，都清晰地认识到了罗峰的重要性。

乾巫分部四大巨头从高台上走下，宴会正式开始。

诸多服务人员将三大巨头从宇宙各地运来的食材制成的美食送上来，顿时宴会厅响起了热烈的交谈声。

“金羽侯等三人表明了态度，显然是力挺罗峰的。”银雪侯坐在角落，轻声说道。

“只要能够请到罗峰帮忙，我们的事情就差不多可以搞定了。”姬风烟轻声说道。

“老师，你看那边，是卜筮卡。”誉阙说道。

银雪侯转头看去，一眼看到头上长满银色疙瘩的高瘦男子，冷冷地道：“卜筮卡旁边的应该就是洪的老师，也就是时光界主洛。没想到，这么高规格的宴会他们竟然也有资格参加，真不知道金羽侯他们三个是怎么想的。”

“族祖，洪和小青的事……”姬风烟轻声说道。

“即便将那小子驱逐出穹玉星，或者将他杀了，根本没用。”银雪侯冷冷地道，“我们必须让青青主动放弃，或者忘记那小子。至于卜筮卡，他还不敢来惹我，而那叫洪的小子更是一点威胁都没有。我想怎么解决，就能怎么解决。”

姬风烟、誉阙都点点头。

“你们待在这里，我去找罗峰谈谈。”银雪侯站起身来。

“是，族祖（老师）。”姬风烟、誉阙恭敬地应道。

银雪侯站起来后，直接朝正和数位不朽神灵交谈的罗峰走去。

“来了！”罗峰眼角余光发现银雪侯走了过来，心中暗喜，“我还没去找他，他倒是主动来找我了。”

“听好！”罗峰传音给正在宴会厅主厅角落候命的一个界主级强者，“待会儿我和银雪侯聊天的时候，你就去旁边的休息室将我大哥带进宴会厅主厅，到时候让我大哥来找我。”

“是，殿下！”那界主级强者回道。

仅仅片刻，银雪侯就和罗峰聊上了。

罗峰以一种对待前辈的恭敬态度叙说着自己听过的银雪侯的事迹，表达着自己的敬佩之情。看到这一幕，宴会厅主厅角落的那个界主级强者直接转身朝旁边的一间休息室走去，推门而入。

洪正坐在沙发上休息。

“嗯？”洪转头看到进门的界主级强者。

“洪先生，”界主级强者传话，“殿下吩咐了，让你现在就随我进入宴会厅主厅，并且看到殿下的时候，你直接喊殿下即可。”

“明白。”洪点头。

他当即起身，跟随界主级强者走出了休息室。

出了休息室，便是宴会厅主厅，映入眼帘的是主厅内的美食、美酒，而后是那群伟大的不朽神灵，几乎个个都是乾巫宇宙国的高层。在他们之上，便只有乾巫国主了。

“是他！”远处一直注意着四周动静的姬风烟一眼看到进入主厅的洪，不由得皱眉，“那小子怎么跑来了，此等场合他也能进来？”

“谁？”誉阚疑惑。

“站在那边的年轻人。”姬风烟低声说道，“他就是洪。”

“就是他？”誉阚当即看向洪。

而洪进入宴会厅主厅后，仔细地观察了整个大厅。大厅内足足有数千人，一股股强大的法则气息弥漫开来，令整个主厅内都荡漾着混合的法则波动。

洪很快便发现了正和一个银袍男子交谈的罗峰。

“说起来，那虫族大潮的确非常可怕，无穷无尽的虫海，单单看到就让人惊惧。那一战很是惨烈，我们去了三十二位不朽神灵，其中二十八位殒命了。”银雪侯回忆起了当年那场惨烈的战斗。

罗峰仔细聆听。

“老三！”洪大声喊道，声音在主厅中回荡，惹得一些不朽神灵看了过来。

宇宙级小家伙？不朽神灵们都有些疑惑。

“嗯？”罗峰转头看去，当即大声回道，“大哥，等我一会儿！”

正叙说着往事的银雪侯一怔，笑道：“哦，罗峰你的大哥来了，是谁啊？”

他说着，转头看了过去，一眼便看到远处的人。

那个人回了一句：“好，我在这边等你。”

“嗯？”银雪侯瞳孔一缩，盯着那人。

是他？

他是罗峰大哥?!

银雪侯转头看向罗峰。

罗峰微微一笑，说道：“那是我的大哥，洪。他是和我一起经历过生死的好兄弟！”

“好兄弟?!”

银雪侯顿时心乱了。

他看到洪的瞬间就认出了洪，因为他当初调查姬青事情的时候搜集过关于洪的一些资料，其中有洪的照片、视频等，不过他并不知道洪和罗峰的关系。

洪和罗峰是经历过生死的好兄弟，此事的确没有公开过。当年他们一起参加天才战，在黑龙山帝国注册了宇宙公民身份，所以外人只知道他们都是黑龙山帝国的人。

至于他们的私交如何，如果不去仔细调查，还真的很难查出。

“那个小子竟然是罗峰的大哥，他和罗峰是一起经历过生死的好兄弟?!”银雪侯眉头微皱，脑海中迅速浮现诸多念头。

他是不朽神灵，他的意识计算速度极快，很快就将之前罗峰热情招待自己，卜筮卡和洛的出现，想明白了。

“难怪卜筮卡都能参加这次宴会，难怪罗峰会对我如此热情，原来这一切都是因为洪是他的大哥。”银雪侯愣愣地看着眼前的罗峰。

罗峰看向银雪侯，笑道：“我大哥看来是等不及了。银雪侯，你别怪我多嘴，我想问问，我大哥和姬青不能在一起的原因到底是什么？你能否告诉我？如果实在不被允许，那就算了。”

银雪侯眯着眼，思忖片刻，说道：“既然洪是你的大哥，那我就告诉你吧。”

第616章

原来是这样

“嗯？”罗峰眼睛一亮。

看来银雪侯阻拦姬青和大哥在一起的确是有原因的。

“坐！”银雪侯指向一旁。

罗峰点头，当即坐下。

银雪侯也坐了下来，给自己倒了一杯酒，缓缓说道：“姬青这孩子是我们姬氏家族亿万年来最优秀的后辈。我第一次见到这孩子时，仅仅和她交谈了几句就发现了她的不凡之处。”

罗峰默默聆听。

“她是天才，是我们姬氏家族难得一见的绝世天才。”银雪侯微微一笑，“她修炼的是精神念师幻术师流派。”

“幻术师？”罗峰眉毛一挑。

之前那届天才战仅仅幻魔加莱西出头了，这就能看出一点，幻术师想要有所成就是何等地难。

“嗯，她是非常优秀的幻术师，所以被宇宙佣兵联盟吸纳进了核心层。”银雪侯骄傲地道，“你应该知道，在幻术方面拥有惊人成就的，个个都是对人性有十分深刻的理解的。”

罗峰点头。

成为强大的幻术师要求极高，对人性、欲望等方面必须有深刻的理解。

“姬青这样的绝世天才对人性、欲望等方面都看得很透彻，根本不需要我操心。”银雪侯满意地笑道，“她做事，我很放心。在宇宙中，强者拥有配偶是非常正常的，以我的性格，姬青和洪相互爱慕，我根本不会在意。”

罗峰疑惑地看着银雪侯。

这番话是什么意思？

他既然不在意，又为什么阻拦姬青和洪在一起？

“阻拦姬青和洪相爱的，不是我。”银雪侯郑重地道，“而是她的老师，幻灵王。”

“是她的老师？”罗峰大吃一惊，“幻灵王就是魑魅族的那位伟大的存在？”

“嗯。”银雪侯点头。

罗峰闻言，心一沉。

罗峰跟随老师真衍王，在他身边聆听教诲时，听他提起过两个极为厉害的人物，天羽王是一个，幻灵王则是另外一个。

幻灵王是宇宙佣兵联盟的一员，是封王级不朽神灵中非常可怕的存在。虽然她仅仅闯过通天桥第十九层，在宇宙法则感悟方面比真衍王、天羽王都要低一层。但是，因为她是无比诡异的幻术师，所以属于极其可怕的存在。

一旦遭到她的攻击，很可能不知不觉就沉迷幻境，悄无声息地死去。

最彪悍的是她的奴仆，受她操控的不朽神灵奴仆有八十一名，其中封侯级不朽神灵奴仆有七十九名，封王级不朽神灵奴仆有两名，她的控制能力可比陨墨星主人呼延博强多了。

当时听到这些事，罗峰就感到无比震撼。

须知真衍王教导了那么多弟子，也才教出一位封王级不朽神灵。

“幻灵王的地位无比尊崇。”罗峰皱眉，“可就算姬青是她的弟子，她也没必要管这么宽吧！难道成为她的弟子，就不能谈情说爱了？”

“还真是这样。”银雪侯感叹一声，“罗峰，不知道你有没有搜集过幻灵王的弟子们的资料。幻灵王的门下有十九名弟子，其中有七名男子、十二名女子。这十九名弟子的寿命极长，存在了超过亿万年的都有。而且，他们有一个共同点……”

“什么共同点？”罗峰更加疑惑。

“他们都没有配偶！”银雪侯道。

“嗯？”罗峰一惊。

这十九名弟子都没有配偶，这未免太奇怪了。

“当初幻灵王偶然得知姬青和洪的事后大怒，直接来质问我。”银雪侯叹了一口气，继续说道，“她问我青青有没有和洪做过合体双修那等事。以我的气息感应，能够感觉到青青的生命气息还很纯正，没有做过那等事。幻灵王听我说了之后才气消，并且严令我阻拦青青和洪在一起，否则她只能驱逐青青，不再让青青当她的弟子。”

罗峰恍然。

银雪侯看着罗峰，叹息一声：“你现在应该明白我为什么阻止姬青和洪在一起了吧？真不是我想要阻止，其实是幻灵王想要阻止啊。单单有绝世天才是不够的，还必须得有好的老师。我们姬氏家族亿万年来才诞生姬青这么一个极为优秀的天才，我怎么能够看着她被幻灵王逐出师门？”

罗峰点点头。

银雪侯的想法很容易理解。能拜在伟大的存在门下是非常难得的事。就拿自己那届天才战选出来的一千名天才来说，最终能被封王级不朽神灵收入门下的不足十人，更别说拜入封王级不朽神灵中巅峰的存在的门下，实在是需要机遇。

“怎么会这样？幻灵王只是姬青的师父而已，有必要干涉弟子的感情之事吗？”罗峰皱眉。

“原因我也不清楚。”银雪侯摇头，“我只知道，幻灵王不容许门下弟子有感情之事，否则就会将其逐出师门。”

“这……”罗峰苦恼起来。

这下该怎么办是好？

幻灵王可是实力和天羽王、真衍王差不多的存在。

罗峰目光扫向四周，厅内的不朽神灵都在乾巫宇宙国身居高位，可是，这些人中根本没有封王级不朽神灵，而幻灵王手下的不朽奴仆中就有两位封王级不朽神灵。

以幻灵王的势力，完全可以无视在场的所有人。

“我这点实力在幻灵王面前根本不算什么。就算是我的老师真衍王出面，最多得到幻灵王的平等对待，也不可能让幻灵王低头。”罗峰暗道。

真衍王和幻灵王实力接近，分属两个阵营。幻灵王面对真衍王，完全没必要屈服。

“银雪侯，有什么办法吗？”罗峰期待地看着银雪侯。

“我没办法。”银雪侯摇摇头，“幻灵王可不会将我放在眼里。”

罗峰眉头紧皱。

“如果是你的老师真衍王出面，或许还有一点机会。”银雪侯忽然说道。

罗峰看了银雪侯一眼。这种事情很棘手，他是不想老师出面的。

“详细原因我已经告诉你了，其他的我就没办法了，但是我必须提醒你一句，青青能够拜在幻灵王的门下是求也求不到的机遇，我绝对不容许她被逐出师门。”银雪侯看着罗峰。

宴会厅主厅。

乾巫宇宙国的伟大存在们三三两两交谈着，而洪、卜篮卡、洛、迪伦这四人站在角落中。

“不知道老三和银雪侯谈得怎么样了。”洪看着远处。

远处，罗峰和银雪侯正在交谈。

“别急。”洛微微一笑，“罗峰殿下的地位特殊，背后又有乾巫分部三大巨头撑腰，就算是银雪侯也得给罗峰殿下面子。”

“可以不给我面子，但是他不敢不给罗峰面子。”卜篮卡也笑道。

“哼！”迪伦冷哼一声，“宴会厅中的不朽神灵们大多都有很多不朽级属下，可没人敢不给罗峰殿下面子。”

洪轻轻点头，看着远处的罗峰和银雪侯。

片刻后——

罗峰和银雪侯交谈完毕，直接转身朝洪走来。

“老三。”洪迎上去。

“大哥。”罗峰脸上的表情很复杂。

洪看到罗峰脸上的表情，心中顿感不妙。

“怎么回事？”洪压低声音问道。

“大哥，”罗峰觉得难以开口，“是这样的，真正阻拦你和姬青在一起的并非银雪侯，而是幻灵王，而幻灵王……”

罗峰将自己和银雪侯的谈话内容都说了出来，同时描述了幻灵王的可怕。

卜簸卡、洛、迪伦都站在一旁，认真地听着。

“事情就是这样。”罗峰看着洪。

“此事的幕后指使人竟然是幻灵王。”卜簸卡脸色一变。

“幻灵王是非常难缠的。”迪伦皱眉，“就算我的老师出面估计都没用，除非师祖出面，可能有点用。”

洛皱眉，看着洪，沉声说道：“徒儿，既然是幻灵王阻拦你和姬青在一起，而且幻灵王的徒弟个个都是单身，这说明幻灵王不可能轻易改变她立下的规矩，依我看，你还是放弃吧！”

洪沉默不语。

“放弃吧，何必如此执着。”卜簸卡也劝道，“看透了，也就没什么了。”

“有些可以放弃，可是有些就得坚持。”洪看向洛和卜簸卡，“老师、卜簸卡前辈，我是绝对不会轻易放弃的。”

“老三。”洪看向罗峰。

“大哥，有什么需要我做的，尽管说。”罗峰道。

“这次的确麻烦你了，否则我连原因都不知道。”洪摇头一笑，“他们根本不屑向我解释原因。我现在有一件事情需要你帮忙，这也是最后一件需要劳烦你的事了。“

“大哥，直接说吧！你和我一起从地球出来闯荡，我们是经历过生死的好兄弟，不用客气。”罗峰看着洪。

“我想……”洪看着罗峰，“见幻灵王。”

罗峰、迪伦、卜筮卡、洛闻言，都吓了一跳。

第617章

幻灵王

见幻灵王？

罗峰、迪伦、卜箎卡、洛的眼界极高，自然知道宇宙人族1008个宇宙国中有一些神秘的存在不是想见就能见到的。比如一个宇宙级小家伙想要见真衍王，纯粹是做梦。

同一个道理，想要见幻灵王就能见到吗？

“大哥，这……”罗峰眉头微皱。

大哥想要见幻灵王，可自己跟幻灵王一点交情都没有，自己都没见过幻灵王。

“没办法？”洪看着罗峰，“如果实在没办法，那就……”

“别急。”罗峰摇头，“大哥，我可以试试看，但是不一定能让大哥见到幻灵王。”

“嗯。”洪微微点头。

宴会继续进行。

罗峰端着酒杯走到了银雪侯身边。

“罗峰。”银雪侯举杯示意。

旁边的不朽神灵誉阚和界主级强者姬风烟连忙起身让开，罗峰则坐在了银雪侯的对面，笑道：“银雪侯，我有一件事要麻烦你。”

“什么事？尽管说。”银雪侯看着罗峰。

对于洪，他是有些不屑，可对罗峰还是很看重的。罗峰可是在虚拟宇宙公司中都很出色的绝世天才，而且背后有真衍王撑腰，只要不陨落，将来前途无量。

罗峰笑道："请银雪侯帮忙发一封邮件。"

"邮件？"银雪侯瞳孔一缩，"发给谁？"

"幻灵王。"罗峰直接说道。

银雪侯心中暗惊。

"邮件的内容由我来写，当然，我写好后会让银雪侯过目。"罗峰笑道，"这封邮件是想拜托银雪侯发的，自然不能让银雪侯为难。"

"哈哈，这一点我放心，我相信你不会惹幻灵王生气的。"银雪侯点点头。

"嗯，这是内容。"

罗峰伸出手，手上的护臂屏幕上浮现出一封邮件。

银雪侯点开邮件，当即阅读起来。

"他要见幻灵王？他可真敢想啊！他区区一个宇宙级小家伙，又没有什么背景、地位。那幻灵王是什么身份，怎么会屈尊见他？"银雪侯没好气地道。

而后他疑惑地看着罗峰："罗峰，你有必要这么替他出头吗？"

"我和他好比亲兄弟，当然得帮忙。"罗峰说道。

"好吧！"银雪侯无奈地点点头，"这封邮件我可以替你发给幻灵王，至于幻灵王愿不愿意接见你和洪，就看你们的运气了。我提个醒，假如你的老师真衍王愿意出面，不管怎样，幻灵王都会愿意跟你见面。"

罗峰淡淡一笑，摇摇头。

如果不是实在没法子，还是别让老师出面。老师教导自己，已经算是恩德无量，还让老师为自己烦恼这事，这太对不起老师了。

这是很不尊敬老师的行为。

"邮件已经发送了。"银雪侯看向罗峰，"一旦幻灵王愿意见你，我会第一时间通知你。"

"多谢。"罗峰笑着说道，"我把虚拟宇宙网络的编号告诉你，你可以和我联系。"

接风宴的主角是罗峰，宴会进行的过程中，罗峰端着酒杯，和一位位不朽神灵交谈。

那些不朽神灵都不敢轻视罗峰，毕竟罗峰仅凭现在掌握的权力就能够影响到他们了。

宴会结束。

银雪侯依旧没有收到幻灵王的回信。

穹玉星，罗氏庄园。

乾巫宇宙国的高层们已经乘坐宇宙飞船离去，就连那三大巨头也都离开了。

夜。

客人已经离去，罗峰独自走在寂静又广阔的宫殿走廊上。

“大哥。”罗峰一眼看到坐在不远处草地上的黑衣男子。

罗峰跃过栏杆，往前行了几步，去到洪的身边。

洪转头，看了一眼罗峰：“坐。”

“还在烦恼呢？”罗峰笑道。

“不是在烦恼，而是在等待。”洪笑着说道，“我在等待机会来临。无论如何，至少今晚我知道了银雪侯阻拦我和姬青在一起的原因。弄清楚了缘由，我才能想办法解决问题。”

“大哥很有信心啊。”罗峰笑道。

“我没信心，只是，有些事就该去做。”洪无奈地笑道，“努力了，便不会后悔。就算现在我做不到，等将来我的实力变得更强，甚至比幻灵王更强时，自然能冲破阻碍，和青青在一起。”

罗峰惊愕。

比幻灵王更强？大哥这是在说大话，还是说他很自信？

幻灵王是纵横宇宙的超级存在，翻手间恐怕就能让亿万人丧命，甚至能让一群不朽神灵沉迷于幻境，瞬间死去。

“心中无限，前途便无限。”洪看着罗峰，“老三，不要心存畏惧。如果连内心都感到超越是很难的事，现实世界中又怎能实现？”

罗峰一怔。

“再厉害的超级存在，实力也是一步步积累的。”洪笑道，“只要你一直在进步，而你的寿命又是无限的，就算成为宇宙中最伟大的存在也并非不可能。”

罗峰微微点头。

忽然，他感应到了异常，当即让意识连接虚拟宇宙网络，瞬间便回归了虚拟宇宙。

“大哥。”罗峰的脸上露出笑容。

“嗯？”洪看着罗峰，“看你的表情，似乎有好事。”

“嗯，我刚刚收到银雪侯的来信。”罗峰笑道。

“银雪侯的来信！”洪眼睛一亮。

“嗯，他把幻灵王的回信转发给我了。”罗峰回道。

“幻灵王答应见我们了？”洪急切地问道。

罗峰点点头：“没错！幻灵王会派麾下的人前往黑龙山岛屿九星湾，他们会带我们去她的宫殿拜见她，所以我们从现在开始，时刻分出一丝意识留在虚拟宇宙网络中，等待幻灵王的接见。”

洪点点头。

虚拟宇宙，黑龙山岛屿，九星湾小区。

罗峰、洪看着眼前的男子。

男子身高约三米，有一对黑色羽翼，额头上长着数十根长短不一的尖角，身穿黑色战铠。

此时，男子面带微笑，看着罗峰：“你就是真衍王的弟子？你好，我是幻灵王的弟子布舍喇。”

“你好，布舍喇。”罗峰微笑致意。

“这就是那个想要娶小师妹的家伙？”男子看了洪一眼，撇了撇嘴，似乎有些不屑。

洪刚要回答，男子就转向罗峰，道：“我们走吧，老师在等你们。”

“好的。”罗峰点头。

他带着洪跟着男子迅速离开九星湾小区，去了离九星湾小区不远的一个传送点，直接被传送离开了。

“唰——”罗峰、洪、布舍唰倏地出现在了一个广阔的广场上。

“轰隆隆——”海浪拍击着岸边。

宫殿高约十万公里，分九层，第一层临海，罗峰他们现在所处的是第五层的广场。

“随我来。”男子在前面带路。

三人进入幽深的宫殿，一路前行。

即便实力最弱的洪，也是达到了宇宙级的，所以三人前行的速度还是很快的。片刻后，他们便来到了第七层。

这是一个幽静的殿厅。

殿厅门口站着一个个穿着白纱衣的女子，一条条毛茸茸的尾巴在她们身后微微甩动。这些女子都有着动人心魄的紫色眸子，当她们看过来时，能清晰地感觉到她们眼眸中蕴含的魅力。

在男子的带领下，罗峰和洪步入殿厅。

随着不断前行，旁边站着的女子容貌和衣着都变了，一个个都穿着黑纱衣。显然，这些女子都来自同一个族群，都是紫色眸子，有着毛茸茸的尾巴。

三人又走了上千公里，旁边站着的变成了身穿紫色纱衣的女子。

“好奇妙的幻境！”

罗峰走在巨大的殿厅中，看着旁边站着的女子，竟然不知不觉陷入了幻境，仿佛这些女子都在魅惑他。

不过，罗峰和洪都是修心境界极高的人，他们并没有被这种刻意施展的幻境影响。

“老师！”男子恭敬行礼。

他的声音回荡在广阔的殿厅中。

罗峰、洪同时停了下来。

他们抬头，一眼就看到前方巨大的王座上蜷缩着一个有着一头紫色长发、紫色眸子、毛茸茸的紫色尾巴的女子。

“幻灵王！”罗峰屏息。

听说过幻灵王的威名，罗峰自然不敢怠慢。

“罗峰？”一道轻柔的声音从高台王座上的女子口中发出，“不愧是才达到宇宙级就能闯到幻境海第十座岛屿的绝世天才，心性果真坚定。我就喜欢你这种心性坚定的小家伙，你的老师真衍王的确很有眼光。”

“多谢幻灵王夸赞。”罗峰躬身行礼。

“嗯。”幻灵王转而看向洪，“你就是青青说的‘洪’？”

“正是小辈。”洪躬身应道。

第618章

赌命

“你很有胆量，竟然敢来见我。”幻灵王轻声笑道，“你就不怕我一声令下，派人在现实世界中杀了你？”

以幻灵王的权势，只需一声令下，乾巫宇宙国绝对会有很多不朽神灵争着来杀洪。

“怕！”洪恭敬地回道。

“哈哈，原来你也会怕。”幻灵王的声音仿佛世界上最好的乐师演奏出来的动人音乐，听得人心神摇曳，“既然怕，你怎么还敢来？”

“我怕死，也怕心中的诸多梦想无法实现。可是，有些事情不能因为怕就退却，青青真诚待我，我又怎能胆小怕死，弃她于不顾？不管怎样，我都会竭尽全力争取和她在一起，即使身死魂灭，我也不会后悔！”

“怕死，有些事却不能因为怕就退却，即便死也不后悔……”幻灵王看着下方的洪，眼神变得迷离，喃喃自语，“虽然身死魂灭很可怕，可依旧能够不后悔地去做……”

声音在她周围十米范围内回荡，殿厅内的其他人都听不到。

“如果他当时也能这样……”幻灵王脸上的表情陡然变化，眼神不时变得温柔，不时变得可怕。

“轰隆隆——”整个殿厅隐隐震动，无数诡异的声音回荡在所有人耳边。

罗峰、洪，以及那些纱衣女子脸色微变。

“嗯？”幻灵王恢复平静，幻音全部消失了，“洪，我给你一次赌命的机会！”

罗峰脸色一变。

赌命？

“请幻灵王明示。”洪躬身。

“很简单。我给你两个选择：一，待你达到界主级巅峰，去域外战场参加宇宙战争，假如你的战功积累到能够得到一等勋章，我就不阻拦你和青青在一起，同时，我可以保证不会将青青逐出师门；二，你现在就闯我布下的十八爱欲幻境，你成功闯过，我同样不阻拦你和青青在一起，也保证不会驱逐青青。”幻灵王微微一笑。

“可是，只要你失败，我会下令宇宙佣兵联盟派出高手追杀你。”幻灵王紧紧地盯着下方的洪，“这是赌命！你若失败，那就是死；你若成功，则有机会和青青在一起，并且你们俩日后是婚嫁，或是分手，我都不会管。

“选择第一条，你可以拥有从现在到界主级巅峰的修炼时间。我可以保证，你能修炼到界主级巅峰。

“选择第二条，那就马上去闯十八爱欲幻境。你……敢不敢赌命？”

此话一出，整个殿厅一片寂静，就连她的徒弟黑色羽翼男子和纱衣女子都不敢出声。

他们都感觉到幻灵王此时和平常不太一样。

“大哥！”罗峰担忧地看向洪。

赌命？

这岂是开玩笑的？

假如洪真的接受赌约，输了，或是在域外战场上丧命，或是遭到宇宙佣兵联盟的人追杀，到时就算是真衍王也没有资格去阻拦。

“我选择第二条。”洪抬头看着王座上的幻灵王，“假如我失败了，不用大人派人来追杀我，我会直接前往宇宙佣兵联盟的某个驻地，让驻地人员解决我，并且通过虚拟宇宙网络同步传播给幻灵王大人。”

王座上的幻灵王瞳孔一缩。

“你确定去闯十八爱欲幻境？”幻灵王郑重地问道，“你如果选择达到界主级巅峰时去参加宇宙战争，可以多活很久，而且我还能帮你达到界主级巅峰期。最后问你一次，是否要改变选择？”

“不变。”洪的脸上浮现出一丝淡淡的笑容。

罗峰看着身侧的洪，那是洪决定全力以赴后，发自心底的释然的笑容。

“大哥！”罗峰急了。

洪的修心境界的确极高，堪称地球从古到今少有的圣人般的存在。可是，这些不是幻境海的幻境，而是实力接近真衍王的封王级不朽神灵幻灵王布置的幻境，说不定其中蕴含的威压就能令洪崩溃。

“呼！”幻灵王站起来，俯看下方的洪。

洪的眼神中没有一丝犹疑，也没有不顾一切的疯狂，只是隐隐有一丝锐利。

“很好！”幻灵王当即下令，“布舍喇，你带洪去幻境殿，直接去第一百零一层！”

“唰！”话音刚落，幻灵王直接消失不见。

“是，老师！”布舍喇恭敬行礼，随即怜悯地看了洪一眼，“跟我来。”

幻灵宫顿时沸腾了。

一个宇宙级小家伙竟然要闯十八爱欲幻境？一旦失败，就会身死魂灭。

顿时，幻灵宫中的很多人迅速跑向幻境殿。

“青殿下，那个洪选择了赌命，去闯十八爱欲幻境，成功的话，幻灵王大人就不会再阻止青殿下和洪在一起，而且不会将青殿下逐出师门。可是，一旦他闯幻境失败，那他就会在现实世界中遭到追杀，直至丧命。”

一座幽静的楼阁门口站着两个少女，其中一个身穿青色纱衣的少女低声说道。

楼阁内，一个齐耳短发女子站在门口，纤细的手指攥紧。

“我要出去！”女子轻声喝道。

“青殿下，幻灵王大人有令，我们可以将外面发生的一切通禀青殿下，可是不能放青殿下出去。我们不敢违背幻灵王大人的命令，请青殿下不要让我们为难。”青纱少女连忙说道。

女子眼中掠过一丝厉芒。

“咣当！”门猛地关上。

这座楼阁是她进入虚拟宇宙后绑定的一个地点，只要她进入虚拟宇宙就会出现在这座楼阁中。现在，在虚拟宇宙中她被限制出去，在现实世界中她则被困在族祖银雪侯的神国中。

“洪大哥！”女子走到窗前，打开了窗户。

她没有逃跑，门口的两个魑魅族少女都拥有界主级的实力，是专门在这里看着她的。她仅仅拥有宇宙级的实力，除非那两个少女放水，否则她怎么逃得了？

“别做傻事……”女子发送了一封又一封邮件给洪。

片刻——

“没事，等我。”

洪回信了，只有这样一句话。

她沉默了。

“洪大哥，你……我……”

女子抬头，透过窗户，看着远处的一座高耸入云的宫殿，那就是幻灵宫宫殿群中的幻境殿。

“活着！洪大哥，你一定要活着！”女子默默祈祷。

另一边，幻境殿外面聚集了很多人，有魑魅族的族人，还有幻灵王的一些弟子。

“我敢打赌，那个小家伙一定会死！”

“他怎么可能成功闯过十八爱欲幻境？区区宇宙级小家伙，就算再厉害，也不可能成功！”

“这是死路啊！”

“快看，那个就是要闯十八爱欲幻境的家伙。”

“谁？身穿银色战甲的那个吗？”

“不是，身穿银色战甲的据说是虚拟宇宙公司原始秘境的绝世天才罗峰，身穿黑色衣服的那个才是。”

“啊，那就是罗峰啊！真帅！”

“别花痴了。”

“我觉得洪也挺帅的，可惜，他就要死了。”

……

罗峰和洪跟着布舍喇走在廊道上。

四周都是紫眸少女，整个幻灵宫99%都是女子，而且那些侍女几乎都是魑魅族女子，个个生得倾国倾城，无比妖媚。

“大哥，虽然你的修心境界很高，可这是幻灵王施展的幻境啊！”罗峰焦急地传音，“你的实力的确很强，可也不能小觑宇宙间的超级存在。一旦失败，你就必死无疑。而且，那幻境中还可能蕴含意识威压，说不定直接释放威压，你就死了。还有，谁知道幻灵王这十八爱欲幻境到底有什么威力，假如威力很强，到时你依旧只有死路一条。”

一个知道轻重的超级存在，或许会根据洪的实力布置出相应的幻境。可是，幻灵王的脾气是出了名的古怪，明明不容许任何男人碰她，却总是那般妖媚、勾人；明明脾气暴戾，却总是故作温柔。谁知道幻灵王布置的十八爱欲幻境是不是一条死路？

假如幻灵王真的想让洪死，洪还有可能活下来吗？

洪看了罗峰一眼，道：“没事！”

“唰！”幻境殿第一百零一层的殿门口出现一道人影。

那是一个全身笼罩在迷蒙彩衣中的女子，只能看到一双紫色眸子，至于她长什么样，却怎么都看不清。

顿时周围一片寂静。

那些看热闹的少女和几名弟子都不敢出声。

“现在你还有机会放弃，你如果选择放弃，尽管我会瞧不起你，可至少你保住了性命；你如果不放弃，那就跨过这扇大门，直接进去。”幻灵王指着自己身前的殿厅，“这是第一百零一层大殿，每一层大殿都是一层幻境，你闯过一层幻境后，就沿着楼梯往上，进入第一百零二层，成功后，再继续沿着楼梯进入第一百零三层，不断往上。如果你从第一百一十八层出来，你就成功了，否则，你的命就要没了。”

洪微微一笑。

“大哥！”罗峰面露焦急之色，却不知道怎么劝洪。

洪这个人倔得很，就算很多人同时劝说他，恐怕也改变不了他的决定。

洪笑着看了罗峰一眼，直接走向远处的殿门。

“嗖！”他很快到了殿门前，随即往前一步，便跨入殿中。

“轰！”第一百零一层殿厅内顿时一片模糊，肉眼根本无法看清里面发生了什么。

此时，洪已经无法回头。

成功，生！

失败，死！

第619章

命悬一线

眼前这座恢弘的宫殿直插云霄，如果是在地球上，罗峰站在太空中就能够看清半个地球，可他无法看清幻境殿。

迷蒙的气流环绕幻境殿。

第一百零一层殿厅中一片昏暗。

罗峰睁大眼睛，想要看清洪在殿厅内的情况，却都是白费功夫。不单单是罗峰很关注，就连许多魑魅族女子，还有幻灵王的弟子都看向殿厅，个个都想知道洪是否能够闯过十八爱欲幻境。

“轰！”第一百零一层殿厅一阵震荡，殿厅内的一切变得清晰可见。

只见站在殿厅中间的洪抬头，笑着看向远处的阶梯，而后直接飞向阶梯，迅速沿着阶梯前往第一百零二层殿厅。

“第一百零一层闯过了。”罗峰暗松一口气。

“哗！”

人流沿着外围廊道的阶梯迅速朝第一百零二层殿厅门口涌去。

幻灵王走在最前面，罗峰、布舍喇，以及其他幻灵王弟子紧随其后，而魑魅族女子们跟在最后面。

第一百零二层、第一百零三层……

洪破除幻境所消耗的时间越来越长。

“怎么办？”罗峰目送洪沿着阶梯往上去闯第一百零四层，不由得焦急，

“这毕竟是幻灵王布置的幻境，而大哥才达到宇宙级，一不小心就会栽跟头。如果大哥真的失败了，难道我眼睁睁地看着大哥去宇宙佣兵联盟的某个分部驻地自求死路？”

“可是，我又劝不动大哥，而且这是他和幻灵王定下的赌约，就算是我的老师也不好插手。”罗峰很着急。

他无法帮忙，只能眼睁睁地看着这一切发生。

他如果拥有宇宙国主的实力，那么他完全能够压制幻灵王，哪还用得着这么麻烦?

可他现在只是区区宇宙级天才，在幻灵王面前只是一个平庸小辈——没有真正成长起来的小辈。

“你大哥的意志很强，竟然能够闯过第一百零五层。”第一百零五层殿厅门外的幻灵王轻声笑道。

“幻灵王前辈，还请手下留情！”一侧的罗峰恭敬请求。

“你不必求我。”幻灵王瞥了罗峰一眼，“我只是让他闯十八爱欲幻境，考验的只是在一种欲望面前的意志力，只要他不受诸多迷惑，看清欲望本质，那么就有希望活下来。”

罗峰眉头一皱。

幻灵王轻声笑道：“只要是生命，那么就一定会有欲望。想要成为永恒的存在，想要高高在上，操控千万人的性命，想要拥有美丽的妻子，想要亲人们过得好，想要出人头地，想要成为真正的强者，这一切都是各种各样的欲望。”

“欲望是生命进步的源泉。”幻灵王微微一笑，“就算是再清心寡欲的人，也会有欲望，只是他们的追求和常人不一样，更加特殊而已。”

罗峰闻言一怔。

是了。

不管是追求强者之路、修炼之路，还是追求享乐、口舌之欲，总而言之，人生在世，就必定会有欲望。就算是野兽，也有着本能的欲望，比如拥有更多异性同伴，吃得更多更好……

“欲望是无穷无尽的。”幻灵王轻声说道，“它本身没有好坏之分，而生命只有被欲望操控和操控欲望的区别。”

“爱欲是欲望的一种，也是非常复杂的一种，就算是一些无比强大的不朽神灵，也不一定能够看透爱欲。”幻灵王轻声笑道，“我布置这十八爱欲幻境，穷尽爱欲各种滋味，就算是神灵，也会陷入其中。洪既然深陷爱情，对他而言，十八爱欲幻境应该是非常难渡的一关。只有闯过十八爱欲幻境，他才有资格和我的弟子在一起。”

罗峰震惊地看着眼前这位倾国倾城的幻灵王。

他经常得到洪和雷神的指点，在修心方面感悟极深，深知欲望难以超脱。地球上有一句古语，英雄难过美人关，即使是一些人称圣贤的古人，也有着各种各样的梦想追求，比如治国平天下，等等，这些梦想追求的本质也是一种欲望。

想要超脱欲望？不可能！

“难怪幻灵王仅仅闯过通天桥第十九层，却拥有那般可怕的威慑力，几乎能和天羽王、真衍王比肩。”罗峰心中暗道，“也难怪她能够直接控制两名封王级不朽神灵奴仆，幻灵王果真可怕！”

“大哥，这十八幻境都是爱欲类幻境，你能闯过吗？”罗峰看着眼前迷蒙的殿厅，心中焦急。

虽然他对洪有信心，但是也丝毫不敢小觑宇宙中伟大的存在。

地球上的修心方面颇有一些独步宇宙的骄傲之处，可是宇宙中有一些能够纵横寰宇、生存无数年的伟大存在，还有建造了庞大的宇宙国、坐镇宇宙国的伟大存在，谁敢说他们的心境比罗峰等三人弱？任何时候，都不可小觑这些永恒的存在。

“三弟，你和大哥去谈得怎么样了？”罗峰的护臂屏幕上出现一封邮件，正是雷神发来的。

罗峰和洪要去见幻灵王，雷神当然是知道的。

“二哥。”罗峰的意识中闪过一些文字，屏幕上就自动浮现出了那些文字，形成一封邮件，迅速发给了雷神。

“十八爱欲幻境？大哥的修心境界极高，一定能闯过去的，我相信他！”雷神回信。

“二哥，这可是幻灵王亲自布置的十八爱欲幻境，作为宇宙中非常可怕的存在，幻灵王活的岁月比地球C国历史都不知道要久远多少倍，绝对不能小觑。”罗峰回信。

“那大哥闯到第几重幻境了？”

“第九重幻境，现在大哥破除幻境所需的时间越来越长了。”

罗峰和雷神交流了一番，继续观看洪闯十八爱欲幻境。

时间渐渐流逝。

幻灵王和她的弟子，还有魑魅族的大量女性族人都感觉到了压力。

她们跟随幻灵王一层层往上，目睹了洪闯十八爱欲幻境的过程。

十八爱欲幻境的难度是递增的，第一重爱欲幻境的难度最低，闯得最快，越往后就越慢。

第十重爱欲幻境……

第十一重爱欲幻境……

第十二重爱欲幻境……

洪破除幻境越来越艰难。

可是，每一次他都是那般坚定。

“大哥，一定要成功，一定要成功啊！”罗峰心中默默期盼。

“洪竟然能够闯到第十四重爱欲幻境！”

“罗峰的这个大哥还挺厉害的，能够闯到第十四重爱欲幻境，说明他的意志非常强。”

“真是不可思议！”

魑魅族的女子彼此传音议论着。

而幻灵王一开始很平静，看到洪成功闯过第十四重幻境后，眉头皱了起来。

“我就不信了，他这个痴迷爱情的人，能够闯过十八爱欲幻境。”幻灵王眼神冷厉，脸上隐隐有一层煞气，紧紧地盯着第一百一十五层的殿厅。

幽静的楼阁中。

那齐耳短发女子默默地站在窗前，遥看幻境殿的方向。在她的视线中，幻境殿直插云霄，周围云雾弥漫，肉眼根本无法看清高处。

“青殿下，青殿下，洪已经闯过第十五重爱欲幻境了。”

“成功了，他闯过第十五重爱欲幻境了。”

楼阁门口的两名魑魅族少女大声喊道。

女子仍旧默默地看着，眼中满是焦急、忧虑，心里默默地道：“洪大哥，你一定要成功闯过十八爱欲幻境！一定要来找我！”

“一定要闯过去啊！”罗峰站在第一百一十七层殿厅门口，死死地盯着殿厅。

周围聚集的魑魅族女子们顿时屏息了。

幻灵王一眨不眨地看着殿厅内，神情凝重。

所有人都感觉到压力越来越大，因为越往后，十八爱欲幻境的难度越大。

许久——

“轰！”

第一百一十七层殿厅中出现了脸色略显苍白的洪。

“还有最后一层！”

洪抬头。

他没有朝殿厅外围观的人看一眼，直接沿着殿厅内部的阶梯，前往第一百一十八层殿厅，去闯第十八重爱欲幻境。

围观的人顿时紧跟着去到第一百一十八层殿厅的门口。

“一定会成功，一定会成功！”罗峰心中默念，额头渗出了冷汗。

站在他前方的幻灵王则死死地盯着殿厅。

她不相信洪能闯过第十八重爱欲幻境。在她看来，深陷爱情的洪显然会受到爱欲的影响，怎么可能破开第十八重爱欲幻境？

“不可能！”幻灵王双眸闪过寒光。

“轰！”第一百一十八层殿厅猛地震荡，随即恢复平静。

面带微笑、略显狼狈的洪跨过门槛，走到殿厅外。

“幻灵王前辈，我已经成功闯过十八爱欲幻境。”洪恭敬地说道。

第620章

子非鱼，焉知鱼之乐

幻境殿第一百一十八层殿厅外的廊道足足有1公里宽，聚集在那里的人成千上万。

此时，这些人都难以置信地看着洪。她们常年服侍幻灵王，跟随在幻灵王身边，非常清楚幻灵王是何等地可怕，几乎没人相信洪能够闯过十八爱欲幻境。

幻灵王也不敢相信。

“不可能！”幻灵王盯着眼前的洪，心中迅速掠过诸多念头，可很快就平复下来了。

“没想到，一个能够为爱人而死的人，竟然能够闯过十八爱欲幻境。”幻灵王的紫色眼眸中掠过一丝奇异的光芒，“你让我很是惊讶。”

“爱，没有什么可怕的，沉浸于它，享受它。”洪缓缓地说道，“心中会滋生出非常美妙的感觉，这就是爱。”

幻灵王审视着洪。

“我现在有些明白，你为什么会让青青一见倾心了。”幻灵王点点头，随即转头看向布舍喇，“你带罗峰和洪去见青青。”

“是，老师！”布舍喇恭敬地应道。

“嗯！”

幻灵王一闪身，直接消失不见了。

待幻灵王离开，廊道上顿时响起喧哗声。

魑魅族女子们议论纷纷。

“请跟我来。”布舍喇看向洪和罗峰，笑着说道。

“洪，恭喜你闯过十八爱欲幻境，在场的人恐怕没几个想到你能闯过。”布舍喇笑道。

“我也是很难才闯过的，这十八爱欲幻境的确很可怕。”洪说道。

“那是当然，我老师布置的幻境怎么可能会差？”

黑色羽翼男子在前面带路，罗峰和洪二人并肩而行。

“大哥，恭喜。”罗峰笑着传音，“恭喜你，以后你和青青就能够永远在一起了。”

洪的脸上满是笑容。

“大哥，十八爱欲幻境的难度真的很大吗？刚才我很担心你。”罗峰传音问道。

“十八爱欲幻境很难闯，可对我并无威胁。”洪传音回道。

罗峰很是惊讶，道：“什么？并没有威胁？可是，我看到大哥越闯就越疲倦，速度越来越慢，似乎很吃力的样子，这……”

“伪装的。幻灵王就在外面看着，而十八爱欲幻境是她本人布置的，假如我表现得非常轻松，这让她的面子往哪里搁？她乃堂堂幻灵王，布置的十八爱欲幻境被一个宇宙级小家伙迅速破除了，实在是太丢脸了。

“羞怒之下，她说不定会在我闯十八爱欲幻境时，立即对后面的几重爱欲幻境进行改变。她若真的想要我失败，那是非常容易的，比如直接使出灵魂攻击，让我在幻境中丧命。

“她若暗中出手，在场谁能看得出来？就算是你，若是看到我在幻境中丧命，恐怕也只会认为是我没有闯过幻境，对吗？”

罗峰一怔。

仔细想想，洪说得没错。

“所以我得迎合幻灵王的心理，让她觉得我似乎要失败，最后无比艰难才破除幻境。这样一来，我的目的就达到了。”洪笑着看向罗峰。

罗峰点点头。

大哥从头到尾竟然都是在表演，而这表演太逼真了，令他都无比紧张，觉得大哥真要撑不住了。

“有实力很重要，可是有时候也得配合一些其他因素，才能得到最佳效果。”洪传音道。

“可是，大哥，那幻灵王说十八爱欲幻境穷尽了爱欲，你怎么这么容易就闯过去了？”罗峰疑惑地传音问道。

大哥明明深陷爱情，为了和姬青在一起，在不知道十八爱欲幻境底细的情况下就来闯了，竟然轻易地闯过了十八爱欲幻境。

爱欲毕竟是非常复杂的，多少英雄豪杰深陷爱情之中。

“地球上有这么一段话：看山是山，看水是水；看山不是山，看水不是水；看山依旧是山，看水依旧是水。”洪传音，“一个没有经历过爱情的人，会自然认定爱情就是爱情，可是真正经历爱情的人，才会觉得爱情无比复杂，好似雾里看花，一切都是那般迷蒙、梦幻，怎么都看不清，爱情在他们眼中是各种感情的体会。这时候，看山不再是山，看水也不再是水。”

“只有经历红尘，看透人心，看清其中的诸多恩怨情仇，最终才能看清爱情的真面目。到了返璞归真的地步，自己对爱欲的认识已经无比清晰，看透实质，自己想要什么，可以为什么而死，自己可以不受什么诱惑，这一切心中早已有所悟。”洪看着罗峰，微笑传音，“这时候，看山依旧是山，看水依旧是水。爱在此等境界的人的心中很透彻。”

罗峰眼睛一亮。

他有些明白了。

“深陷爱欲的人并非就真的不可自拔。”洪微微一笑，“子非鱼，焉知鱼之乐？真正看透爱欲的人才会知道，沉浸爱欲乃是大道，而禁断爱欲才是违背本心。我所做的一切都是遵循本心，有些该做，有些不该做，有些明知道对自己有生命威胁也得去做。”

罗峰微微点头。

他一边和洪交谈，一边跟随布舍喇前往姬青的住处。

“唰！”身穿彩衣的幻灵王出现在那座幽静的楼阁前。

“大人。”

楼阁前的两名魑魅族少女见到幻灵王，连忙恭敬行礼。

“嗯。”幻灵王直接推门而入，进入了楼阁。

楼阁中原本站在窗边，遥看外面的齐耳短发女子转头看向门口，看到幻灵王后，连忙恭敬行礼：“老师。”

“你应该得到了消息，知道那个叫洪的小辈闯过我布置的十八爱欲幻境了吧。”幻灵王看着姬青。

姬青是她门下诸多弟子中最优秀的，她打心底喜欢这个弟子。

“是，青青知道，多谢老师手下留情。”姬青感激地道。

“哼！”幻灵王冷哼一声，随即坐在旁边的椅子上，“青青，我并没有对他手下留情，他的实力的确超乎我的所料，竟然闯过了十八爱欲幻境。”

姬青听了，脸上不由得浮现出自豪的神色。

“我说过，只要他闯过十八爱欲幻境，我就不会阻拦你们在一起，也不会将你驱逐出我的门下。你们俩不管是相爱生子，还是分手，抑或是其他，我都不会管。”幻灵王道。

“青青多谢老师。”姬青眼眸一亮。

“不过，有些话必须说在前头。”幻灵王手指轻轻一点，半空中出现一块屏幕，屏幕上浮现出了一本书，“这是我的……”

一番谈话后，楼阁外面传来了脚步声，还有嘈杂声。

楼阁外面的廊道上，布舍喇、洪、罗峰走在前面，后面远远跟着魑魅族的少女，显然是来看热闹的。

“罗峰、洪，前面就是姬青的住所。”布舍喇遥指前方那座幽静的楼阁。

“哦？”

洪眼睛一亮，当即走了过去。

罗峰、布舍喇则跟在洪的身后。

"吱呀！"楼阁的门打开了。

一个齐耳短发女子走了出来。

"嗯？"

罗峰看着女子，虽然从虚拟宇宙网络搜索到的资料中有姬青的图片，但是此刻真正看到姬青时，他感觉到了姬青身上的一些不同之处。

她比较高，身材比例却很完美；齐耳短发，显得英姿飒爽；眉宇间的神情坚定，显然是个果断、坚毅、独立的女性。简单地说，有点偏女强人的感觉，可她的眼眸中仿佛有着一汪泉水。

她看着洪，好似快要哭了。

"你真傻！"姬青轻声说道。

洪微微一笑。

而后，姬青直接冲上去，紧紧地抱住洪，眼泪控制不住流了下来。

远处很多魑魅族少女都露出了笑容。

罗峰也笑着看着这一幕。

"以后别再冒险了，不值得！"姬青说道。

洪轻轻地抚摸着姬青的头发，随即两人分开，四目相对。

"一切都过去了，我们之间的那些阻碍都不复存在了。"洪看着姬青，笑着说道。

姬青忽然松开洪的手，不断往后退。

"青青？"洪眉头皱起。

"对不起，不值得的！"姬青定定地看着洪，"你走吧，就当我只是你的一份记忆，走吧！"

洪脸色一变。

旁边的罗峰也愣住了。

她在搞什么？大哥想尽了办法，终于得到幻灵王的同意，现在她怎么会说出这番话？

"青青！"

洪紧紧地盯着姬青，想通过姬青的眼神判断她是不是中了催眠、迷魂等秘法。

洪看着姬青的眼睛，眼睛是心灵的窗户，特别是修心境界极高、观察力极为敏锐的洪，完全能够通过眼神的细微反应判断其是否中了催眠、迷魂等秘法。

第621章 NO.9

“怎么回事？”

“青殿下刚刚说的那些话是什么意思？”

“还有什么意思，青殿下想和他分手呗！”

“这么突然就提出分手了？之前青殿下死活都不肯屈服，所以被关押在楼阁中，怎么就突然改变主意了？”

远处廊道上围观的魑魅族女子低声议论着。

她们也很疑惑，明明是大喜事，怎么就变成现在这样了？

洪默默地看着姬青。

姬青也看着洪。

洪从她的眼神能够判断出，姬青并没有被催眠。

“怎么突然就决定离开我？”洪问道。

“你跟我说过，有些事该去做，有些事不该去做，做决定的时候一定要果断，该牺牲的就应该牺牲！”姬青轻声说道。

她的声音虽然很轻，但是连站在洪后面的罗峰都清楚地感觉到她话语中的坚决。

“所以你就牺牲我们之间的感情？”洪追问。

姬青没有说话，点了点头。

“牺牲？”洪沉声说道，“为什么你族祖和老师阻拦的时候你不说这些，还硬撑着抵抗他们，现在我让我的兄弟帮忙，总算见到你的老师幻灵王，不惜赌命，闯过了十八爱欲幻境，开开心心来找你，你却跟我说这些？为什么？为什么突然变卦？”

姬青沉默不语。

洪心中充满怒气。

站在旁边的罗峰也有些不忿。

事情怎么会变成这样？

“情况变得复杂了，不知道青殿下最后会怎么选择。”

“快看，那个洪要发飙了。”

“如果是我也会发飙。听说他之前不惜赌命，闯过了十八爱欲幻境。要知道，一不小心，恐怕在现实世界中命都没了。现在青殿下突然说这些话，他怎么可能不生气？”

“是啊！换作是我，我也会生气。这么好的男人，青殿下怎么能够轻易放弃呢？”

那些魑魅族女子议论纷纷。

姬青低下头来，道：“我必须做出抉择，爱情固然重要，可有些东西比爱情更重要，这也是你告诉过我的。”

洪深吸一口气。

“真的决定了？”洪轻声问道。

“嗯。”姬青点点头。

洪露出一丝苦笑：“没想到，这么多年我再一次喜欢上一个女人，最后竟然是这般结局！”

姬青紧咬嘴唇。

虽然她是一个女强人，而且家族内的很多事情都是由她做主的，甚至她自认比父亲要强得多，就算面对那些不朽神灵，她也没有低过头，但是此刻在她倾心的男人面前，她觉得自己很软弱。

“姬青。”洪看着姬青。

“嗯。”姬青抬头，看着心爱的男人。

“希望你能实现你的梦想。”洪微微一笑，又道，“抱歉，这段时间，打扰你了。”

说完，洪直接转身，走向罗峰。

“老三，走吧。”洪对罗峰说道。

随即，洪就消失不见了。

罗峰看了看远处强忍眼泪的姬青，低叹一声。

“嗖！”罗峰也凭空消失了，意识回归了现实世界。

“洪大哥。”

姬青看着洪离去的方向，脑海中回响着洪最后说的那句话。

“打扰了？你哪里打扰我了？”姬青默默念叨。

她很清楚洪的为人，简单的一句抱歉，其中隐藏着何等痛苦。

洪这一走，恐怕不会再回头了。

“对不起！”姬青默默地道。

那些围观的魑魅族女子都有些发蒙。

原本她们以为不惜赌命闯过十八爱欲幻境、得到机会的洪，会因此痛苦、伤心、愤怒，会有一些过激的表现。可是，谁都没有想到，洪竟然说了一句抱歉，就转头走了。

幻灵宫中发生的这一幕，很快就被传开了。

“连闯幻灵王布置的十八爱欲幻境，这小子实力不错啊。在面对爱欲类幻境方面很强，估计其他方面也不会差。”

“哦，他还是我们巨斧斗武场的特等精英！你赶紧去安排人，将他招纳进正在培训的训练营中。”

“是，大人。”

乾巫宇宙国，九大一级行政星中的穹玉星，罗氏庄园。

罗峰看着洪，心中感叹不已。

自从三天前亲眼见证洪和姬青看似圆满的结局突然横生波澜，罗峰就认定其中有鬼。

他直接对洪说道："她本来坚定地反抗她的老师和族祖，最后时刻却突然变卦，这是很不正常的。我敢肯定，若不是银雪侯捣鬼，就是幻灵王从中作梗。"

洪当时回道："我当然明白，是银雪侯或者幻灵王说了什么或者做了什么，影响了姬青的决定。"

"那大哥你怎么就那样走了？就这么放弃了？"罗峰追问道。

"或许青青真的受到了别人的影响，可做决定的是她。"洪淡淡一笑，"我很了解青青的性格，她和我很像，既然做出了决定，那是很难改变的。而且我听得出来，她是深思熟虑之后才做出那个决定的。"

"为什么？"罗峰不解，"她为什么放弃？"

"为了她自己，或者是为了家族。"洪叹息一声，"我很了解她，她是一个非常要强的人，她想成为超级强者的决心丝毫不亚于对爱情的渴求。而且，她对继承家族很是执着。"

站在庄园内，罗峰看着洪，回想三天前两人的对话，暗叹不已。

现在看来，大哥的爱情是以悲剧收场了。

"罗峰，别为大哥觉得不值。"洪笑着看向罗峰，"人生本来就有悲欢离合，而且这次我闯过了十八爱欲幻境，让巨斧斗武场的高层注意到了我，还专门下令将我招进正在进行招生的特等精英训练营中，不然我还要再等好几十年才能进入特等精英训练营，也算是喜事一桩。"

"嗯。"罗峰点点头，"保重。"

"放心。"洪点头。

"罗峰，我和徒儿先走了。"洛缓缓说道。

罗峰点点头。

当即，洛和洪进入了旁边草地上停着的飞碟形宇宙飞船，这是巨斧斗武场专门派来接洪的。

"大哥，闯出个名堂来，让那幻灵王再不敢小瞧你！"罗峰大声喊道。

“哈哈……”走到舱门口的洪转头，笑着说道，“我会努力修炼的。老三，你可不能松懈，否则大哥说不定就追上你咯！”

“有本事尽管追。”罗峰朗声大笑。

随即，洪直接进入宇宙飞船中。

片刻——

宇宙飞船缓缓起飞，飞离了罗氏庄园，很快就消失了。

草地上，罗峰仰头，目送那艘宇宙飞船离去。

“殿下。”迪伦站到罗峰身后。

“大哥去巨斧斗武场的特等精英训练营了。”罗峰感叹一声，“不管怎样，大哥的事算是了了，我也没必要逗留在穹玉星。迪伦，你去安排一下，准备返回我的家乡。”

“是。”迪伦应命。

罗峰已经两百多年没有回过地球了，罗氏家族已经发展成一个大家族了。

“该回去看看了。”罗峰默默地道。

当天，罗峰带着护卫军，乘坐陨墨星号宇宙飞船，离开了穹玉星，返回地球。

乾巫宇宙国，离穹玉星数万光年的一颗普通的瓦罗星球。

瓦罗星球的一个地下基地内。

“组长，情报已经通过虚拟宇宙网络传送到了，经过369重连环翻译和宇宙坐标位置对应的字符更换，得出了情报的内容：NO.9刚刚带领护卫军乘坐F级宇宙飞船离开穹玉星，去向不明。情报部给出了推论，NO.9返回其家乡的可能性达到72%。”一个穿着银色制服的光头三眼男子恭敬地道。

“嗯。”另外一个穿着黑色制服的光头三眼男子则看着面前的屏幕。

屏幕上有一些详细的资料，正是有关罗峰的。

“NO.9的情报资料非常少，必须搜集足够的资料，有绝对的把握，才能实施暗杀行动。每一次在人类族群1008个宇宙国的疆域内行动，我们都要付出巨大的代价，所以必须做到一次即可成功。上次暗杀NO.1失败，损失很大，这次不能再失败了。”那个组长说道。

第622章

异变

“传我命令，离银河系最近的第十三小队去探察NO.9的家乡——银河系地球。”组长吩咐道。

“是！”一个穿着银色制服的男子恭敬地应道。

幽静的地下基地再度恢复平静，这个神秘组织的成员平时都很沉默。

另一边，当罗峰带着护卫军乘坐陨墨星号宇宙飞船在暗宇宙中以50倍光速的速度前进时，有一艘看似普通的黑色飞碟状C级宇宙飞船抵达了银河系对应的暗宇宙中的一个区域，在那个区域中缓慢飞行着。

“队长，这个空间已经被强大的不朽神灵施展了空间秘法，坐标被遮掩了，我们无法前往银河系地球。”一个身穿绿色制服的魁梧猿人道。

下一瞬，一道尖细的声音响起——

“这里的情况果然和我们搜集到的信息一样，我们的确没有办法直接前往地球。除非通过虫洞，再耗费近三年的时间，才能到达地球。此外，就是让组织派出强大的不朽神灵，直接破除空间秘法。”另外一个身穿绿色制服的高瘦女子说道。

这里一排共有八个身穿绿色制服的男女，站在他们前面的是一名身穿银色制服的老者。

“嗯。”老者点点头，“第一个办法，要在原宇宙中飞行三年，这是组织无法忍受的。而要破除空间秘法，必须请出强大的不朽神灵。而潜伏在人类族群

1008个宇宙国疆域内的不朽神灵都是无比宝贵的，这事儿我做不了主，我会提交给组长。”

暗宇宙。

一艘三角状的宇宙飞船正以惊人的速度前行。因为穹玉星和银河系地球的距离非常远，就算在暗宇宙中以50倍光速的速度前行，也要两个月左右才能抵达地球。

此刻，所有护卫军都待在休息舱内。主休息舱的金属墙壁上爬满了藤蔓，绿油油的蔓叶摇曳，宽敞的休息舱宛若小森林。

营养舱的舱门忽然自动开启。

“哗哗！”罗峰从营养液中起身。

“哈哈，一个多月的时间，我总算达到域主级九阶巅峰了。”罗峰微微一笑，一脚迈出营养舱。

他站在休息舱内，看着遍布整个舱室的藤蔓，发现主藤蔓一共有216根。

“成功了？摩云藤已经进化完毕了?!”罗峰惊喜地看着摩云藤。

“嗖——”无数蔓叶飞来，一下子就完全包裹住了罗峰，随即迅速缩小。很快，原本将直径有数十米的超大休息舱完全覆盖住的摩云藤变成了一套碧绿色的战衣。

“嗯？”罗峰眼睛一亮。

摩云战衣的颜色不断变换，时而银白色，时而碧绿色，时而火红色，时而纯黑色……

与此同时，它的意识传出一阵阵喜悦，战衣上面冒出一片片蔓叶，蔓叶欢快地晃动着。

“摩云战衣过去虽然也能变换颜色，却没有这么游刃有余，界主级不愧是人类身体进化的一个极限。”罗峰暗自赞叹。

从行星级到界主级是身体基因进化的跃迁。从界主级到不朽级主要是灵魂进化。所以，界主级算是人类身体进化的一个极限。当然，其他种类的生命和人类是有区别的。

“进化出216根主藤蔓的界主级摩云藤比普通摩云藤要强大得多。”罗峰心中暗喜。

即使是同级同阶的修炼者，越到后期，普通修炼者和优秀修炼者的差距也会越来越大。

在恒星级时，宇宙中也没多少天才能够感悟法则，即便强，也不会强很多。这时候，天才和普通人的实力差距并不大。可是达到宇宙级时，差距就很明显了，能称得上天才的是宇宙级九阶强者，因为大多能感悟部分宇宙法则了。

达到界主级九阶，那又不一样。法则感悟、体内世界、自创秘法、所得际遇等会使得普通界主级强者和天才界主级强者的实力相差很大。历史上，一些超级界主级强者能够击杀封侯级不朽神灵，由此可见，界主级九阶强者中的优秀者和普通者的差距能大到什么地步。

越到后期，差距就越大。

同一个道理，金角巨兽和摩云藤也是一样的。

刚开始在恒星级时的金角巨兽和摩云藤在各自族群中实力差距并不明显，随着实力提升，优秀者越来越惊人。在界主级时，最强的摩云藤能够进化出360根主藤蔓，最弱的只能进化出36根主藤蔓，实力相差极大。

“摩云藤进化得越好，想要突破成为不朽神灵就越难。”罗峰抚摸着肩膀上冒出的一片蔓叶，轻声说道，“老师当年培育的摩云藤在界主级时仅仅进化出108根主藤蔓，你却进化出了216根主藤蔓，不过，我一定会让你突破成为不朽神灵的。”

话落，他肩膀上的蔓叶舞动起来。

“你已经达到界主级，现在要做的是尽早达到界主级九阶巅峰。”罗峰放开蔓叶，蔓叶微微上下摆动，随即直接缩进摩云战衣内，消失不见了。

“摩云藤成为不朽神灵很难，而金角巨兽成为不朽神灵更难。”罗峰盘膝坐在休息舱内，默默地思索着。

血脉传承记忆非常庞大、繁杂，记忆中就有金角巨兽成为不朽神灵的例子。

历代金角巨兽被困在界主级巅峰的例子数不胜数，99%的金角巨兽是无法突破的。虽然很多金角巨兽甚至在界主级巅峰时，实力已经强大到能够和不朽神灵媲美，可是依旧停留在界主级九阶，直至死去。

这就是宇宙所谓的公平规则。

越是强横的生命，成为不朽神灵的难度越大。相较于金角巨兽，人类成为不朽神灵容易上万倍。当然，人类在成长时期拥有的资源是没法和金角巨兽相比的。

“自从离开原始秘境，我一直没有尝试融合血洛晶，试试看。”盘膝静坐的罗峰，眼睛一亮。

体内世界中，金角巨兽缓缓起身。魔音神将传承结束到现在已经十余年了，本来罗峰以为按照规律，几年时间就足够自己融合第一百颗血洛晶，事实却出乎意料。

融合第一百颗血洛晶很难，特别是那煞气，一百颗血洛晶叠加形成的煞气因为量变而引起质变，令罗峰每一次都以失败收场。

“哧！”金角巨兽紧紧地盯着右蹄爪，右蹄爪被划出了一道伤口，鲜血不断渗出，血洛晶直接浮现出来。

“轰！”前后融合的一百颗血洛晶的无尽煞气叠加、融合，形成无比可怕的意志冲击，仿佛汹涌的浪涛，一重比一重更强更高，不断地叠加冲击。

罗峰的意志极其凝聚、坚定。

“这次比上次好很多，感觉应该能撑住。撑住！必须撑住！”

片刻后，罗峰就陷入了浑浑噩噩的状态，马上就要昏迷了，可是靠着坚定的信念硬撑着。

只有煞气冲击超过一定的界限，才能彻底让罗峰崩溃。

不知道过了多久，无尽的煞气冲击迅速消失，近乎昏迷状态的罗峰几乎瞬间就清醒了。

“啊，我成功抵抗住煞气的冲击了！”罗峰心中狂喜。

随即——

一阵剧痛通过金角巨兽的身体瞬间传递到罗峰的三个身体的意识中。

“啊！”

舱内，罗峰的地球人本尊猛地跪在金属地板上，手指死死地抠着金属地板。

他的体内世界中，魔杀族分身和金角巨兽疼得不行了，特别是融合了血洛晶的金角巨兽，时而撞击体内世界的金属山脉，时而用利爪撕裂大地，时而仰头咆哮。

疼痛令其意识模糊，都快崩溃了。

“撑过去！”

“给我撑过去啊！”

罗峰、魔杀族分身在嚎叫。

“嗷——”金角巨兽发出了痛苦的吼声。

忽然——

金角巨兽庞大的身体跌落在地，它疲惫地趴在地上。

这是融合血洛晶以来最痛苦的一次，而且比融合第九十九颗血洛晶要痛苦得多，疼得罗峰差一点崩溃。

“总算成功了！”

金角巨兽缓缓起身，驱动右蹄爪中潜伏的庞大的血洛之力，顿时右蹄爪迅速发生异变，骨骼、肌肉、鳞甲等细胞物质的基本构成都发生了变化，这种变化导致金角巨兽的右蹄爪表面的鳞甲变得无比紧密，整个右蹄爪略显粗壮，变成了耀眼的金色。

同时，右蹄爪遍布密密麻麻的红色秘纹，秘纹的红色和鳞甲的金色完全混在一起，形成了红色和金色混合的效果。

而且，如果将右蹄爪的利爪和包裹的鳞甲秘纹组合起来——

正是一尊咆哮的兽神雕像的头。

“嗷——”

金角巨兽大吼一声，轻轻一动右蹄爪。

“轰隆隆——”

整个大地都龟裂开来。

“好可怕！”旁边的魔杀族分身和金角巨兽都紧紧地盯着变异后的右蹄爪。

第623章

地球

此时，罗峰才真正明白，自己在血洛大陆上得到了那么多血洛晶，是真的赚大了。

这可比得到部分魔音神将传承的益处要大得多，当然主要是因为金角巨兽的基因比人类更适合融合血洛晶，否则益处没有那么大。

融合了第一百颗血洛晶的结果，令罗峰又惊又喜。融合第九十九颗血洛晶时，金角巨兽的右蹄爪对于宇宙本源法则的契合度达到9倍多，同时右蹄爪相当于金角巨兽本身力量的总和，相当于在其身体力量基础上提高了整整1倍。

此刻，对于宇宙本源法则的契合度大约是10倍，提升的幅度很小。可是，仅仅右蹄爪就相当于蜕变前的金角巨兽身体力量的整整10倍。

是的，从1倍跃升到10倍，单单右蹄爪就相当于金角巨兽蜕变前身体整体力量的10倍，力量完全凝成一股，那就是11倍。

金角巨兽单纯身体力量为1个单位，擅长施展本尊天地秘法，现在本尊天地秘法第二层已经小成，达到约5倍，身体力量大概5个单位。而后，再驱动血洛之力，在此基础上的11倍，就已经接近55倍。

再施展“强化”这门天赋秘法，右蹄爪猛地一击，就达到金角巨兽最基本身体力量的近110倍。

这是什么概念？

即使金角巨兽不动用念力、原力，单单身体力量爆发就是原先的110倍，而且它本身基础就很不错，再配合感悟兽神雕像而悟出的超级绝招撕天一爪，威力之大，想想就可怕。

如果仅仅融合第九十九颗血洛晶，实力相差太大了，因为肉身力量的这种增幅是可以经过本尊天地秘法和天赋强化进行连续叠加的。

“正常的金角巨兽修炼本尊天地秘法的条件恐怕没有我的这么好。”罗峰心中暗道，“而且，正常情况下，别人根本没机会得到兽神雕像这般逆天的宝物，更别说融合那么多血洛晶了。我的意志比很多不朽神灵都要强，那些金角巨兽即使得到血洛晶，恐怕也融合不了。”

诸多际遇结合，罗峰的意志、金角巨兽自身的身体条件、虚拟宇宙公司提供的资源，再加上一点点运气，最终造就了这么强悍的金角巨兽。

和金角巨兽一比，魔杀族分身正面的战斗力就差得多。

“金角巨兽现在还不够强，首先是其对于法则的感悟远远不够，根本达不到兽神施展撕天一爪意境的百分之一；其次，我现在仅仅修炼了本尊天地秘法第二层的少部分。若是第二层大成，身体力量能够达到之前的9倍；如果能将第三层完全练成，那就真的逆天了。”罗峰暗自思索。

自从听老师提过绝世天才科谛能在界主级巅峰期就击杀封侯级不朽神灵，罗峰就有了野心，也想要在界主级巅峰期能够击杀封侯级不朽神灵。

“他能做到，而我拥有金角巨兽，为什么就做不到？”罗峰是这么想的。

科谛的际遇肯定很多，也有很多秘密，否则单单凭借感悟法则，实力不可能这么逆天，所以罗峰有了一些际遇后，丝毫没有骄傲自满。

“宇宙无垠，有奇遇的强者肯定很多，将一切机遇都利用好，才能成为绝世强者。只要在地球上潜修数十年，我就能正式踏入界主期，到时候我的法则感悟就能进入飞速提升期。”

界主期才是真正的爆发期，罗峰现在做的就是打牢基础，这样一来，达到界主级巅峰时就能爆发出让人瞩目的强劲实力。

转眼，半个月过去。

陨墨星号宇宙飞船的控制室内，罗峰和迪伦都站在那里。

“马上开始宇宙穿梭，进入太阳系。”

“倒计时，10、9、8、7、6、5、4、3、2、1！”

飞船微微震动。

很快，通过外景虚拟，罗峰他们看到了一片熟悉的星空，还有一颗炽热的恒星，一颗颗行星不断地围绕着它旋转。

这片星空就是太阳系。

“回来了！”

罗峰长长松了一口气。

“嗖！”陨墨星号宇宙飞船迅速朝地球靠拢。

作为一艘F级宇宙飞船，而且经过人类族群科技最强大的虚拟宇宙公司的改造，这艘陨墨星号宇宙飞船的科技含量极高。这么说吧，地球的警戒系统根本无法探测到一艘F级宇宙飞船。

飞行了片刻——

“嗯？”

罗峰遥遥看着那颗离地球很近的原本是红色的星球。

“啧啧，火星竟然大变样了。”罗峰笑了起来。

“殿下，你在笑什么？”迪伦问道。

“你看那颗星球……”罗峰指着火星。

“绿色星球？”迪伦疑惑。

“两百年前，它还是一颗红色的星球。”罗峰淡淡一笑，“不过，因为这是整个恒星系中最容易被改造成适合人类居住的星球，加上它的面积不算大，至少远不如地球的面积大。以地球人现在的实力，就将火星改造成了一颗生命星球。”

“改造?!”迪伦大吃一惊，“据我所知，改造一颗生命星球要付出的代价可比购买一颗生命星球要大多了。”

罗峰点点头。

现在罗峰是银河领主，地球的地位极高，也极为富有，可是，一旦宇宙穿梭离开，想要回来则必须通过虫洞，乘坐宇宙飞船，耗费三年的时间。对地球人而言，三年实在是太漫长了，很多人都舍不得地球，所以宁可将火星改造成一个生命星球。

太阳系内，人类现在的居住地除了地球，就是火星。当然，还有月球等经过改造的卫星，改造卫星要容易多了。

很快，陨墨星号宇宙飞船就靠近地球大气层了。

“哇，这么多宇宙飞船来来往往？”迪伦忍不住惊呼，“我去过很多生命星球，很少看到有这么多宇宙飞船来来往往的。”

罗峰看见远处一艘艘宇宙飞船飞离地球，有的飞向月球，有的飞向火星，不由得惊叹起来。

“这些宇宙飞船几乎都不进行宇宙穿梭。”罗峰笑着解释，“地球、火星，以及一些卫星之间，每天都有大量的宇宙飞船来来往往，交通非常方便。”

大量宇宙飞船往来地球、火星、诸多卫星之间，一天内，地球人就可以在火星和地球之间往返，完全可以做到早上在地球吃早饭，中午去火星吃午饭，晚上再回地球睡觉。

而且，对于罗家而言，大批量购置A级、B级宇宙飞船简直不费吹灰之力。地球人花费很少的钱就能乘坐宇宙飞船往返地球和火星之间。

“所有人离开宇宙飞船！”罗峰忽然下令。

紧接着，陨墨星号宇宙飞船上的护卫军迅速离开休息舱。

“迪伦，你负责隐藏大家的踪迹，我不想地球那边的人发现突然有一千多号人出现在地球的大气层外。”罗峰道。

“这一点很容易做到。”迪伦笑着点点头。

堂堂不朽神灵，如果还躲不开地球人的探测，那未免太可笑了。

片刻——

罗峰带着护卫军悬浮在外太空中，陨墨星号宇宙飞船则被巴巴塔收进它的储物空间中。

“迪伦，你将护卫军都收进你随身携带的世界内。”罗峰淡淡一笑，“我此次是回家乡，还是不要大张旗鼓为好。”

“是。”迪伦点头。

他看了看周围悬空站立的一千多名护卫，一挥手，便将他们全部收进自己携带的世界内。

界主制造的世界很大，而且能够让生命居住，很是方便。不过，只有界主能够制造世界，一旦成为不朽神灵，反而不能制造世界了。所以，界主一般会制造一些世界备用。

但因为付出的代价较大，所以制造的世界是很少的。

“嗯，我们走！”罗峰迅速冲向大气层，迪伦紧紧地跟在身后。

穿过大气层，很快，罗峰就看到了地球。

“那是……海洋。”罗峰努力辨别下方的地理板块，“这边！”

“嗖！嗖！”

罗峰、迪伦的飞行速度极快，很快就飞到大陆上空。

“好美丽的星球！”迪伦看着下面的星球，不禁感慨，“你的家乡真不错！”

“还好你不是两百年前来这里。”罗峰笑道。

是啊！

如今地球大变样了！

大涅槃时期前，地球上很热闹，可是那时候污染很严重，天都是灰蒙蒙的。大涅槃时期后，整个地球进入了末世，很多城池变成了怪兽的乐园，成为一片废墟，而地球上最广袤的海域更是完全成了怪兽的天下，人们只能居住在基地市中，小心翼翼地生活着。

罗峰、洪、雷神离开地球闯荡宇宙后，地球就大变样了。他们有了大量科技、资源，甚至能够将一颗普通星球改造成生命星球，改造地球自然就很容易了。

“真美啊！”罗峰看着下面，不由得感叹一声。

地球成为绿色的海洋，植物遍布，还有一些小动物生活在森林中，这些只是普通的动物，而非当年的怪兽。

废墟城市完全消失不见了，哦，不，还是存在少量废墟城市的，就像博物馆，以供地球的新生人类参观。

第624章

听到了

“变了，人口密度小多了。”罗峰俯瞰下方的城市。

地球上几乎没有粮食种植区域，陆地上大多是人类居住区。天空蔚蓝如洗，地面上绿树成荫，郊区、城市建设都非常漂亮，就算是在最繁华的城市中也很少看到摩天大楼，只剩下一些具有纪念价值的摩天大楼。

“殿下，你当年生活在哪里？”迪伦问道。

“那里！”罗峰指着远处一座繁华的大城市，“JN基地市八大卫城之一的Y城，这座城市的名字没有变，不过整个Y城变化太大了。”

Y城现在是地球上名气极大的一座城市，单单常住人口就达到两千万，来这里的游客非常多，大多是追寻罗峰足迹而来的崇拜者，因而令Y城非常繁华。在地球大改造的进程中，Y城的地位已经提高到足以和JN基地市比肩的地步。

Y城，罗家老宅所在的城市。

“迪伦，待会儿你稍微改变一下自己的模样。”罗峰笑着看向身侧穿着黑袍的光头男子，“你这个样子有点怪异，明显不是地球人，会引起围观的。”

“明白。”迪伦点头。

同时，不朽之力涌动，他的全身宛如流水浮动，很快就变成了一个看似普通的黄皮肤的光头男子，和正常的地球人没区别，就连身上的衣服都变成了常见的休闲服。

“嗖！嗖！”罗峰、迪伦迅速俯冲而下。

两人没有引起城市警戒，悄无声息地来到一条街道上。

“这是我当年上学的高中。

“这是我经常路过的街道，依旧保持原样。

“那，那是我住过很久的廉租房。”

罗峰一边走，一边回忆起过去的事情。

作为一个宇宙级强者，罗峰的记忆力非常强，连婴儿时期的记忆都很清晰。

“那里真热闹！”迪伦指着远处的极限武馆。

“那就是我年少时练武的地方。”罗峰笑道，“当年我就是其中的学员。”

“殿下当年在那里修炼，而现在已经是银河领主了，难怪那个武馆这么热闹。”迪伦笑着说道。

罗峰转头，指着不远处的一座餐厅：“走，去那家餐厅吃饭。没想到过了两百年，那家餐厅还在。”

罗峰戴上墨镜，带着迪伦进入了餐厅。

进入餐厅后，他们发现里面有不少人都在围观，很是热闹。

“人们喜欢看热闹的习性一直没变啊！”罗峰笑了。

而后，他走到餐厅的角落，想看看发生了什么。

餐厅内一片狼藉，桌椅、碗筷打翻在地，一个微胖的黄发青年身后跟着四名穿着黑衣的保镖，另外一个穿着练功服的青年则挡在一个女孩的面前。

“严胖子，你别拿着鸡毛当令箭。”穿练功服的青年擦拭一下嘴角的血，指着微胖的青年，“你不就是要清场吗，清场归清场，找我杨志的麻烦做什么？怎么，想要靠着你老大的保镖在这里趁机废了我？”

“我可没针对你，谁让你小子敢不给我老大面子。”严胖子冷笑一声，“你还是赶紧滚吧！”

他嘴上不屑地说着，心中却很是惊讶。

杨志的进步真快，竟然能抵挡住老大保镖的攻击，而没被废掉。

“噗！”杨志气血上涌，忍不住喷出一口血。

“阿志，阿志！”女孩连忙上前扶着杨志，“你没事吧？”

“放心，我没事。”杨志轻声说道，而后看了严胖子一眼，“如果不是刚刚突破了，恐怕就真的被废了。哼！现在我们已经到了楼下，大庭广众，这又是Y城，严胖子就是一个跑腿的，没那个胆子乱来。”

此时，严胖子大喝道：“老板，老板，我跟你说过要清场，怎么还不让这小子滚蛋？”

餐厅老板是一个消瘦青年，他连忙走了过来，赔礼道歉。

“严欢！”杨志身后的女孩指着严胖子，“我哥马上就过来了，你别太嚣张！”

“都让开！”这时，一群警察迅速将人群隔开。

很快，数十名警察占据了餐厅中的重要位置。

站在角落的罗峰一看，不由得咧嘴一笑。

看样子，现在地球上的警察至少都是战将级的水准了。也对，毕竟现在地球上最弱的几乎都是战士级强者。

“谁在闹事？”为首的魁梧壮汉扫视在场的人一眼。

“哥！”女孩仿佛看到救星，连忙喊道。

“小妹！”壮汉见自己妹妹没受什么伤，这才松了一口气。

转眼，他看到女孩身侧的杨志脸色苍白，衣服上有血迹，脸色一变：“杨志老弟，怎么回事？”

“哥，严胖子带着人给他老大来清场，我们当然不会招惹他老大，所以准备走人，可是严胖子和阿志过不去，故意找茬，还命令其中一个保镖出手。幸亏阿志机智，冲到了一楼，外面的人极多，他们才没敢乱来，如果是在楼上，恐怕……”女孩双目含泪。

壮汉转头盯着严胖子。

“王队长。”严胖子笑着打招呼。

“严欢，做事留点分寸，这是Y城，若是闹大了，谁也保不住你。”壮汉低声喝道。

严胖子微微一笑，道：“没错，这是Y城，罗家的Y城，别说Y城，就连整个银河系都是罗家的。在这个地方，惹了罗家，谁也保不住你们。”

一群警察都沉默不语。

壮汉瞥了瞥严胖子，而后低喝一声："小妹，我们走。"

话落，他直接去扶杨志。

"哼！"严胖子冷笑一声。

餐厅角落。

"此人似乎和殿下的家族有关系。"迪伦笑着看向罗峰。

罗峰笑了，道："似乎是这样。"

忽然外面响起一阵喧哗声，围观的人迅速散开。

"是罗家那个天才的宇宙飞船。"一道惊呼声响起。

餐厅外，一艘直径约30米的深蓝色宇宙飞船缓缓下降，在下降的过程中，就有一个个身穿黑色制服的保镖跳下，迅速将餐厅包围起来。

"老大来了。"严胖子脸色一变，双手如同幻影，迅速将桌椅扶起。

"快点将碗的碎片等垃圾处理掉，筷子捡起来！"严胖子低喝一声。

顿时，他身后的四名黑衣保镖，还有那群服务员，迅速收拾起来。

短短的时间，餐厅的一楼变得空荡荡的。此外，地上铺上了崭新的地毯。

这时候，一个有着卷发的微胖少年走出舱门，其身后跟着一个身材极好的紫衫女孩。

罗彦长朝四周看了一眼。

在诸多护卫围成的包围圈外，围观的人激动不已。

"那是罗家的天才罗彦长少爷。"

"是罗彦长少爷啊！"

"你看，他的眉毛跟罗峰领主很像呢。"

"我来Y城旅游，这是第一次看到罗家的人呢！"

周围的人议论纷纷。

罗彦长一出现就引起了轰动，而他早已见怪不怪了。罗家可是银河领主的家族，而且因为罗峰的关系，就算是黑龙山帝国的皇室中人也不敢得罪罗家，周围的一些宇宙初等文明国度的人更是巴结罗家。虽然罗家没有建国称皇，可是在地球人的眼中，罗家相当于皇族。

作为一个自罗峰以来仅仅传承两百多年的家族，和那些传承了百万年的国度相比，罗家的人口少得多，罗家的男性总共也不过数百人，能够亲眼看到罗家的人，实在是太难得了。

“娜娜，我们进去吧！”罗彦长笑着对女孩说道。

“我早就想来这里了，听说这家餐厅在大涅槃时期就存在了。”女孩兴奋地说道。

罗彦长笑着点点头。

两人并肩入内。

餐厅内。

那群警察还没来得及走，所以还留在餐厅内。

“罗少爷。”警察们恭敬行礼。

罗家虽然权势滔天，但是在地球上几乎没什么丑闻，最多是一些鸡毛蒜皮的小事，毕竟罗家的传奇人物，也就是家主罗峰对家族的人要求很严格。

“嗯。”罗彦长笑着点点头。

随即他目光一扫餐厅，眉头微皱，因为他发现餐厅内有些许打斗留下的痕迹。

“老大。”严胖子连忙跑过来。

“哼！”罗彦长冷哼一声。

严欢是罗彦长的同班同学，加上两人都比较胖，而且严欢很会交际，罗彦长就交了严欢这个朋友。

罗彦长看到旁边身上还有血迹的杨志，问道：“杨志，你没事吧？”

“没事，罗少爷。”杨志连忙回道。

“嗯！”罗彦长点点头，随即吩咐，“都出去吧！”

顿时，那群警察、杨志、女孩，以及一些没来得及走的客人连忙走开。

在他们看来，听罗彦长的吩咐是很正常的。不谈其他，单单罗彦长本身的实力就达到了行星级。

“上次我是吩咐过你教训他一顿，可是也得分场合。”罗彦长瞥了一眼严胖子，传音，“做任何事都要把握分寸，别丢我的脸，明白吗？”

“是，老大。”严胖子道。

罗彦长身体一颤，脸色一变，忽然转头看向餐厅的角落，眼中露出一丝惊骇。

他刚刚明明让其他人都出去了，而且他也看到其他人都出去了。此时，却有两人站在餐厅角落。他乃堂堂行星级高手，之前却完全没有察觉到。

“这小家伙挺狠的，表面一套，暗里一套。啧啧，在宇宙中闯荡，他这样的至少能活得够长。不过，他和你的性格不太像，真是你罗家的吗？”迪伦问道。

“对，的确是我罗家的，他叫罗彦长，是我的八世孙。”罗峰说道。

注意到罗彦长看了过来，罗峰这才拿下墨镜，面部肌肉稍微变动，而后看着罗彦长。

“啊！”罗彦长脸色顿时煞白，额头渗出了冷汗。

第625章

老家

罗彦长完全被吓呆了。

他是罗峰的八世孙，作为罗家人，就算是在银河系乃至黑龙山星域，都是有身份、有地位的。然而，就算他的地位再高，在罗家的家主罗峰面前，也只是一个不值一提的小家伙而已。

而且，罗家的家规很严。

“一定看到了，家主他一定看到了！”罗彦长看着眼前比他高一些、看似普通、眼神却很冷厉的男子。

眼前的人便是他最崇拜的罗家的家主，地球上颇负盛名的传奇人物罗峰。

“老大？”严胖子低声喊道。

“彦长。”女孩也低声唤道。

罗彦长却站在罗峰面前，忐忑不安，一时间不知道说什么好。

他只是罗峰的八世孙。罗家的子弟众多，加上罗峰一沉浸修炼就是很多年，偶尔才会回虚拟宇宙黑龙山岛屿九星湾一次，所以小辈们大多只见过罗峰两三次。就拿罗彦长来说，从出生到现在，他仅仅见过罗峰三次。跟罗峰说话，更是只有一次。

在罗彦长的心中，罗峰是高高在上的，是超然物外的存在。

餐厅内一片寂静，所有人都感觉到了气氛不对劲，特别是部分黑衣护卫，畏惧地看着站在餐厅角落的黑发男子。

那黑发男子怎么那么像家主罗峰?

“马上回家，不用跟其他人提起我，在场的其他人都会忘记见过我。”罗峰看了罗彦长一眼。

“是。”罗彦长恭敬地应道。

周围其他人见罗彦长竟然如此恭敬，而且听到那黑发男子说他们会忘记见过他，他们不由得露出惊骇之色。

“我们走。”

“是，殿下。”

罗峰和迪伦一闪身，便消失不见了。

餐厅内只剩下罗彦长等人和餐厅的服务生、老板，而原先一脸震惊的众人恢复了正常，似乎刚才罗峰和迪伦从未出现过。

“家主的确拥有不可思议的实力。”罗彦长看看周围的人，“刚才我和严欢传音交谈，肯定被家主听到了，这下该怎么办呢?虽然我早就知道，这一两年内家主会回来，可哪里想到家主不是直接回家，反而出现在这家小餐厅。”

罗彦长心中发苦。

“老大，上去吃饭吧。”严胖子说道。

“彦长。”女孩也喊道。

“闭嘴!”罗彦长怒喝一声，吓了严胖子和女孩一跳。

“成事不足，败事有余。”罗彦长瞪了严胖子一眼，“走，回去!娜娜，你自己回去吧，我还有重要的事情要去办。”

“是!”

一群黑衣人虽然不知道罗彦长为什么突然要回去，但是都恭敬应命，簇拥着罗彦长，乘坐那艘私人飞船迅速离去。

罗家是具有极高地位的大家族，虽然现在的地球依旧受到地球联邦的管理，但是因为整个银河系都是罗家的，自然而然罗家的地位很是特殊。

Y城，罗家老宅。

每天都有大批穿着制服的护卫在老宅外面巡逻，这些护卫都很自豪，因为想要成为罗家的护卫实在是太难了。罗家很多护卫都是实力极强的宇宙级武者，其中恒星级武者、宇宙级武者都有不少，所以在地球上吸纳护卫的标准比较高，最低等的都是战神级武者。

不过，只要加入罗家，就算原先只是战神级，也能很快就达到行星级，行星级强者在罗家是非常普通的。

“最近，很多大人都回来了。”

“对啊，连普扬大人都从离黑龙山星域非常远的沉景星域赶回来了，据说他乘坐宇宙飞船在暗宇宙中赶路，足足耗费近半年的时间。”

“听说海少爷也放弃宇宙冒险，赶回来了。”

老宅内的仆人低声议论着。

罗家作为一个强大的家族，平常家族内的很多子弟都在其他星球闯荡，只有极少数留在地球。可是最近一段时间，一个个子弟迅速从宇宙各地赶回来了，这些仆人都感觉到不同寻常。

罗家老宅核心处有一座幽静的庭院，这座庭院在罗家具有很特殊的地位，因为这是罗峰的弟弟罗华居住的地方。

庭院中。

“哥！”

“阿华！”

罗华推门而出，看到庭院中的罗峰和迪伦，又惊又喜。

两兄弟当即来了一个熊抱。

“两百多年了，我们没在现实世界中见过面。”罗华苦笑道。

“嗯，我很久没回来了，地球变化很大。”

罗峰打量着罗华。

两百多年了，罗华没有丝毫衰老，身上反而多了学者气质。

“爸妈呢？”罗峰问道。

“还用问，当然是在虚拟游戏中征战。”罗华笑道，“不知道爸妈是怎么回事，竟然那么痴迷虚拟游戏，幸好他们强化成了宇宙级强者，意识、思考能力等极强，这才不至于将虚拟和现实混淆。”

罗峰摇头苦笑。

整个罗家，最痴迷虚拟游戏的莫过于老爸和老妈了。听老爸说过，大涅槃时期，他们逃亡的途中看了一些纸质网络小说，以此打发时间，其中就有一些网游小说，所以他们对于虚拟游戏格外痴迷。

而那虚拟游戏是100%模拟的，游戏时间过长的话，容易让人分不清现实和虚幻。

这是一种宇宙中的富家子弟经常得的心理疾病。

不过，罗峰用各种资源让父母和弟弟都达到宇宙级，这么多硬是打造出宇宙级强者的资源，足以购买一个小型的由宇宙级武者组成的军团了。

“哥，你不知道，爸妈每次见我，都和我谈论游戏，说他们在游戏中成为一方大佬什么的。”罗华摇头笑道，“他们还说每玩一个游戏就好像经历了一辈子。”

罗峰笑了，道：“爸妈开心就好。”

“每一个虚拟游戏都能玩几十年，就跟过了一辈子似的。”罗华笑道，“我只要花费一点钱财，就能让爸妈拥有1000纪元寿命，这的确能玩很多虚拟游戏，经历很多事情。”

罗峰点点头。

每个人的人生都是不一样的，他的父母幼年时地球爆发灾难，四处逃亡，偶尔才能弄点纸质小说看看。

逃亡多年，最终在基地市扎根，却住着廉租房，一直辛辛苦苦地工作，挣钱养活他们兄弟俩。

一直等到快五十岁，罗峰崛起，他们终于能够享福了，完成儿时的梦想，在一个个虚拟游戏构建的世界中闯荡。

“人族稳定，普通人能享受生活，这是要靠无数强者去维护的。”罗峰身后的迪伦沉声道，“宇宙中有无数族群，一些强大的族群相互厮杀，弱小的族群或是成为附庸，或是形成联盟，但依旧为各自的生存而战斗。每时每刻，都有人丧命，若是有一天，那些伟大的强者殒命了，人族衰败，普通人也无法这么继续享受生活了。”

罗峰和罗华闻言一怔。

随即，他们都点点头。

“殿下，你有成为超级存在的资质。”迪伦看着罗峰，“就连我的老师都很看好你，你会成为支撑人族的其中一个支柱。”

“罗峰！罗峰！”

一道人影冲进庭院。

罗峰转头一看，正是披散着长发的徐欣。

“老婆。”罗峰宠溺一笑。

“你一回来，就来找你的弟弟。”徐欣冷哼一声。

“不是这样的，刚才我用念力一扫，发现你没有在家里。”罗峰笑着走过去，连忙转移话题，“对了，我回来前，看到了那个叫罗彦长的小家伙，他做事有点……”

“你说彦长？”徐欣的眉宇间有一丝怒意，“嗯，他做事的确有点问题。族中的人正暗中搜集他做坏事的证据，不过还好，这小家伙没有做过罪大恶极的事。既然你提到了，就尽早让他上族内法庭，进行审判。”

管理一个家族，特别是一个传承数百万年的大家族，是绝对不能靠个人的判断随意做决定的，而且罗峰也没那等精力一个人去管理整个家族的人，所以必须设立族规，也就有了族内法庭。

“这些年，你什么事都不管。”徐欣盯着罗峰，“说到族内法庭，我给你汇报一下。家族内的子弟有三人被执行了死刑，三十七人受到惩罚，或轻或重。彦长那小子的天赋很高，进步很快，做的事不算大罪，加上年纪小，估计审判结果会较轻，应该会被罚去矿物星球待三到十年。”

罗峰点点头。

他和徐欣聊了许久，还见了两个儿子。

当天晚上，罗家老宅内举行了一场宴会。

第626章

虫族母巢计划

罗家的子弟们从宇宙各地赶了回来，傍晚，家族聚会开始，子弟们同聚一堂，好不热闹。

“拜见家主！”大厅内的两千多号人全部恭敬行礼。

“哈哈……”罗峰坐在主位，笑着看着下面的人。

两百多年来，罗家已经延续了很多代，辈分最低的是罗峰的十一世孙，下面站着的两千多人中，男性只有五百多人，还有一部分是族中的女性子弟，更多的是罗峰的儿媳、孙媳、重孙媳、曾孙媳、玄孙媳等等。

“都不必客气。”罗峰吩咐道。

“是，家主！”两千多人恭敬应道。

罗峰看到有一些被父母抱在怀里的婴儿，眨巴着眼睛看着他，有些婴儿的眼睛呈淡蓝色，显然是混血。

“徐欣，”罗峰低声说道，“现在族内的后代越来越多了，混血的也越来越多了。”

“嗯。就拿你的九世孙罗克敌来说，子嗣众多，其中具有地球人血统的只有三分之一。罗家越来越强，特别是你担任了监察特使，贵为乾巫分部的四大巨头之一后，乾巫宇宙国中很多强大的古老的族群都来结交。”徐欣笑着说道，“很多后辈认识的女子不再局限于地球的，有些和宇宙大家族的女子相爱、成亲后，生下的孩子就是混血。”

罗峰沉默不语。

“这是家族发展正常的状态。而且，一个家族要兴盛，人口基数要足够多，血脉不能太单一，如此一来，出现精英的概率才更高。”徐欣微微一笑，“那些古老的大家族哪个不是子弟数以亿万计，单单家族内部就能培养出界主级强者，域主级强者、宇宙级强者更是数不胜数。”

“人类之所以强大……”迪伦搭腔道，“就是因为繁衍能力够强。人数极多，混血越多，实力越强。”

罗峰转头看了一眼迪伦。

“迪伦先生说得对。”徐欣笑着点点头，“家族想要变得强大，不能总靠一个人，也需要大量的子弟。家族内的男子才五百多人，和宇宙中的那些古老家族一比，算是很少了。”

“好吧！”罗峰释然一笑。

宴会后。

罗峰、徐欣、罗平、罗海一家四口聚集在一起。

“爸，”罗海连忙问道，“你这次回来能待多久？”

“小海，这次我会在地球待很久。”罗峰笑着抚了抚罗海的脑袋。

两个儿子中，罗平生性沉稳，罗海却有一颗热血的心，在乾巫道场中学习，在宇宙中冒险，再加上家族资源的培养，已经是恒星级八阶强者了。

“到底是多久？”罗海追问。

罗平则期待地看着罗峰。

“短则数百年，长则上千年乃至上万年。”罗峰微微一笑，“我担任监察特使期间，除非虚拟宇宙公司下派任务，我偶尔出去执行任务，其他时间都会待在地球。”

“哈哈！太好了！”

“我们一家人可以好好团聚了！”

罗平和罗海击掌欢呼。

罗峰和徐欣见状，都笑了。

家族子弟虽多，罗峰最有感情的还是这两个儿子。

“这些年，我也不出去冒险了。”罗海大声说道，“我要待在地球。老爸，你的护卫军够厉害的，竟然有十个界主级强者、百个域主级强者，还有一位不朽神灵，以后能指导我的人多的是。”

“没有重要的事情，别去打扰迪伦，偶尔一两次还行。”罗峰嘱咐道，“而且，你区区一个恒星级八阶的小家伙，有那十个界主级强者指导就足够了，他们可都是得到本源法则承认的。”

罗海点点头：“知道了，老爸。”

整个黑龙山星域得到本源法则承认的界主级强者加起来，都是极少的。

“徐欣，我计划向虚拟宇宙公司购买一些技术含量高的产品，对地球进行改造。”罗峰道。

“改造地球？”徐欣、罗平、罗海都惊讶地看向罗峰。

“嗯！”罗峰点点头，而后大喊一声，“迪伦。”

“嗖！”迪伦倏地出现。

“殿下。”迪伦恭敬行礼。

罗平、罗海、徐欣看到迪伦，微笑致意，态度恭敬，毕竟迪伦是不朽神灵。

“将我改造地球的计划告诉他们。”罗峰说道。

“嗯。”迪伦看向徐欣等三人，“殿下是真衍王的弟子，而且第一次参加资格战就冲进了原始秘境，是虚拟宇宙公司的精英天才之一，而虚拟宇宙公司无比重视天才，同样地，宇宙中的其他族群也很重视天才。”

“宇宙并不和平，战争一直在持续。”迪伦缓缓地说道，“各个宇宙国的大量战士殒命，可是那些战士对那些族群而言只能算是炮灰，只有像殿下这样的绝世天才，才是非常有威胁的。殿下只要不殒命，成为封侯级不朽神灵是板上钉钉的事情，成为封王级不朽神灵也有希望，甚至有希望成为高高在上的宇宙国主。对于这等绝世天才，人族重视，会倾尽全力培养；其他族群也很重视，却是想尽办法击杀。”

徐欣、罗平、罗海听了，脸色大变。

迪伦笑道："不过请放心，其他族群潜伏在人类中的一些精英是不敢轻易暴露的，毕竟潜伏进来不被我们发现，是很不容易的。此外，绝世天才毕竟还没真正成长，地位最多等同于封侯级不朽神灵，而实际上要破解空间秘法来到地球，起码得是精通空间的封侯级不朽神灵。即使如此，那封侯级不朽神灵也不会亲自出手，一旦出手他就暴露了，在人族的疆域腹地，他是逃不掉的。"

罗峰点点头："所以，你们也别太担心。"

徐欣、罗平、罗海这才松了一口气。

"能潜伏进来不容易，潜伏进了一位封侯级不朽神灵，对那些族群而言，可能等同于没能潜伏进来的封王级不朽神灵，他们舍不得。实力越强大的，就越难渗透进人类疆域，但一旦成功潜伏，个个都是极为重要的棋子。不过，也不能大意。他们有很多手段，可以用毒，可以用机械族武器，还可以用一些奇特的手段。"

徐欣、罗平、罗海都惊呆了。

第627章

罗家藏宝库

“你们放心，每一任监察特使外放后，如果其居住的某颗星球我们都不能保证安全的话，那天才们早就灭绝了。”迪伦笑道，“虚拟宇宙公司对天才们常住的星球早就有了完美的改造方案，至少能保证天才们在星球内是绝对安全的。只是若是离开星球出去执行任务，可能会有危险。”

罗峰笑道：“相信虚拟宇宙公司的能力吧！对了，那虫族母巢怎么样了？”

此次他回到地球主要有两件事：一是改造地球，二是实施虫族母巢计划。

“按照你要求的，建造了一座古堡包围了那里，而且守备森严。”徐欣郑重地道，“那个地方的确非常危险，就算是那群护卫很小心，可虫族母巢偶尔毒气弥漫，这些年还是死了三名护卫。”

罗峰点点头。

虫族母巢简直是个定时炸弹。

“虫族母巢？”迪伦惊讶道，“难不成还是活的？里面有虫族母皇？”

“对。”罗峰点点头。

“殿下可以大赚一笔了。”迪伦惊呼起来。

“倒也不算大赚。我查过资料，这虫族母巢应该只能算是界主级的。”罗峰说道。

迪伦连忙说道：“就算是界主级的虫族母巢也能培育出大批界主级虫族战士，而且这虫族母巢还是活的，在宇宙中绝对能卖到超过百万混元单位，不过要控制虫族母巢是很难的。”

获得虫族母巢非常难，控制它也很难。可是一旦完全控制虫族母巢，那可就厉害了。即便最多制造出界主级虫族战士的母巢，一旦造出一个界主级军团来，界主级虫族军团合力攻击，就算是不朽神灵也得躲远一点，而不朽级的虫族母巢就更可怕了。

虫族就是凭借这些可怕的特性纵横宇宙，成为宇宙巅峰族群之一。

“明天我准备去看看虫族母巢。”罗峰感叹道。

“随时可以。”徐欣点点头。

“爸，小心点。”罗平连忙说道。

“哈哈，放心，就算它没陷入沉睡，我也有保命的把握。”罗峰眼中满是期待。

自从加入虚拟宇宙公司，控制虫族母巢的事罗峰就一直记在心里。他的老师呼延博没有控制虫族母巢的办法，可是虚拟宇宙公司有啊。毕竟在人族中，虫族母巢交易也是有的，这也是迪伦能迅速报出价格的原因。既然能够用来交易，就有控制的秘法。

不过，罗峰在太初秘境时并没有搜到这一类秘法的资料，而成为原始秘境的成员后，罗峰的权限提高了，终于查到了。

1008个宇宙国的历史悠久，创造出了29种控制虫族母巢的方法，可是难度都很高。这29种秘法在有些方面明显强于呼延博所创的魂印秘法。不过，魂印秘法中的奴隶魂印是很独特的。

29种秘法的修炼条件不一，有的秘法要求是不朽神灵或者宇宙国主才能控制能够制造出界主级虫族战士的虫族母巢，有的秘法则要求是界主级强者即可控制住能够制造出界主级虫族战士的虫族母巢。然而要求低的秘法修炼更难，价格也更加昂贵。

“在接受魔音神将传承前，恐怕就算成为界主级强者，我都没有把握收服虫族母巢。”罗峰心中暗道，“不过，接受了魔音神将传承，我的念力振幅超过3200，这是很多去接受传承的不朽神灵们的层次。”

很多不朽神灵都是在第一阶段末期就结束了传承。能进去的不朽神灵，一般都是封侯级或者封王级，接受传承后，念力振幅也就达到3000左右。

由此可见，3000左右的念力振幅其实是非常夸张的。

“我的念力振幅这么高，刚好适合29种秘法中的万心控魂秘法。这种秘法最苛刻的要求就是一心多用，最高层的更是需要一心万用。等我达到界主级，就能使用万心控魂秘法，完全控制虫族母巢了。

“不过，到时候我得花费很多积分去购买秘法。当然，只要能控制一个虫族母巢，这些代价也不算什么了。”

控制并培养一个虫族母巢，将来的投入会越来越惊人。

可是——

罗峰反而期待虫族母巢让自己投入越来越大，最好是虫族母巢将来能够制造出不朽级虫族战士，那么自己就真厉害了。不过，他也明白，那种虫族母巢在整个虫族中都是非常稀少的。

虫族母巢进化的概率比金角巨兽突破到不朽神灵的概率还要小得多。

“不能奢望太高。能够控制一个普通的虫族母巢就很强了，要知道，普通的虫族母巢就能制造出一个界主级虫族军团，界主级虫族军团的集体攻击威力是何等大。”罗峰很是期待。

虫族军团因为是由虫族母皇的精神念力进行统一指挥的，犹如一体，无数虫族战士的攻击能量合成一体，简直太逆天了。

这就是虫族的可怕之处。

“我在地球上修炼，数十年后，就能踏入界主级，到时候就能琢磨那套万心控魂秘法，等我学会了，实力也很强了，差不多能够控制虫族母巢了。”罗峰暗自期待，“反正达到界主级，体内世界会发生根本性变化，体内世界中就能存放生命了。”

金角巨兽达到界主级前，如果放人进入其体内世界，那人会直接被炼化，如果承受不了炼化的话，体内世界会崩溃。

界主级强者的体内世界和界主级金角巨兽的体内世界一样，能够存放生命，区别在于金角巨兽的体内世界无比庞大。

“将虫族母巢放在体内世界，没有人会知道，到时候悄悄炼化。而且，到时候我的体内世界会很庞大，非常适合让虫族母巢培育大量的虫族战士，关键时刻全部放出去战斗。”

罗平、罗海都去休息了，罗峰和徐欣回到了自己的住处。

徐欣抱着罗峰，低声说道：“峰，我有一件事要和你说。”

“什么事？”罗峰抚摸着徐欣的长发。

“你也发现了，地球和当年你离开时大不一样了。”徐欣缓缓地说道，“改造地球，完全是我们罗家出钱出力。”

罗峰点点头。

这也很正常，罗家不出钱出力，那谁能出呢？

“在大规模改造地球的过程中，因为深挖土地、开山通道等，所以发现了地球上遗留的一些物品。”徐欣笑道，“有些物品是上一个文明时代留下来的，这些年大多都被我们研究透了，可有一个物品一直没能研究明白。”

“哦？”罗峰惊讶。

在很久以前，地球是受到宇宙国度统治的，只是后来被呼延博强占了，所以自然有一些奇特物品。

而罗家现在地位极高，权势极大，研究不透的物品实在是太少了。

“这件物品很强悍，太阳内部高温都无法熔化它。我们一开始小心翼翼地研究，到后来用尽手段，却硬是没法熔化它。这物品有着至少F级金属的硬度，可它是一件制作好了的物品，而且绝对不是虚拟宇宙公司内部可以查到的任何一种F级金属。”

罗峰大吃一惊。

这件物品有着至少F级金属的硬度，却又不是任何一种F级金属，难道是F级合金？

浩瀚宇宙中，合金可以这么下结论：

一、合金最高是E级。没错。

二、超越E级的合金是存在的。也没错。

看似自相矛盾，实际上，这是从两个不同角度得出的结论。茫茫宇宙中，其他族群制造出来的合金最多是E级，唯有机械族拥有超越E级的合金，可是，那是机械族的智能生命蜕变成不朽神灵后，融合合金身体，令合金身体进化，成为超越E级的合金。

也就是说，宇宙中的超越E级的合金其实只有一种——机械族不朽神灵的身体。真正说起来，机械族不朽神灵是根本无法制造出来的。

“那玩意儿看起来像是一块很小的金属板。”徐欣说道。

“那个物品呢？”罗峰追问。

机械族不朽神灵的身体浑然一体，不应该像金属板。

“被我放进家族中的1号藏宝库了。”徐欣回道。

“1号藏宝库？那就是在地球上。”罗峰急切地说道，“带我去看看。”

古老的家族都有一些藏宝库，以防将来家族败落，族中的宝物无处存放，而有些藏宝库寄存在银行，有些则藏在宇宙中的一些不起眼甚至没有名字的矿物星球中。

罗家有十二个藏宝库，唯有1号藏宝库在地球上。

地下通道中。

“这藏宝库内的其他物品都不算贵重，加起来，价格在10混元单位左右。”徐欣道。

通道两边满是激光设置，通道顶部还有一些隐秘的机关，都是徐欣以虚拟宇宙公司核心成员的身份买到的，“也就那奇异金属板的价值难以确定。”

下一瞬，藏宝库的金属门自动打开了。

“就是它。”徐欣从暗格内取出一样东西来。

罗峰一眼看去，这是纯黑色的金属板，表层还有一些花纹，只是看起来被砸裂过。

“花纹很普通，没发现有什么特别的，可是这块破裂的金属板非任何一种可查到的F级金属，又没有任何办法可以熔化它。而且，根据挖掘它时的出土勘测，这破裂的金属板在地底起码埋了六亿年，却没有丝毫腐朽的痕迹。”

“哦？”罗峰接过金属板，不由得惊叫出声，“好轻！”

这块金属板破碎过，所以有六条边，最长的一条边有11.2厘米长，最短的一条边有3.1厘米长，有巴掌大小，却好像只有一支铅笔轻。

“嗯？”罗峰仔细地观察着金属板。

第628章

焱神族

金属板表面光滑，摸上去冰冰凉凉的，仿佛玉石的触感。

“峰，这黑色金属板到底是什么东西，你知道吗？”徐欣问道。

罗峰轻轻摇头。

他从未见过这种金属板。在金角巨兽庞大的传承记忆中有F级乃至G级金属，却没有这种东西。

“巴巴塔，你知道这是什么吗？”罗峰用意识传音。

“我已经扫描过了，扫描仪器无法渗透进去，无法探测其信息。这黑色金属板我也从未见过。”巴巴塔疑惑的声音在罗峰的脑海中响起。

罗峰点点头。

“啊！”罗峰猛然低喝一声，双手用力掰着金属板。

身为域主级九阶强者，他完全能够令一颗生命星球毁灭。此刻，他全部的力量作用在小小的金属板上，对其却没有丝毫影响。

“好古怪的金属板。”罗峰皱眉，“走，我们先回屋。”

罗峰带着徐欣离开了藏宝库。

卧室。

罗峰默默地坐在阳台上，此时已经是深夜，月亮高高地悬挂在夜空，夏日的凉风透过窗户吹进来。

“我把在虚拟宇宙公司搜查到的诸多关于神奇物质的资料大略看了一遍，金角巨兽传承记忆中关于金属等物质的也过了一遍。”罗峰抚摸着手中的黑色金属板，“可是都没有得到任何信息。这块金属板一定大有来头。”

罗峰心里很清楚，虽然自己地位高，但是单单人类族群中比自己地位高的很多。举个例子，他是原始秘境的成员，权限看似很高，而权限比他高的还有封王级不朽神灵，他的老师真衍王的权限估计比普通的封王级不朽神灵还要高一些，在此之上还有宇宙国主。

总之，在1008个宇宙国中，他只能算是上层，却算不上真正的高层，知道的信息当然少。

“竟然连历代金角巨兽的传承记忆中都没有相关信息，黑色金属板未免太特殊了。”罗峰紧紧地盯着。

这绝对是宝贝！

“这破裂的黑色金属板表层的花纹怎么看都很普通。”

以他的眼力，如果观看一些已经解剖的标本的话，甚至能够清晰地看到细胞内的细胞核，可是现在却发现不了金属板的特殊之处。

“我肉眼看不出，不如用念力试着探察一下。”罗峰心念一动。

“咻咻——”无比纤细的念力丝线轻轻覆盖在黑色金属板上。

“嗯？”罗峰面露喜色。

“哈哈！原来是这样，还真特殊！”他眼睛一亮。

当他操控念力丝线覆盖黑色金属板时，念力丝线根本没有碰触到黑色金属板，而是直接进入黑色金属板的内部，遇到了阻碍。

“金属具有一定的阻挡念力的效果。”罗峰无比激动，“可是，这黑色金属板在念力探察下却不受任何影响，或许它并不是金属板，而是坚硬度无比可怕的物质，又或者是一种非常特殊的金属板，总之念力能够渗透进去。”

“里面有什么？”罗峰操控着念力继续探察。

数百根念力丝线继续深入黑色金属板的内部，努力冲破一层层阻碍。

片刻——

“嗯？”罗峰脸色微变，感觉到念力无法再继续深入了。

“钻不透？我就不信了！”罗峰眼睛微眯。

体内世界中，浩瀚大陆上的金角巨兽大吼一声，同时它额头的四根尖角上的秘纹同时亮起。

“天赋秘法‘强化’！”

不但金角巨兽身体各方面得到了强化，就连其原核中的灵魂也得到了强化。

“出！”罗峰一声大喝。

现在他地球人本尊的身体达到了域主级九阶，而金角巨兽也达到了域主级九阶，同级同阶，所以就算原核内的灵魂强化后施展出的念力释放出去，地球人本尊的身体也能够承受，而不会出现崩溃的情况。

假如地球人本尊的身体仅仅达到宇宙级九阶，原核内的灵魂念力就无法透过人体施展了。因为级别相差太大，地球人本尊的身体会承受不了。一般差距在两阶到三阶之间，肉身是完全能够承受的。

“哧！”受到宇宙中莫名的法则影响的念力和威力飙升，立即冲破了罗峰手中的黑色金属板内部的阻碍。

“轰隆隆——”

“我的孩子！”一道淡淡的声音在罗峰的脑海中响起。

下一瞬，罗峰的意识便陷入了幻境中。

许久——

傻坐在阳台上的罗峰忽然身体一颤，面目狰狞，猛地睁开眼睛。

“天哪，我从来没有遇到过这一类幻境。”罗峰的额头渗出了冷汗。

这是有史以来他遇到过的最诡异的幻境，不同于他知道的人类各个流派的幻境秘法。一般的幻境秘法直指人心，根据欲望、内心等因素，让人陷入幻境而不可自拔。

可刚才的幻境纯粹是强势的、压制人的。随着那玄妙的声音响起，一个个幻境接连产生。罗峰破除一个幻境时，就有更多的幻境产生了。

即使罗峰不断破除幻境，可产生的幻境越来越多，他有一种陷入无底深渊的噩梦之感。

“我破除了近万个幻境，最后那无尽的幻境总算自动崩溃了。”罗峰深吸一口气。

黑色金属板内的念力继续往深处渗透。忽然，一个个文字信息不断融入罗峰的念力。

片刻后，文字信息传递结束。

“嗯？这竟然是一个储存传承信息的奇特物品。”罗峰抚摸着黑色金属板，“这信息上的文字也是方块字，可是我一个都不认识。”

那里总共有36923个文字，可惜罗峰都不认识。

“我感觉挺像C国古文化中的一些古文字。”

罗峰的意识计算速度惊人，对C国古文化中一些玄之又玄的文字有所了解，而从黑色金属板中得到的文字虽然类似，却并不是。

“巴巴塔。”罗峰大声喊道。

“嗯？你查出什么了？”巴巴塔问道。

“这个字你认识吗？”罗峰选取了一个很复杂的文字，足足有92个笔画，直接凌空书写。

“这……”巴巴塔震惊地道，“这是焱神族的文字！”

“焱神族?!”罗峰大惊。

他当即查找金角巨兽传承记忆中的资料，很快就找到了有关焱神族的文字记载。

焱神族，浩瀚宇宙中的亿万族群之一，属于强大的族群，不可招惹。相关的资料非常少，只是重点突出了不可招惹这一点。

“巴巴塔，你对焱神族了解多少？”罗峰追问。

“我跟随主人时根本就没听说过焱神族。不过，你成了原始秘境成员后，我作为你的虚拟助手，当然可以帮你查询资料。所以我查过很多资料，将大量资料都通过记忆储存下来。”

罗峰笑了。

平常自己修炼，巴巴塔无聊时就去搜集各种资料了。

“快给我说说焱神族！”罗峰道。

“宇宙中的族群数以亿万计，能够存活的族群都不能小觑。当然，人族、虫族、机械族、妖族等都属于巅峰族群，巅峰族群都拥有无比可怕的势力。比如虫族，无比团结，思想可合为一体，而且一些厉害的虫族母巢能够大批量制造不朽级虫族战士，任何虫族母巢都能轻易占领一个星域。

“任何一个机械族人都是智能生命，越是高等的机械族人就越可怕，它们有很多高科技武器都可以用来击杀不朽神灵。至于人族，个体都能独立发展，独立性极强，加上数量无比庞大，可以筛选出很多天才，培养出很多能够纵横宇宙的绝世强者。论个体，或许不如虫族巅峰强者、机械族巅峰强者可怕，可是人族强大的个体数量多。总而言之，巅峰族群有两大优势：一是巅峰武力强，二是分别能施展虫海战术、机械海洋战术、人海战术。

“除了巅峰族群外，还有一些族群，族人数量稀少，但是个体极其强大，所以在宇宙中占据或高或低的地位。此外，一些弱小的族群早就成了附庸或者被吞并了。焱神族是一个强大而独立的神秘族群，人口少，所以占据的地盘不大。因为焱神族中的超级强者很多且地盘不算大，所以人族、虫族等巅峰族群不愿去招惹焱神族，得不偿失。”

罗峰点点头。

根据他传承记忆中的资料来看，族群大略分为巅峰族群、强大族群、普通族群、弱小族群。

人族属于巅峰族群，焱神族属于强大族群，金角巨兽族群比焱神族还要弱一些，主要是金角巨兽实在是太稀少了。

“你刚才写的正是焱神族的文字。”巴巴塔说道，“焱神族的历史悠久，宇宙诞生最初，它恐怕就已经存在了。这黑色金属板在地球存在了六亿年也不奇怪了，毕竟焱神族的历史远超六亿年。”

第629章

无名

“可是燚神族有这种奇特的金属板吗？”罗峰疑惑，“我的传承记忆，还有我的权限，都无法在虚拟宇宙网络中发现这种金属板的资料。”

“首先，你的传承记忆是金角巨兽一代代传承下来的。只有那些金角巨兽先辈愿意通过血脉传承给下一代的资料，你才会收到，而有些太神秘的资料，或许就没留下来。”

罗峰闻言一怔。

“其次，燚神族的人数稀少，却能称得上是强大的族群，至少让它毁灭一个宇宙国是非常轻松的。它强大、神秘，很少和外界接触。每个族群都有一些特别的东西，你知道他们有什么？虽然金属板内的是燚神族文字，但不代表其一定就是燚神族的物品，毕竟懂得燚神族文字的伟大存在就有不少。”

罗峰点点头。

“最简单的方法，就是你先学会燚神族文字，然后翻译一下，不就什么都知道了？”巴巴塔说道。

“有道理！”罗峰笑着点点头。

燚神族文字和汉字有共同点，都是方块字，整个燚神族所有稀奇古怪的文字加起来，总共也就上万个。其实就像汉字，历史上所有不同汉字加起来或许很多，实际上很多汉字都被废除了，平常真正使用的也就几千个汉字，几千个汉字就组成了完整的语言文明。

以罗峰的意识记忆力，仅仅看一遍，就把燚神族的文字全部记住了。

“好简单、好神秘的文字，和汉字很像。”

罗峰当即翻译起了自己从残缺黑色金属板中看到的文字。

文字内容——

血肉类生命主要有身体和灵魂两部分，二者的重要性相当。本典籍主要研究身体，改变身体基因的内在结构，令身体逐渐发生变化，身体基因主动发生进化……（后有829个文字）

修炼存在危险，九劫，每一劫修炼失败，灵魂和身体都会崩溃，当场丧命。

第一劫：……（后有31231个文字）

第二劫：……（后有92个文字）

第三劫：……（后有71个文字）

……

第九劫：……（后有1292个文字）

这应该是一部很神秘的修炼秘典，一共有3万多个字，通篇内容残缺不全。甚至连秘典的名字都是残缺的，秘典名字原本有4个字，前2个字是“九劫”，后两个字未知。

“秘典记载的一共有九劫，可按照翻译出来的看，仅仅第一劫的修炼内容是全的，第二劫到第九劫的内容都不全。”罗峰看着手中的残缺黑色金属板，眉头一皱。

所以，秘典蕴含的信息也是残缺的。不过，单单秘典最前面的部分内容就已经令罗峰感到惊骇了，因为这不同于罗峰以前接触过的任何一种秘法。

很多秘法都是法则运用之法，或者是战斗秘法，就连本尊天地秘法也是让身体大小变化，从而使密度得到变化。

罗峰从未听过能够令身体基因主动进化的秘法。

“身体基因的进化跃迁也就那么几次，从学徒级到行星级，从行星级到恒星级，从恒星级到宇宙级，从宇宙级到域主级，从域主级到界主级。”罗峰心中暗道，“每一关突破都会使得身体基因跃迁，从一阶到九阶则是量的积累。”

“按照这套秘法所述，即使达到界主级九阶巅峰的人修炼这套秘法，依旧能推动身体基因再度进化?!”罗峰难以置信。

每关突破时，身体进化和灵魂进化都是自然而然发生的，其中的原理罗峰也不懂，纯粹是浩瀚宇宙的一种运转规则。这就好比宇宙规则规定了灵魂大限是1000纪元，还规定了行星级、恒星级、宇宙级、域主级强者的寿命大限。

寿命大限乃宇宙规则之一，这种身体基因进化也是宇宙规则之一。主宇宙空间的最快速度是光速，这也是宇宙规则之一。

“这套秘典竟然蕴含了超脱宇宙的规则。”罗峰眯着眼，脑海中不断浮现翻译后的秘典的详细内容。

这秘典的名字不全，就暂定为“无名秘典”。

“《无名秘典》的内容主要帮助人改造身体基因。即使修炼者是域主级九阶或者界主级九阶强者，它依旧能够让其身体基因再度进化。”罗峰心中暗道，“这简直不可思议！很多人修炼到界主级九阶，身体强度达到极致，已经无法提升了。就算是金角巨兽修炼的本尊天地秘法，也只是缩小体形，增加密度，基因本身是没有变化的。”

罗峰眼睛一亮。

基因变化?

“血洛之力！我记得，一旦驱动血洛之力，金角巨兽右蹄爪的基因结构就会迅速发生变化，单单一个右蹄爪的力量就相当于全身力量的10倍。”

金角巨兽身躯庞大，正常情况下，一个右蹄爪的力量不足全身力量的十分之一，可驱动血洛之力后，右蹄爪的力量却是全身力量的10倍。

这种基因本质的变化是何等惊人！

窗外，天蒙蒙亮。

罗峰依旧坐在阳台上，一脸惊恐。

"我见过的九宇混沌碑，还有那《时空随笔》，都只是引导人去感悟宇宙本源法则，而感悟宇宙本源法则在宇宙规则范围之内。我从未听过能违背宇宙规则的，这简直太不可思议了。

"不朽级存在们都是在琢磨宇宙法则等，身体无法再进化。如果他们知道宇宙中有如此逆天的秘法，达到极限后依旧能主动修炼，推动身体进化，恐怕都会不顾一切来抢夺此秘法。

"当然，我现在在人类族群中的地位说高也高，说低其实也很低，毕竟我没有真正接触过人类族群的高层。"

人类族群是巅峰族群之一，那些在人类族群中有着极高地位的超级存在拥有很多资源，许多资源都已经被他们垄断了，比如血洛晶，比如魔音神将传承名额，等等。

像罗峰这种小家伙，很多机会根本得不到。

"我敢肯定，这种能够逆天推动身体进化、超脱宇宙规则的秘法，绝对是无比珍贵的。不管怎样，绝对不能泄露。"罗峰心中暗道。

此秘法一旦泄露，会遭到宇宙中的超级强者的觊觎。

这是一种很诡异的修炼秘法，一共九劫，成功，则基因进化，而每一劫修炼失败，灵魂、身体都会崩溃，修炼者灰飞烟灭。

第二天一早，罗峰先去看了看虫族母巢，随后告诉麾下的护卫军自己要闭关潜修，至于地球改造计划，则让迪伦负责。

空荡荡的密室中，只有一排兵器。

罗峰盘膝而坐。

"啪！"他随手将战刀扔在兵器架内，而后看了看兵器架上的血影战刀。

"现在我的魔杀族分身变成血影战刀，而原核在血影战刀内。也就是说，我的生命核心是在魔杀族分身内，不管我的地球人本尊怎么修炼，即使灰飞烟灭，照样能够复活。"

这秘法是很可怕，可是罗峰恰恰是浩瀚宇宙中不怕危险的极少生命之一。修炼无名秘法时，需要以念力晶球、原力晶球为核心，释放出念力和原力，使其不断融入全身细胞，让念力晶球、原力晶球、身体这三者犹如一体，形成平衡，而后开始修炼秘法，推动身体基因进化。

一旦失败，三者崩溃，身体、原力晶球、念力晶球全部崩溃，化为飞灰。如果是正常的血肉类生命，原力晶球、念力晶球一旦崩溃，则必死无疑。

“不过，对于我而言，原力晶球、念力晶球并不重要，只能算是能量而已。”罗峰心中暗道，“一旦失败，大不了再凝聚出一个地球人身体。”

“呼！”

“吸！”

罗峰每深呼吸一次，那强劲的气流在密室中都能掀起一阵狂风。

而后他缓缓闭上眼睛，脑海中浮现出第一劫的修炼内容，他尝试着修炼起来。

“哧！哧！”

滴溜溜转着的念力晶球代表灵魂，直接飞入其脑部核心的识海中，原力晶球则留在其丹田中。

“三者……一体！”

念力晶球、原力晶球几乎同时射出720根能量丝线，迅速钻入罗峰全身720个关键能量窍穴中。

“身体自成内宇宙，起！”罗峰大喝一声。

“轰！”

原力晶球和念力晶球猛地一震，射出36000根丝线，迅速融入罗峰身体的每一处，仿佛崭新的能量经脉，让原力晶球、念力晶球和身体结合得前所未有地紧密。

三者形成完美平衡，好似宇宙运转，能量沿着那72000根辅助丝线和1440根主丝线不断传送到其身体各处。

第630章

能量守恒

72000根辅助丝线和1440根主丝线将原力晶球、念力晶球和身体完美地结合在一起，将整个身体内部模拟成一个宇宙。正常武者修炼时，每个关卡的基因进化是自然而然发生的，而这神秘的修炼秘法让身体模拟成的内宇宙推动身体基因缓缓进化。

基因每进化一点，都是身体实力的很大提升，所以基因进化实际上是非常缓慢的，而且必须谨慎，一旦失误，就会造成身体、念力晶球、原力晶球崩溃。

“这……这实在是太震撼了！”

能量沿着丝线不断传递，渗透进身体细胞，开始推动细胞基因变化。72000根辅助丝线和1440根主丝线形成完美的宇宙循环，不断推动着细胞基因变化，虽然变化缓慢，但是在按部就班地进行着，基因的一点点进化都会引起全身极大的蜕变。

“噼啪！”

“咔嚓！”

罗峰全身的肌肉、筋骨发出了声音。

“这……这实在太震撼了！”

罗峰闭着眼睛，脸上露出激动之色，并不是为身体基因的细微进化而激动，而是为构成的完美宇宙循环而激动。

72000根辅助丝线、1440根主丝线、原力晶球、念力晶球、身体这五方面竟然就模拟出了宇宙循环。

罗峰纯粹是按照秘典所述施展出来的，根本不懂其中的奥妙，当感应到这一切时，他仿佛见到了世上最美的事物，无比心醉。

时间一点一点流逝。

罗峰完全沉浸在体内构成的完美宇宙循环中，基因进化则在宇宙不断的循环中缓缓推动着。

一天，两天……

转眼十二天过去了。

“啊！”罗峰的身体忽然猛地抽搐起来。

“不好！”他的眼睛瞪得滚圆，双目赤红，全身皮肤直接破裂，骨骼断裂。

而其体内完美的宇宙循环受到身体的影响，陡然震了一下，罗峰瞬间就化为飞灰。

“呼！”

衣服掉落在地，只留下一地灰烬，罗峰已经消失不见了。

体内世界。

广袤的金属大陆的上空，无尽的金色气流聚集，形成了一个金色圆球，大量金色雾气能量融入其中，威力越来越强。

“砰！”金色圆球裂开，一个黑色长发男子凌空而立。

正是复活的罗峰的地球人本尊。

“秘典中描述得没错，这种能够推动基因进化的秘法修炼起来非常危险，每修炼一劫，一不小心身体和灵魂就会崩溃。提高安全系数的方法只有两种：一是身体够强，二是宇宙循环构建更加完美。”罗峰暗自思忖。

身体越强越好，假如是一些强大的不朽神灵，即使只剩下一些细胞残片也可复活，那么修炼此秘法根本没有危险，就算化为飞灰，也能够再度凝聚起来，继续修炼。

当然，罗峰因为有分身，所以同样能够复活。

而体内模拟构成宇宙循环，虽然秘典中描述了怎么去布置，但只是大概说明，假如布置的宇宙循环接近真正的宇宙循环奥妙的话，那么修炼时再弱的身体都不会出问题。

“宇宙循环？太不可思议了！创造这秘法的到底是谁？”罗峰难以置信，“难道他已经达到了看透宇宙本质的地步？”

宇宙，神秘不可测，单单法则就有很多种。而宇宙真正运行时，诸多法则合为一体，一起运转，就好似诸多齿轮咬合滚动起来，比如：时间、空间是不会分离的，只有时间和空间一体，才有宇宙空间最基本的框架，所以，要悟透宇宙运转规则比单独悟透时间法则和空间法则还要难。

“何等伟大的存在，才能创出这种模拟宇宙循环推动基因进化的秘法。”罗峰眼睛一亮。

他现在就是通过那72000根辅助丝线、1440根主丝线、原力晶球、念力晶球、身体来观察宇宙，空间、时间、金、木、水、火、土、风、光线、雷电这些宇宙本源法则都只是宇宙运转的一部分。

“我根本无法想象，无比抽象的宇宙运转竟然能通过72000根辅助丝线、1440根主丝线、原力晶球、念力晶球、身体给模拟出来，即使只是模拟出了部分特性，也很不可思议了。”

罗峰不自觉地沉浸其中。

当然，他暂时未能悟透一种宇宙本源法则，还不能成为不朽神灵，根本连窥探宇宙真正运转玄妙规则的资格都没有。

“这位大能真厉害！”罗峰感慨道。

“嗖！”随后，罗峰消失在体内世界中。

密室中。

罗峰陡然出现，而掉落在地面上的摩云藤迅速缠绕在罗峰身上，再度形成衣服。

“地球人本尊和金角巨兽都是血肉类生命，地球人本尊修炼失败了，那就让金角巨兽试试看。”罗峰盘膝坐在地上。

体内世界。

金角巨兽站在苍茫大地上，仿佛一座庞大的黑色山脉。它和人类不同：首先，它的原力晶球其实就是它额头的四根尖角，从出生开始，它几乎将所有原力不断灌入尖角中；其次，它真正的灵魂所在的原核，一直在地球人本尊体内或者魔杀族分身体内。

可是，意识是需要载体的，有念力晶球才能有意识，所以金角巨兽体内凝聚出的念力晶球和地球人本尊的念力晶球一模一样。

其实，不管是地球人本尊还是金角巨兽体内凝聚出的念力晶球，和原核内的灵魂都是极为相似的，唯一的区别是，原核内的灵魂连接体内世界，一旦灵魂崩溃，体内世界也会崩溃，罗峰就会真正完蛋。而地球人本尊、金角巨兽、魔杀族分身完蛋，对原核没有影响。

“让金角巨兽试试，看看能不能练成。我希望不要失败，地球人本尊就那么大，失败了，凝聚出一具肉身，消耗的能量并不多。可是，金角巨兽的身体庞大，一旦崩溃，要重新凝聚，消耗的能量是凝聚人类身体所消耗能量的千万倍都不止，如此一来，恐怕会令我推迟数年踏入界主级。”

很快，一个月过去了。

密室内。

罗峰睁开眼睛，脸上露出一丝笑容。

这一个月来，他都在修炼《无名秘典》中的第一部分内容，当然他现在只有第一部分内容是全的。

地球人本尊前后失败了三次，身体强度却提高了近1倍，而金角巨兽小心翼翼地修炼，根本不敢乱来，每次都是按照地球人本尊积累的修炼经验来进行的。

每次进步后，金角巨兽就停下来，等地球人本尊积累修炼经验后，它再继续修炼。

即使如此，金角巨兽还是死过一次，庞大的身体瞬间崩溃，可是令罗峰惊喜的是，金角巨兽身体化为的飞灰竟然凝聚出了一具新的肉身。也就是说，从能量角度考虑，那些飞灰和金角巨兽是等同的。

“能量守恒？”罗峰当时就乐了。

也对，金角巨兽不管是身体崩溃还是复活，都是在体内世界内，能量守恒也不奇怪。

“金角巨兽的基因比地球人本尊的基因要强，进化起来显然难度更大。这一个月来，金角巨兽的身体强度和力量是之前的1.5倍左右，进步也没有地球人本尊快。”罗峰嘀咕道。

可是金角巨兽本来就很强，身体强度和力量再提高1.5倍就极其惊人了。

“嗖！”罗峰起身，打开密室大门。

他走在廊道上，边走边说：“巴巴塔……”

“罗峰，什么事？”

“虚拟宇宙公司派出了二十九个技术人员，罗家安排了一千多万名宇宙工人，进行地球改造。我让你从头到尾进行监工，没出什么娄子吧？”罗峰问道。

现在地球改造进程已经到了后期，因为虚拟宇宙公司的科技极强，所以地球改造才这么快。

“当然没出娄子，我让一千多万名比蚊子还小的机器人附在那些工人身上，随时监察，一旦发现类似黑色金属板的物质，它们会立即来报。”巴巴塔回道。

“怎么样，有没有发现第二块金属板？”罗峰又问道。

在闭关前罗峰就吩咐下去了，一旦发现金属板，就立即禀报他。因为他得到的黑色金属板是残缺的，至少内部的秘典内容只有第一部分是全的，后面的八部分都是残缺的。

“没找到。”巴巴塔回道。

“这样吧，大规模制造出擅长探察的机器人。”罗峰道。

在罗峰看来，这秘典是无价之宝，比自己得到的其他宝物都要贵重得多。

“你若是来不及制造机器人，就直接去定制大批量的擅长探察的小型机器人，给我对地球进行大规模搜索。”

“明白。”巴巴塔兴奋地应道。

第631章

地球上的五十年

罗峰根本没有想到地球上能够找到黑色金属板那种珍贵的物品，而且根据推断，自己得到的只是破碎的一部分，其他部分很可能也在地球上。

随着罗峰一声令下，巴巴塔迅速下了订单，数以亿万计的擅长探察的小型机器人直接被运送到离地球虚无区域很近的一颗矿物星球上，进行交接。

随即，罗家的宇宙飞船载着大批擅长探察的小型机器人回到地球。

从暗宇宙通过空间秘法掩盖的坐标回到太阳系的方法，属于罗家的绝密。

当巴巴塔操控无数的擅长探察的小型机器人向地球的各个大陆、海洋渗透的时候——

暗宇宙中。

“嗖！”一道黑色流光疾速飞行，速度超过了光速。

忽然，这道黑色流光速度不断下降，很快，肉眼都能清晰地看到那竟然是一个人。

那人笼罩在古朴的紫色战甲内，戴着头盔、面罩，隐隐能看到一双眼睛。

肉身在暗宇宙中飞行，这几乎是不朽神灵的标志。当然，偶尔有极少数强大的族群的界主级巅峰强者也能进行宇宙穿梭。

“用空间秘法掩盖宇宙坐标？”一道沙哑的声音回荡在暗宇宙中。

“哼！这手段真的很一般，随手即可破解。不过既然不能让虚拟宇宙公司发现痕迹，就不能破解，那么要想进入太阳系，只能多花一些时间。”身穿紫色战甲的强者缓缓飞行，扫视四周，方圆万里的宇宙空间隐隐震颤起来。

空间变幻，紫色战甲强者的身影变得模糊不清，同时他不断地移动着。

大约过了半个小时——

一直处于移动状态的紫色战甲强者忽然停了下来，同一时刻，暗宇宙将紫色战甲强者排斥出去。

一颗巨大的恒星出现了，周围有一颗颗行星环绕着它。

这，就是太阳系。

美丽而宁静的太阳系星空中，那紫色战甲男子凭空出现。

“任务已经完成，不能逗留。”紫色战甲男子扫过远处星空中的一颗蔚蓝色星球，“嗯，那颗星球应该就是任务情报中提到的地球吧，也就是绝世天才罗峰的家乡。哼！很快，人类族群中的又一个绝世天才将会倒下。”

他一挥手，半空中出现了一艘灰蒙蒙的宇宙飞船。

“嗖！”紫色战甲男子瞬间化作一道黑色流光，很快加速到光速，直接消失在原宇宙空间，只留下那艘灰蒙蒙的飞碟形状的宇宙飞船。

宇宙飞船中的智能主脑发出了声音。

“宇宙坐标确认！

“已经抵达目的地！

“第十三小队开始执行探察计划！”

“嗖！”飞碟形的宇宙飞船悄然飞向地球。

“队长，是谁将我们直接送到这里来的？到底是哪位不朽神灵？我还没见过组织内的不朽神灵呢。”

“闭嘴，这些问题连我都没有权利知道。”

第十三小队的成员们议论着，同时宇宙飞船抵达地球。

三天后。

瓦罗星球的一个隐秘的地下基地内。

“组长，地球那边发来了情报。”

“NO.9有消息了。”身穿黑色制服的三眼男子露出一丝冷笑。

“经过402重连环翻译和宇宙坐标位置对应的字符更换，翻译出的情报内容如下：禀队长，你预料到的最糟糕的情况出现了，地球现在已经完成了安全改造，第十三小队没有任何接近罗峰和暗杀罗峰的机会。”银色制服男子恭敬地道。

“人族保护天才的效率一向非常高。”三眼男子笑道。

他本来就没打算现在暗杀罗峰。更何况，每次击杀人类族群1008个宇宙国的某个绝世天才，就像将天捅了个窟窿似的，虚拟宇宙公司事后定会展开大规模的探查、扫荡等等。

“传令下去……”三眼男子又开口了。

银色制服男子立即恭敬聆听。

“按照之前的命令，潜伏地球，搜查一切有关罗峰的情报，此任务暂没有时间限制。”三眼男子淡淡地说道。

“是！”

随着神秘组织的安排，第十三小队正式在地球潜伏下来，而罗峰没有丝毫察觉。

他依旧在地球上潜修，除了研究那《无名秘典》，更多的精力还是花费在参悟《时空随笔》、九宇混沌碑、撕天一爪秘法方面。按照他的计划，外放期间，几乎都留在地球上，除非接了虚拟宇宙公司安排的其他任务。

转眼，罗峰回到地球已经五十年了。

Y城，罗家。

“伟大的罗峰殿下，你被虚拟宇宙公司外放，担任乾巫分部监察特使的重职，五十年过去了，你都有哪些功绩啊？”一名白袍男子笑着问道，“说出来，让我们这些没见过世面的听听。”

“二哥，你刚回地球见到我就打趣我。来，坐。”罗峰笑着招呼。

“哈哈……”雷神笑着坐下。

罗峰一边和雷神聊着，一边感叹着。

这些年来，自己明面上挂着监察特使的职位，平常也会通过虚拟宇宙网络去紫晶岛检查乾巫分部的运作，自然察觉到了一些猫儿腻。可是，那三大巨头狡猾得很，他也就暂时睁一只眼闭一只眼。

修炼方面，他在感悟法则方面进步的确比较慢。感悟宇宙本源法则，越往后越难，而且难度是呈几何级数不断跃升的。

九宇混沌碑中的雨滴图、细雨图、暴雨图的内容越来越艰深。细雨图蕴含的36种空间法则他早已完全悟透，可暴雨图蕴含的空间法则更加深奥，他虽有所感悟，却没有悟透任何一种空间法则的本质。

按照书中的描述和罗峰感悟时预估的，感悟72种空间法则比感悟之前的36种空间法则需要耗费的时间恐怕多百倍都不止。

当初，练落在混沌城耗费了三千年才悟透，可见深奥程度之高。感悟空间法则和悟透空间法则的本质根本不是一个层次的。

不过，罗峰和练落不同。首先，罗峰的金角巨兽和魔杀族分身同时感悟。特别是金角巨兽拥有血洛之力，可以去感应振幅，足足提高了10倍宇宙感悟契合度。魔杀族分身作为空间法则宠儿，感悟空间法则方面的能力非常强。两者结合，绝对能让罗峰成为人类族群史上天赋最可怕的人之一。

“其次，等我踏入界主级，感悟法则的速度暴增，再配合金角巨兽分身和魔杀族分身这两大优势，练落在混沌城需要耗费整整三千年，我在原宇宙中恐怕不需要耗费三千年的时间。”罗峰很自信。

在混沌城中的好处是有机会去亲眼观看九宇混沌碑，还能看到宇宙法则运转，而他拥有效果接近九宇混沌碑的兽神雕像，又有《时空随笔》的详解，就算不去混沌城，也差不了多少。

“可惜我一直没找到第二块黑色金属板。”罗峰有些不甘心。

五十年来，他在感悟法则方面进步缓慢，这在他的预料之中。

修炼《无名秘典》中的秘法时，地球人本尊仅仅三个月就练成了第一劫，金角巨兽则修炼了足足二十九年才练成第一劫。第一劫一旦练成，身体基因得到进化，会使身体强度提高到原先的3倍。

要知道，修炼“强化”这门天赋秘法，身体强度仅仅能达到原先的2倍。《无名秘典》第一劫的威力就这么强，简直不可思议。

“可惜我现在手里没有《无名秘典》的其他部分内容。”罗峰摇摇头，“不过，我也不能太贪心，机缘巧合之下，得到了《无名秘典》第一劫的内容已经很不错了。”

罗峰一边想着，一边和雷神聊着。

忽然——

“罗峰！罗峰！”巴巴塔的声音在罗峰的脑海中响起，“有邮件！”

“邮件？”罗峰当即分出一丝意识，迅速连接虚拟宇宙网络。

雨相山，原始区，罗峰庄园内的书房中。

罗峰坐在书桌前，拳头大的巴巴塔站在他的肩膀上，都盯着面前的笔记本电脑屏幕。

邮件中的内容非常繁杂，归纳起来却很简单，只有一件事。

“虚拟宇宙公司总算下达任务了。”巴巴塔激动地欢呼起来。

“是啊，总算有任务了，积分还挺高，按照任务完成度给予相应的积分奖励，最高可以得到20万积分。”罗峰笑了。

他担任监察特使，负责监察特使的本职工作，卸任那天，可得到10万积分奖励。

当然，原始秘境成员在域主级期间，大多会待数万年。数万年仅仅得到10万积分，这是根本不可能的，所以虚拟宇宙公司命罗峰担任监察特使时就明确说了，会安排一些特殊任务给他，每一项特殊任务都会有相应的积分奖励。

宇宙级强者可以自主选择一些修炼任务，域主级强者却只能默默地等待虚拟宇宙公司下达任务。

罗峰苦等五十年，总算又有任务了。

罗峰看着邮件中的内容，道：“这任务要彻底完成很不容易，需要击杀的目标人物中实力最强的竟然是封侯级不朽神灵。”

“虚拟宇宙公司够狠的啊！”巴巴塔嘀咕道。

“牵扯到族群大战，虚拟宇宙公司手段狠辣丝毫不奇怪。”罗峰看着屏幕上邮件中的详细内容。

第632章

第九军团

事情起因：虚拟宇宙公司经过详细探察，确定乾巫宇宙国梦幽帝国皇族，曜亥家族的族祖曜亥和其徒弟杰弗里斯都被虫族强者操控了，曜亥和杰弗里斯这两大不朽神灵成了虫族的爪牙。整个曜亥家族都被虫族利用了，数百万年来，虫族悄悄渗透。在域外战场上，因为曜亥家族是奸细，人类的损失极大。

任务概述：曜亥家族有嫌疑的人，暗中操控十八大组织的精英一共1.2亿人，还有不朽神灵曜亥、杰弗里斯，全部予以击杀。

目标人物实力虚实如下：

一、曜亥、杰弗里斯都是乾巫宇宙国普通的不朽神灵。得到虫族灵魂方面的秘典后，两人实力大增，曜亥具有封侯级不朽神灵的实力，杰弗里斯则具有上等军主级不朽神灵的实力。

二、普通成员1.2亿人，其中界主级强者39人，域主级强者812人，宇宙级强者91256人，其余的为行星级、恒星级强者。

详细任务如下：

一、击杀曜亥（封侯级不朽神灵），任务完成度增加20%，任务失败则扣除完成度20%。

二、击杀杰弗里斯（上等军主级不朽神灵），任务完成度增加10%，任务失败扣除完成度10%。

三、击杀所有普通成员，任务完成度增加15%，有一人活着，则算任务失败，任务失败不惩罚。

四、亲手击杀盖斯离（界主级一阶强者），任务完成度增加10%，任务失败不惩罚。

亲手击杀艾芙（界主级一阶强者），任务完成度增加10%，任务失败不惩罚。

亲手击杀坦布林（界主级二阶强者），任务完成度增加15%，任务失败不惩罚。

亲手击杀雷德（界主级三阶强者），任务完成度增加20%，任务失败不惩罚。

可动用资源如下：

一、乾巫宇宙国第九军团（集团军）。

二、金角族群塔文部行动队。

三、虚拟宇宙公司情报系统。

任务期限：1年（过期未完成的分任务，一律认定为失败）。

任务奖励：总完成度乘以20万，为最终奖励积分。

任务接受人：罗峰。

……

“这个任务的内容介绍好长。”罗峰看着面前的笔记本电脑屏幕，微微一笑，“虚拟宇宙公司倒是没全让我亲自动手，如果让我亲自去杀封侯级不朽神灵，我不如直接放弃任务。”

“金角族群塔文部行动队？”罗峰肩膀上的巴巴塔盯着屏幕。

邮件的内容很长，除了一些基本的信息外，还有第九军团的介绍，以及金角族群塔文部的介绍。

“这次任务我一个人肯定没办法做到，”罗峰沉声说道，“让第九军团动手刚好。而要击败那两位不朽神灵容易，想要击杀他们是非常难的，正好需要塔文部行动队帮忙。”

第九集团军的实力很强，塔文部行动队更是由具有巅峰武力的不朽神灵组成的小队。

“事不宜迟，我准备今天就前往梦幽帝国红晨星，和金角族群的人会合。”罗峰郑重地道。

当天，罗峰和妻儿、父母、弟弟说了一下，便带着迪伦和五个界主级强者，乘坐陨墨星号宇宙飞船，悄悄离开了地球。

陨墨星号宇宙飞船在暗宇宙中以50倍光速的恒定速度前进着。

控制室内，罗峰、迪伦都坐在那里。

“迪伦，以你的经验，这次任务我该怎么做才能获得尽量高的完成度，最好是100%完成度？”罗峰问道。

论经验，论见识，自己和迪伦比的确要差很多。第一次执行任务，罗峰不敢怠慢。

迪伦郑重地回道：“这四个分任务中，最麻烦的是击杀所有普通成员，毕竟人太多了，一旦动手，会引得目标组织惊慌逃逸，想要彻底消灭，根本就是一件不现实的事。”

罗峰微微点头。

宇宙浩瀚，随便躲在某个旮旯，要找到是很难的。

“所以，你在执行这个任务时一定要非常小心。”迪伦缓缓地说道，“不动手则已，如果动手的话，必须快如闪电，在极短的时间内完成。”

“明白。”罗峰点头。

“而击杀曜亥、杰弗里斯这两大不朽神灵，也有一定的危险性。”迪伦眉头紧皱，目光幽冷，“不朽神灵的实力都很强，都是难以对付的，更别说对付封侯级不朽神灵了。而且，一旦消息泄露，对方提前逃跑，只需通过神国传送，便可以瞬间被传送到宇宙中极为遥远的地方，想找都没法找。”

罗峰连连点头。

的确，这点绝对不能大意。

“若是击杀曜亥、杰弗里斯失败，是要扣除任务完成度的。”迪伦道。

“嗯。”罗峰点头。

假如自己完成其他两个分任务，连续击杀四大界主级强者，得到55%的任务完成度，将普通成员全部消灭，得到15%的任务完成度。可是，若是没能击杀两位不朽神灵，会被倒扣30%的任务完成度，最后仅仅剩下40%的任务完成度。

“最后就是亲手击杀任务。”迪伦微微一笑，“其实，这四个界主级强者对于虚拟宇宙公司而言并不重要，可他们的实力都不错，刚好给你练练手，算是对你的实战能力的考验。”

罗峰点点头。

四个界主级强者，其中有两个界主级一阶强者、一个界主级二阶强者、一个界主级三阶强者。

让他这个域主级九阶的天才去杀，这种事情恐怕也只有虚拟宇宙公司才能做得出来。

“而且，这个任务的完成度很高，击杀四人，就能得到55%的任务完成度，比击杀那两位不朽神灵获得的任务完成度还要高。”迪伦笑道。

罗峰和迪伦一个拥有传承记忆，一个寿命很长、地位高，两人都很清楚宇宙中族群的争斗是何等惨烈。一些潜伏到人类族群中的其他族群的强者一旦暴露，肯定会对人类族群大开杀戒。

所以，一旦被判定为背叛整个人类族群，为其他族群做事的，一律杀无赦！

“殿下，以陨墨星号宇宙飞船的速度，从这里到红晨星大概需要十六天。”迪伦笑道，“殿下，你先去休息吧！”

“嗯。”罗峰点头，当即回了休息舱。

与此同时，他的一丝意识迅速连接虚拟宇宙网络，进入了虚拟宇宙中的紫晶岛。

紫晶岛是一座通体由紫晶构成的、一眼看不到尽头的岛屿，正是乾巫分部的办公点。

“特使！”

“特使！”

罗峰走在巍峨的主宫殿内。一路上，那些域主级强者、界主级强者，乃至不朽神灵见到罗峰，一个个都恭敬行礼。

片刻后，罗峰就来到了接待厅的门口。

“罗峰，罗峰，你赶紧过来。”紫电侯热情地招呼着，“第九军主都来了很久了。”

“哦！”罗峰笑笑，随后和紫电侯一起步入接待厅。

宽阔的接待厅内有一个黑色的岩石圆桌，岩石圆桌四周摆放着一个个高大的王座。

此时，三人坐在王座上，分别是金羽侯、黑湮侯，以及一个穿着青色战铠的高瘦男子。

这男子身高约8米，皮肤呈钢铁之色，眼神冷厉，嘴唇泛着紫色。他即使只是端坐在那里，也散发着让人心悸的气息，让人不敢轻易靠近。

而男子的身后站着不少不朽神灵，一眼看去，足足有百人。

“第九军主！”罗峰笑着走过去。

“特使！”第九军主离开王座，笑着走了过来。

两人相视一眼，都面露微笑。

“按照虚拟宇宙公司的命令，乾巫宇宙国第九集团军百万战士听候特使的差遣，无人敢不从。”第九军主沉声说道。

“没什么差遣不差遣的，都是为虚拟宇宙公司和人类而战斗。”罗峰笑道。

第九军主听了，脸上的笑容更盛。

他乃堂堂第九军主，又是封侯级不朽神灵，地位极高，要听一个域主级九阶的小家伙差遣，心中总归有点不爽。不过，罗峰这么客气，维护了他作为封侯级不朽神灵的骄傲，他自然乐于接受。

“罗峰，”黑湮侯微微一笑，“我给你简单介绍一下第九军团。”

罗峰仔细聆听。

“第九军团，又称第九集团军，由一百个军队组成。”黑湮侯缓缓地说道，“每一个军队都由一位不朽神灵、一百个界主级强者、一千个域主级强者、一万个宇宙级强者组成，整个第九军团的宇宙战士超过百万名。”

罗峰点头。

前往域外战场的正规军的每一个军队都有上万人，而罗峰的护卫军仅仅由一位不朽神灵、十个界主级强者、一百个域主级强者、一千个宇宙级强者组成，规模缩小到了十分之一。主要因为这是护卫军，更加注重质量，所以护卫军中的界主级强者实力都达到了巅峰，一个个都得到了宇宙本源法则的承认。而去战场上厮杀的宇宙正规军就不可能有这么高级的配置，一个军队有一百个界主级强者，其中达到界主级巅峰而且得到宇宙本源法则承认的估计只有几个。

第633章

金角族群

乾巫宇宙国的宇宙军队由一百个集团军组成，其中宇宙级战士有上亿人之多。实际上，对于一个宇宙国而言，拥有这么庞大的军队压力并不算大，主要是乾巫宇宙国有上亿个星系，就算是自然发展，一个星系中就能产生一个宇宙级强者，更何况还有一群界主级强者、域主级强者，乾巫道场开遍整个乾巫宇宙国。

在有超级强者教导的情况下，乾巫宇宙国平均一个星系的宇宙级强者超过十个，总体就超过十亿。这么一算，宇宙级军队有上亿名宇宙级战士，的确不算太大的负荷，宇宙国内有充足的力量可以不断供应。

“罗峰，第九军主来自我们虚拟宇宙公司，也是虚拟宇宙公司的成员。”黑湮侯笑着介绍。

“嗯！以后估计会经常麻烦第九军主。”罗峰微微一笑。

“应该的。”第九军主看向黑湮侯，“我们也受乾巫分部军部的管辖，特使如果有事的话，尽管吩咐，谈不上麻烦。”

罗峰看了看第九军主身后的一大群不朽神灵。

第九军主见状，沉声说道：“这些是第九军团旗下的一百位军主，其中一部分来自虚拟宇宙公司，一部分来自乾巫宇宙国。”

罗峰点点头。

之前他收到的邮件中提到，乾巫宇宙国的宇宙军队一共有上万名不朽神灵担任军职，而这些不朽神灵一半来自虚拟宇宙公司，一半来自乾巫宇宙国，混杂在各个集团军中，以保证整个宇宙军团不会分裂。

事实上，乾巫宇宙国也不敢跟虚拟宇宙公司搞分裂。

“特使，不知道这次任务有什么需要第九军团做的？”第九军主看着罗峰。

“不急，很快我会将详细任务发给你。”罗峰说道。

“好的，那我就等待特使下达命令了。”第九军主笑道。

在此之前，第九军主对任务是一无所知的。既然是任务，就必须绝对保密。按照罗峰的计划，就算是最后执行，他也不可能将所有信息都告诉第九军主。

第九军主只是受他支配的一个辅助力量而已。

时间飞快流逝。

罗峰通过虚拟宇宙网络和虚拟宇宙公司的情报系统联系，确认所要击杀的目标的详细信息，而后迅速制订了作战计划并将目标所在的地点告诉第九军主。

一旦下令，直接封锁那些星球，来个瓮中捉鳖，务必做到一个不留。

虚拟宇宙，雨相山，原始区，罗峰的庄园。

“下一步，就是接触金角族群塔文部。”罗峰坐在书房内，看着笔记本电脑屏幕上显示的大量信息。

这些都是关于金角族群塔文部的信息。

“金角族群和金角巨兽的名字很像啊。”罗峰笑道。

巴巴塔撇撇嘴，道：“金角巨兽是血肉类生命星空巨兽的一种，而金角族群根本就不属于血肉类生命。”

宇宙中的生命分为血肉类生命、金属类生命、智能生命、能量类生命、植物类生命、岩石类生命，即使属于同一种生命，长相、身体结构等也有很大的区别。

就拿岩石类生命来说，有些族群长相类似岩石，比如像一座大山，比如像一块巨石；而有些表面上丝毫看不出岩石的痕迹，乍一看甚至和人类一样；有的则和某些血肉类怪兽一样，只是身体内部结构有所区别。

“好奇妙的族群！”罗峰看着详细的介绍，不由得惊叹道，“金角族群属于岩石类生命的一种，长相酷似人类族群中的波拉族，从表面上根本看不出有什么区别。”

“实际上，他们吃的是泥土、橡胶，拉出的则是一些晶体。”巴巴塔缓缓地道，“就算切开他们的身体，也仿佛切开一些合金，不会有一点血，更不会有五脏六腑等，因为岩石类生命天生不需要呼吸。”

罗峰点点头。

“金角族群属于宇宙中亿万族群中的普通族群。”巴巴塔再次说道，“实力太弱，数量又不少，需要的疆域较大，以致在宇宙中混不下去，所以就投靠了人族，成为人族的一个附属族群。”

宇宙族群可分为巅峰族群、强大族群、普通族群、弱小族群四种。焱神族就属于强大族群，金角族群属于普通族群。

“不弱啊，至少金角族群有很多部落，随便一个部落派出的行动小队就有一位封王级不朽神灵和七位封侯级不朽神灵。”罗峰感慨道，“一个部落就那么强大，整个金角族群是非常可怕的。”

“我说的弱小，是相对人类族群而言。”巴巴塔撇撇嘴，“你要明白，宇宙中再弱小的族群，实力都是不能小瞧的，否则根本不可能在宇宙中生存，早就被一些强大族群给吞并了。”巴巴塔再次说道，“据我估计，金角族群的封王级不朽神灵有上百位，宇宙国主有二三名，横扫乾巫宇宙国是没问题的。”

罗峰点点头。

据情报资料透露，金角族群的确能轻易横扫乾巫宇宙国。不过，人类族群的巅峰实力实际上集中于五大势力，单单就虚拟宇宙公司展现出的势力来看，比如独立于原始宇宙外的初始宇宙，比如轻易镇压血洛世界，比如轻易制造出一方时空，人类族群的实力的确深不可测。

“当然，他们只是人类族群的附庸……”巴巴塔顿了顿，继续说道，“脏活、累活，他们上；好事、喜事，则是我们上。”

罗峰笑了。

宇宙中的族群生存的确不容易。

当即，他心中萌生了一个想法。

他应该成为人类立足浩瀚宇宙的支柱之一，让人类疆域内的生命可以过上相对和平的生活。

当陨墨星号宇宙飞船还在暗宇宙中穿行，朝红晨星赶去时，一支神秘的小队已经抵达红晨星。

红晨星是一颗很普通的生命星球，处于虚拟宇宙公司的一个驻点内。

金色的大殿内，九名强者分散坐下。

他们的皮肤呈青色，眉心有竖着的金色痕迹，面前的餐盘中摆放着一个个或是条形化合物，或是圆形材料。

一个穿着金黄色战甲的青年拿着一块圆形金属，一边大口吃着，一边赞叹道："味道真不错，这合金搭配的味道真是绝美啊！"

"大家看一看资料。"一道苍老的声音响起。

坐在最上面、全身笼罩在金色铠甲中、仅仅露出一双眼睛的老者沉声说道："这次人类族群给我们安排了接头人，这是我们需要听命的接头人的资料。卡什那，你待会儿再吃，先看看资料。"

"是，老师。"卡什那恭敬应道。

其他七位不朽神灵都看向投影光幕上显示的资料。

卡什那小声念着："罗峰，来自土著星球地球，达到恒星级时，参加了虚拟宇宙公司天才战，一鸣惊人，在1008个宇宙国的无数绝世天才进行的巅峰对决中进入前十，进入太初秘境。嗨，老师，这个家伙挺厉害的啊。"

"继续看！"老者低喝道。

"哦。"卡什那继续往下看，而后猛地瞪大眼睛，"他竟然在第一次资格战就冲进了原始秘境，堪称人类数万纪元都难得一见的绝世天才。啧啧，他都担任监察特使五十多年了，就没一点新消息？"

"大家都已经看到了。"老者环顾四周，随即目光落在卡什那身上，"卡什那，这次是应首领要求带你过来的，不过，你仅仅拥有界主级的实力，乖乖听令，不要给我们惹麻烦，知道吗？"

“明白了，老师。”卡什那点点头，眼睛却滴溜溜地转。

老者不再看他，看向众人，朗声说道：“从资料提供的信息判断，这不是普通的原始秘境天才，他的进步速度非常惊人。就算将虚拟宇宙公司原始秘境的界主级天才都算上，以罗峰的潜力，估计都要排前几。”

“嗯。”七位不朽神灵都点点头。

“按照族中法规，人类族群中的绝世天才将来是有机会身居人族高位的，我们必须与之交好。”老者的声音渐渐变得高亢，“这次的任务是结交罗峰的绝佳机会，我们金角族群想要生存下去，就得这样做。既然很难结交人族现在的高层，那就努力结交人族未来的高层。我们做这一切都是为了金角族群！”

“一切为了金角族群！”七位不朽神灵，还有身穿战甲的卡什那，郑重地应道。

“大家尽情享用晚宴吧！”老者说道。

塔文部的精英们开始享用虚拟宇宙公司专门为他们定制的合金化合物，笑声朗朗。

第634章

枕戈以待

时间一天天过去。

红晨星的外太空一片宁静，忽然星空中荡起涟漪，凭空出现了一艘红色的三角形宇宙飞船。

“殿下，前面就是红晨星。”

控制室内，迪伦遥指前方。

罗峰站在那里，身后站着五名界主级护卫。

“嗯。”罗峰笑着点点头，“走，去见见金角族群的不朽级强者。”

“嗖！”

陨墨星号宇宙飞船迅速冲进红晨星的大气层，开启隐身系统，没有引起红晨星警戒系统和人们的注意，就降落到了虚拟宇宙公司在该星球的驻点。

广阔的庄园内。

九名金角族群族人站在那里，呆呆地看着红色的三角形宇宙飞船。

“这是……F级宇宙飞船！”卡什那显得很激动，青色皮肤隐隐闪烁点点银光，“而且其材质应该是赤混铜母，这得耗费多少资源啊！罗峰真是个财主！”

“嗯！”七位封侯级不朽神灵都很惊讶。

唯有老者笑着看着这一切，此刻他并没有戴头盔。

“好好努力，等你们拥有封王级实力，族内也会帮你们弄一艘F级宇宙飞船。”老者对身侧的七位封侯级不朽神灵说道。

作为人族的附属族群，金角族群得到的资源自然是远不如人族的。人族中，封侯级不朽神灵几乎都拥有一艘F级宇宙飞船，至于封王级不朽神灵，数百万混元单位对于他们只是小数目。

可金角族群不同，在金角族群内，封王级不朽神灵才能拥有一艘F级宇宙飞船，至于封侯级不朽神灵，只有极少数才有那等荣耀。

“哗！”舱门开启。

在金角族群九位强者的注视下，罗峰带着身穿黑袍的不朽神灵护卫，还有五名界主级护卫从舱门飞出，随即那艘庞大的陨墨星号宇宙飞船便消失不见了。

“金角族群塔文部长老寺番祁携队恭迎人族特使罗峰殿下。”老者朝罗峰微微颔首，眉心的金色痕迹闪过光芒。

他旁边的八人则全部躬身，同时眉心的金色痕迹也闪烁光芒。

“寺番祁长老不必客气。”罗峰笑着走过来，同时目光扫过在场的其他八人，眉头微皱，“长老，你们怎么多了一人？”

“罗峰殿下，”寺番祁微微一笑，指向卡什那，“这是我们塔文部首领的独子卡什那，自出生到如今已经超过十万年，却从来没有离开过家乡，这次是跟随我们小队来宇宙中看看，长点见识，还望殿下见谅。”

罗峰看向卡什那，笑道：“很高兴能够见到你。”

卡什那有些兴奋，连忙回道：“罗峰殿下，见到你我也很开心，谢谢你。”

罗峰发现卡什那说话有些傻里傻气，这也不奇怪，宇宙中的血肉类生命在诸多种类的生命中是最强的，就是因为血肉类生命的智力极高。

比如植物类生命，恐怕就是界主级的植物类生命都比不上普通人的思考速度。

又比如金角族群，作为岩石类生命，头脑本就不够聪明，当然，域主级、界主级的岩石类生命的智力是丝毫不亚于普通人的。

只是，让他们学习人类的宇宙通用语之后，再开口说话，显得傻气，这也就不奇怪了。

“罗峰殿下，我们到里面商量这次任务如何执行吧。”寺番祁说道。

“嗯。”罗峰点点头。

他和寺番祁并肩走向客厅，迪伦和那七位封侯级不朽神灵紧随其后。

客厅内。

罗峰等人依次坐下，看着眼前的金角族群族人，长相、举动酷似人类，但是仔细观察就会发现，他们和人类有着明显的区别，比如他们说话的声音仿佛钢铁撞击声。

“根据虚拟宇宙公司给我们下派的任务，这次要对付两位不朽神灵，一位是封侯级不朽神灵，名为曜亥，另外一位是上等军主级不朽神灵，名为杰弗里斯。”寺番祁微微一笑，“我们内部已经商量好了，我携三位封侯级不朽神灵对付曜亥，而另外四位封侯级不朽神灵联手对付杰弗里斯，绝对不会让他们逃掉，一定能成功将他们击杀。”

罗峰笑着点点头。

虚拟宇宙公司安排得的确很不错，毕竟队内还有封王级不朽神灵。

其实，这也是没法子了。击败不朽神灵容易，可是要击杀不朽神灵是很麻烦的，大多数时候，最多是封印不朽神灵，或者让不朽神灵陷入沉睡。这也是金角族群派出这么强大的小队的缘故。

“寺番祁长老的安排，我没意见。”罗峰笑着看向眼前的金角族群九人小队，“如果那两位不朽神灵分别在两个地方，那就按这个计划来进行；如果没有，那就得灵活应变了。”

“嗯。”寺番祁点点头。

“有一点我要说清楚：在执行任务的过程中，九位必须完全听从我的命令，不可擅自行动。”罗峰道。

“这一点我们都明白，任务要紧。”寺番祁应道。

“很好！”罗峰点点头，“那么我们现在就出发吧！”

“现在出发？”卡什那瞪大眼睛。

顿时，寺番祁和其他七位封侯级不朽神灵都看了过来。

卡什那连忙赔笑。

“依我看，卡什那还是跟在我的身边为好。”罗峰淡淡地笑道，“我不想到时候出什么纰漏。”

“我要跟着老师。”卡什那插话。

“没问题，罗峰殿下。”寺番祁却应道。

同时，他瞪了卡什那一眼，卡什那只能乖乖听从。

当即，罗峰一行人分别乘坐两艘宇宙飞船，离开了红晨星，前往梦幽帝国的帝都星。

陨墨星号宇宙飞船和金角族群塔文部的那艘宇宙飞船同时前行。

而罗峰的一丝意识进入了虚拟宇宙网络，来到了雨相山原始区自己的庄园中。

“我需要准确的情报，也就是目标人物曜亥和杰弗里斯的准确位置。”罗峰坐在书桌前，紧紧地盯着面前的笔记本电脑屏幕，屏幕上显示出了一个美得动人心魄的碧发女子。

“罗峰殿下，杰弗里斯现在就在帝都星，可是曜亥一直没有出现，我们怀疑他躲在自己的神国中。”碧发女子恭敬地回道。

“废话！”罗峰大喝一声，“他躲在自己的神国中，我们怎么击杀他？找不到他的神国，而且他随时可以通过神国前往无比遥远的区域。我现在只需要确切的结果，我要你给我一个准确的地址，同时要保证曜亥就在那个地方。”

碧发女子冷汗淋漓。

“我知道你们的情报系统庞大，需要肩负很多责任，同时要做很多事。不过，我这个任务极为重要，再无结果，我只能向总部投诉你们无能。我给你三天时间，三天后，一定要给我一个准确的答案。”

“是！殿下！”碧发女子恭敬地应道。

随即，通信结束。

“别生气，这很正常。虚拟宇宙公司是何等大的势力，麾下的情报系统是何等庞大，同时处理1008个宇宙国的事务，还要搜集其他族群的探测情报、暗杀活动、间谍活动等，这都要耗费精力。你这个任务很重要，恐怕也抵不上其他事务，所以他们那边不会耗费太多精力帮你。”巴巴塔嘀咕道。

“我知道。”罗峰淡淡地道。

任务的期限是一年。

虚拟宇宙公司情报部门当然清楚任务期限，所以一开始并不急，普通目标的地址等详细信息可以轻易查到，却不容易查到一位或许藏身在神国内的不朽神灵的具体地址，自然懒得耗费更多精力。他们只要在任务期限内给出准确的地址，就不算失职。

至于罗峰能否完成任务，他们根本不在意。

“以虚拟宇宙公司情报系统的能力，查不到曜亥，直接把他引出来，不就行了？”罗峰冷笑一声，“随便举行一场不朽神灵的聚会，广发邀请函，同时邀请曜亥，到时曜亥不就现身了？方法多得是，只是，他们根本不想耗费太多精力。”

三天后。

罗峰的陨墨星号宇宙飞船、金角族群塔文部的宇宙飞船，还有第九军团的三十艘无比庞大的星际战舰，都停在距离梦幽帝国帝都星大概1200光年的一颗矿物星球上，时机一到，它们即可迅速进行宇宙穿梭，直接抵达帝都星。

第九军团的三十艘星际战舰装载着三十支军队，有一位封侯级不朽神灵、三十名不朽军主级神灵、三千个界主级强者、三万个域主级强者、三十万名宇宙级战士。

第九军团之所以安排这么多人，就是因为任务目标极大，而且其中有很多重要的人物。

“情报部到现在都没给我曜亥的准确位置。”罗峰站在陨墨星号宇宙飞船控制室内，看向外面，脸上隐隐有着怒色。

矿物星球上一片荒凉。

“罗峰，虚拟宇宙网络发来了通话申请，是情报部门。”巴巴塔的声音在罗峰脑海中响起。

第635章

猎杀不朽神灵

三角形宇宙飞船停在矿物星球的一座土山上，矿物星球的其他区域则停着三十艘星际战舰，以及金角族群塔文部小队的宇宙飞船，核心区域停着的赫然是陨墨星号宇宙飞船。

陨墨星号宇宙飞船中的一间餐厅内。

“我们得等到什么时候？”坐在餐厅内进食的卡什那不耐烦地喊道，“那个情报部门不给我们准确的情报，我们现在连目标人物在哪里都不知道，根本没办法下手啊。难道我们一直等下去？”

“安静点。”餐桌旁的寺番祁瞪了他一眼。

“等候命令！”第九军主冷冷地道，“你在这里发牢骚也没用，情报部门的人可不会在意。”

卡什那尴尬地笑笑。

“有脚步声?!”第九军主和寺番祁几乎同时转头。

餐厅的舱门自动打开，只见穿着银色战甲的罗峰笑着走过来，他的身后跟着迪伦。

看到罗峰脸上的笑容，第九军主和寺番祁不由得笑了。

“似乎有好消息。”卡什那默默嘀咕。

“朋友们，”罗峰朗声笑道，“现在那不朽神灵曜亥正在参加宴会，就在帝都星！”

“哈哈，太好了。”卡什那兴奋地跳了起来。

寺番祁和第九军主则连忙站起身来。

“情报部门难得效率这么高。”第九军主笑道。

旁边的寺番祁也笑道：“估计他们不敢怠慢罗峰殿下吧。”

“走，随我去控制室。”罗峰一声令下。

当即，一行人浩浩荡荡地去了陨墨星号宇宙飞船的控制室。

站在控制室内，罗峰看着外面苍茫的景色，冷冷地道：“塔文小队、第九军团30军，目标梦幽帝国帝都星，出发！”

“是！”

“是！”

“是！”

……

控制台的屏幕上出现了三十一个头像，正是那三十艘星际战舰和塔文部小队的宇宙飞船指挥员的头像。

“轰！轰！”陨墨星号宇宙飞船和塔文号宇宙飞船化作两道流光，迅速冲天而起，一前一后飞向太空。

“轰隆隆——”地动山摇。

三十艘星际战舰缓缓起飞，随即速度越来越快，最后化作三十道光芒，直接飞入太空。

罗峰率领宇宙军队在暗宇宙中迅速穿梭，前往梦幽帝国帝都星。

帝都星很繁华，一直是经济、政治中心，聚集着这个宇宙国度上层的人物。

今天，帝都星的皇宫内正举行一场规模庞大、规格极高的宫廷宴会，与会的都是梦幽帝国上层的人物。

“二公主，听说这次来我们梦幽帝国的不朽存在是乾巫宇宙国的一位大人物。”穿着紫色套装的美妇人端着酒杯，正在宴会厅角落和一名碧发少女低声聊着，“所以，连族祖都亲自赶来招待呢。”

“族祖亲自招待，那来人应该是不朽神灵吧。”碧发少女两眼放光，“我还没见过宇宙国来的不朽神灵呢。”

“待会儿，公主您就能见到了。”美妇人笑道。

此时餐厅内很是热闹。早早到来的帝国高层和豪族青年彼此低声交流，一些美貌的女子从中物色看中的豪族青年。一般来说，这种高层次的宴会，也是年轻人最好的相亲宴会。

帝都星外。

星空中仿佛泛起道道涟漪，一艘三角形宇宙飞船率先出现，紧跟着就是塔文号宇宙飞船，最后就是无比庞大的星际战舰。

“殿下，那就是梦幽帝国帝都星。”迪伦笑着遥指前方。

罗峰当即看去，那梦幽帝国的帝都星仿佛蒙着一层薄雾，通体隐隐呈现淡绿色。

“好美的星球！”罗峰轻声夸赞，“可惜，今天就要被战火波及了。”

“这是无可避免的。”迪伦沉声道。

这次是要击杀封侯级不朽神灵曜亥、军主级不朽神灵杰弗里斯。作为随手即可毁灭整颗星球的不朽神灵们，一旦开始行动，毫无疑问，整颗星球都会被波及。

“寺番祁长老。”罗峰大声喊道。

“殿下。”寺番祁连忙听令。

“待会儿你带队去击杀曜亥、杰弗里斯。”罗峰轻声说道，“我希望，你能尽可能减少伤亡，尽量让普通民众活命。当然，第一目标是击杀那两位不朽神灵。”

“明白。”寺番祁长老点点头。

罗峰看着星空中那颗美丽的星球，眼神渐渐变得凌厉，冷冷地喝道：“第九军团30军从太空中各个方向出击，封锁整个帝都星，行动期间，任何从帝都星逃逸的宇宙飞船一律摧毁！”

“明白！”

"明白！"

……

三十道声音几乎同时响起。

"行动！"罗峰一声令下。

顿时，原本围绕在陨墨星号宇宙飞船周围的三十艘星际战舰分散开来，准备从外太空包围帝都星，从而封锁整个帝都星外面的太空区域。

"寺番祁长老，你们也行动吧！"罗峰看向寺番祁。

"殿下，你放心，我们塔文部小队一定会击杀曜亥、杰弗里斯。"寺番祁有着十足的信心。

"记住，要连接虚拟宇宙网络开启同步传送直播。"罗峰说道。

同步传送能够将战斗发生的情景瞬间拍摄下来，同步传送给虚拟宇宙网络。因为这种传送是虚拟宇宙系统进行主控的，所以根本不可能作假，这种任务的详细过程等都是必须做同步传送的。

"明白。"寺番祁点点头。

"一切就拜托长老了。"罗峰看着寺番祁，"击杀他们二人是这次行动最重要的一部分，如果失败，这次行动就算失败大半了。寺番祁长老，我静候你的佳音！"

"出发吧！"罗峰目送寺番祁离去。

寺番祁化作一道幻影，迅速从陨墨星号宇宙飞船的舱门飞出去，进入旁边的塔文号宇宙飞船。

塔文号宇宙飞船内的一位封王级不朽神灵和七位封侯级不朽神灵迅速化作一道道流光，直接飞向帝都星的大气层。

"巴巴塔，一旦战斗开始，就进行远程转播，我要看到帝都星内部的战斗过程。"罗峰说道。

"没问题！虚拟宇宙公司改造的系统非常优秀，我们距离帝都星非常近，帝都星完全在探测范围内。"巴巴塔兴奋地说道。

"记着，战斗开始后再进行探测，否则容易打草惊蛇。"

"明白！"

罗峰默默地看着宁静的帝都星，那三十艘星际战舰仿佛卫星环绕着帝都星。

“开始了！”罗峰深吸一口气。

宴会厅。

“神主到！”一道响亮的声音在宴会厅中响起。

原本议论声不断的宴会厅瞬间安静下来，皇族的高层和梦幽帝国的豪族都在那儿默默地等待。

只见三人从宴会厅的侧门先后走出。

无形的不朽法则波动，令在场的界主级、域主级、宇宙级强者，以及很多普通人都感到压抑。

“拜见神主！”一个界主级强者率先跪下。

顿时宴会厅的其他人齐刷刷地跪下，高声喊着：“拜见神主！”

声音回荡在宴会厅内。

站在宴会厅高台上的是一个身穿碧绿色战铠、容貌俊秀、额头镶嵌着奇异的结晶、看似淳朴的少年。

此人正是梦幽帝国的开国皇帝，曜亥家族的族祖。

他就是掌控着梦幽帝国最高权力的曜亥。

“今天我很开心。”曜亥微微一笑，声音回荡在在场每一个人的耳边。

那高台旁边有另外两位不朽神灵，其中一人身材魁梧，脑袋尖尖，正是梦幽帝国的第二号人物，曜亥的弟子，不朽神灵杰弗里斯。

另外一人则是穿着华贵的暗金色长袍的老者，有着洁白如雪的长发，面带微笑，整个人好似太阳般耀眼，此人名唤隆赤尔。

“因为宇宙国的隆赤尔大人来到我们梦幽……”曜亥声音戛然而止。

他眉头一皱。

杰弗里斯和那白发如雪的不朽神灵同样眉头微皱，都抬起头来。

这三大不朽神灵感觉到一股强大的神力掠过他们，这是非常不敬的行为。

宴会厅内聚集的豪族和高层都疑惑地抬头。

“哈哈！好热闹的宴会！”

“嘎嘎，人类真会享受啊！”

“是啊，你看那个站在台上的小娃娃，哈哈！”

各种刺耳的声音在整个宴会厅内回荡，令那些豪族和高层不禁捂住耳朵。

第636章

不朽之战

曜亥眼神冷厉，大喝一声："放肆！"

"轰！"声波远远超越正常声音传播的速度，在不朽之力的传动下，几乎瞬间袭向皇宫外面正在说话的敌人。

以曜亥的能力，轻易就发现了帝国宫殿上空隐匿的三股庞大的法则气息。

正是三位不朽神灵。

"怎么回事？"隆赤尔皱眉问道。

"有敌人。"曜亥传音，"这三个的实力都很强，不过我感觉不是人类。"

"外族入侵？"隆赤尔怒气上涌。

"哼，我来解决他们。胆敢擅闯我们人族疆域，找死。"曜亥冷笑一声。

当即，他化为一道绿色光芒，直接破开宴会厅的顶部，冲了出去。

一柄黑色的大锤闪烁着刺眼的金光，猛地出现在绿色光芒的前方。

"啊！"曜亥脸色大变。

敌人冲到了他的面前，他竟然丝毫没有察觉。

一瞬间砸来的巨大黑锤仿佛将周围的空间完全给裹挟住了，令人感觉仿佛天都塌下来了，感受到那股可怕的压力，曜亥没有丝毫抵抗住的信心。

"封王级！"曜亥尖叫起来，同时挥动右拳，拳头上仿佛戴着网格状的拳套。

两者瞬间撞击在一起。

撞击之前，不管是黑锤，还是曜亥的拳头，都没有引起丝毫波动，显然能量无比凝聚。

拳头和黑锤碰触的瞬间——

“轰！”接触面仿佛产生了一颗耀眼的太阳。

单单撞击产生的可怕的高温就令周围空间扭曲，无比强大的不朽之力碰撞产生了冲击波，首先就是令下方的宴会厅直接毁灭。

那些帝国的豪族、高层都惊恐地大喊，一个个被强大的不朽之力余波横扫……

在可怕的冲击波面前，叫喊声完全被隔绝了。

帝都星的居民们忽然发现皇宫中无比寂静，仿佛连风声都完全被隔绝了。

“轰！”

紧跟着，整个皇宫发生了爆炸，所有的建筑瞬间化为废墟，那传递开来的冲击波蕴含的不朽之力，使得部分倒霉的界主级强者受到波及，直接丧命了。

“快看，皇宫发生爆炸了！”

“啊！”帝都星的很多居民都看到了噩梦般的一幕，感觉到脚下的大地不住地震颤，完全惊呆了。

帝都星的外太空，陨墨星号宇宙飞船悬浮着。

“探测帝都星，将战斗的情景转播过来。”罗峰吩咐道。

“是！”巴巴塔兴奋地应道。

“咻！”三维虚拟投影开始了。

罗峰、第九军主、迪伦、卡什那都看着屏幕，屏幕上同时出现了三处地方，其中两处是和平的，另外一处则是已经有大半区域化为废墟的皇宫。

“不知道那个曜亥有没有死。”卡什那嘀咕道。

“曜亥一定会死。”罗峰冷冷地道。

皇宫内。

战斗是突然发生的，寺番祁一开始便潜伏在暗处，看准时机，瞬间偷袭。

虽然曜亥拼命抵挡，但是依旧被一锤砸得身体化为齑粉。

“老师！”杰弗里斯脸色大变。

“你这个外族人，竟然胆敢在我们人族疆域嚣张。”白发老者全身散发着耀眼的光芒。

“隆赤尔大人，请帮我救下老师，杀了那群外族人！”杰弗里斯急切地喊道。

这时，三道雄浑的气息从天而降。

与此同时，又有三道雄浑的气息从另外一个方向闪电般冲来。

正是那六位封侯级不朽神灵。

六大封侯级不朽神灵同步冲向废墟。

“呀！”杰弗里斯咆哮着冲天而起。

“外族人，受死吧！”隆赤尔也猛地冲天而起。

“轰！”杰弗里斯瞬间和金角族群塔文部的一位封侯级不朽神灵交手了，可怕的不朽之力冲击波令早已化为废墟的宫殿群再一次遭受摧毁。

“啊！”杰弗里斯面目狰狞。

“哧！”一道金光瞬间划过杰弗里斯的腰部，令杰弗里斯当场丧命。

“隆赤尔！”死前，杰弗里斯的咆哮声还在废墟上空回荡。

杰弗里斯临死都不敢相信，隆赤尔会对他下手。

隆赤尔站在半空中，冷然一笑：“胆敢背叛人族者，死！”

“没想到，竟然被你们发现了。”一道尖厉的声音响起。

远处大量不朽之力形成一道模糊的人影，正是曜亥。

曜亥怨毒地看了一眼隆赤尔，又看了看追杀而来的塔文部不朽神灵。

“嗖！”曜亥迅速逃逸。

“逃？就等着你凝聚身体呢。”苍老的声音响起，寺番祁几乎瞬间就出现在曜亥的前方。

“瞬移?!”曜亥惊呼出声，脸色煞白。

而远处半空中默默观战的隆赤尔冷笑一声，道：“背叛人族，难道还想活命不成？虚拟宇宙公司下达了追杀令，怎么可能给他逃命的希望。这次虚拟宇宙公司派出的异族不朽神灵实力真强，竟然是封王级不朽神灵，而且能够施展瞬移，这下曜亥死定了！”

星空中。

陨墨星号宇宙飞船内，罗峰、第九军主、迪伦、卡什那都看着屏幕，屏幕上正在播放探测到的战斗情景。

“嗯，杰弗里斯死了?! ”罗峰很是惊讶，“他就这么死了？”

不朽神灵一般不会轻易殒命，可这杰弗里斯死得倒是很快。

“殿下，”迪伦微微一笑，“杰弗里斯本身的实力就弱一些，还没达到拥有不死之身的地步。而且，对付他的是宇宙国的隆赤尔，隆赤尔是精通光线本源法则、时间法则的封侯级不朽神灵，擅长净化。时间、光线结合形成时光效果，要完全净化并湮灭一位普通不朽神灵并不难。”

罗峰点点头。

“不过，要击杀曜亥就难多了。”迪伦皱眉看着屏幕。

“曜亥已经拥有不死之身。”第九军主沉声说道，“即使将他的身体轰成渣，他也能再度凝聚肉身。要杀了他，最常见的有两个方法，第一是湮灭，第二是使其灵魂毁灭。不过，那金角族群的寺番祁长老并不精通灵魂，那么只有湮灭这一条路了。”

罗峰微微点头。

拥有不死之身的不朽神灵是非常难击杀的。

当年在混沌城，那高高在上的混沌城主都未曾击杀那两位不朽神灵。当然，主要是混沌城主手下留情了，即使如此，混沌城主的那一掌的威力还是很可怕的，可那两位不朽神灵并没有丧命，这就是不朽神灵的可怕之处。

普通不朽神灵的精神印记和身体细胞凝练结合未达到完美，那么，直接连续击杀几次，即可灭杀。

而成就不死之身后，不朽神灵的身体即使被轰碎，也会再度凝聚起来，甚至全身的能量几乎没什么消耗。单单击杀对方百次乃至千次，依旧杀不了对方，不如直接把对方封印住。

灵魂毁灭就是当初呼延博的死法。其全身能量虽然没有损失，但是仿佛中了毒似的，所有灵魂印记都遭到渗透。

随着时间流逝，所有灵魂印记都会破碎，自然就死了。

可是，能够做到这一步的，首先实力差距得大，其次必须精通灵魂方面的攻击手段。

而湮灭纯粹是消耗能量，将对方的不朽之力不断湮灭，使其化为虚无。当一位不朽神灵完全被湮灭干净，没有一丝能量后，自然就没命了。

实施这种手段，首先得具有压倒性的优势，其次需要消耗无比惊人的不朽之力。消耗太大，会严重影响自身的实力。

“轰——”

屏幕上，八道光影围着一道光影不断厮杀。

“啊——”

屏幕中被围攻的曜亥发出咆哮声，眉心的结晶发出肉眼可见的碧绿光芒，光芒四射。

顿时，控制室内的迪伦和第九军主都惊呼起来。

“怎么了？”罗峰大吃一惊。

“那是虫族的灵魂攻击手段。”迪伦道。

“跟真正虫族施展的一样。”第九军主也道。

战斗还在进行。

在一位封王级不朽神灵、七位封侯级不朽神灵的围攻下，特别是封王级不朽神灵寺番祁宁可消耗自己大量的不朽之力去湮灭他，曜亥的不朽之力不断被湮灭，身体越来越弱，不甘地咆哮一声，其身体直接崩溃。

“恭喜殿下，曜亥已死，他的不朽之力很弱，已经无法凝聚神体了。”迪伦笑道。

“恭喜殿下。”第九军主也笑道。

罗峰点点头，看着足有五分之一的区域化为废墟的帝都星，当即下令：“行动，准备完成下一个目标。”

那三十艘星际战舰当即行动起来，就连分散在诸多星球上的第九军团也都行动起来了。

第637章

灾难

梦幽帝国，帝都星。

经历之前的狩猎不朽神灵大战，帝都星五分之一的区域化为废墟，其他区域也受到了波及，房屋倒塌，老百姓受伤。

“哇！”

帝都星上随处可听到呜咽声，好在人们的身体素质较强，最多被砸伤。

“别哭，乖，别哭。”

“哥哥，房子没了。”

小女孩哭着，眼睛红红的。

男孩紧紧地抱着小女孩，他们后面站着一对年轻夫妇。

年轻夫妇看着眼前倒塌的房屋，心中一阵悲凉，因为帝都星上的房子是非常昂贵的，他们唯一的家产就是这座房屋。现在房子倒塌了，之后肯定会有权贵阶层将这片地收回去。

“哥哥，你看。”小女孩瞪大眼睛，指向远处。

男孩也瞪大眼睛，愣愣地看着远处的天空。

一艘无比庞大的宇宙星际战舰悬浮在高空，遮住了阳光，而遥远的天际还有一艘艘一模一样的星际战舰。

此刻，三十艘星际战舰同时缓缓降临，悬浮在帝都星的高空。任何想要乘坐宇宙飞船逃离的，一律会被摧毁。

“天哪！”

“宇宙星际战舰！”

这种参加域外战场的星际战舰比常见的战舰不知道强了多少倍，单单三十艘星际战舰形成的能量罩就将整个帝都星给罩住了，令帝都星的人惊恐不已。

“哥哥，那边飞来了一艘宇宙飞船。”小女孩大声喊道。

她的哥哥、爸爸、妈妈都看了过去。

只见一艘三角形宇宙飞船缓缓降临，直接穿透能量罩，最终降落在小镇的一个广场上。

小镇上的人屏息看着，他们很清楚，能够直接穿透庞大的星际战舰布置的能量罩，又没有受到星际战舰攻击，这艘宇宙飞船肯定来历不凡。

“哗！”宇宙飞船的舱门打开了。

在小镇居民的注视下，一个穿着银色战铠的黑发青年带着两位不朽神灵（迪伦、第九军主），还有六个界主级强者（卡什那和罗峰的五名界主级护卫）飞出了舱门，而后轻轻落在刚刚遭受震荡的土地上。

“嗖！”一人凭空出现。

他手持一柄黑色大锤，站在那里，就仿佛能令整个天地震荡。

“殿下。”身穿金色战铠的老者微微一笑，“曜亥已经死了。”

“嗯。”黑发青年点点头。

这番对话并没有刻意屏蔽，周围的小镇居民完全惊呆了。

曜亥死了?!

作为梦幽帝国的居民，谁不知道梦幽帝国皇族是曜亥家族，而皇族中只有一个人名为曜亥，那就是这个家族的创始人，也是梦幽帝国最伟大的人物。

“曜亥可是不朽神灵，竟然死了?!”

“不……”

小镇居民有些难以置信。

他们看看天空中悬浮的庞大的星际战舰，又看看那艘三角形宇宙飞船，以及黑发青年等人散发的可怕气息。

“如果他们没杀了曜亥，怎么胆敢封锁整个帝都星，而皇族那边又没有丝毫反应？”

很多人都明白这一切是事实，只是潜意识不愿相信。

“嗖！”一道人影悄然飞出。

“艾芙！”低喝声在小镇上空回荡，只见原本闪电般逃逸的人影竟然直接被定在了半空中。

那黑发青年和他的手下这才飞了过去。

“罗峰殿下，”一道柔弱的声音响起，“我看过宇宙天才战，我知道你是谁。可是，你为什么要抓我呢？”

被定在半空中的女子穿着朴素，有一头棕色长发，鼻子很挺，眼窝略微内陷，皮肤则呈现淡绿色。

罗峰等人出现在她的面前。

“你这叛徒，我老师可是封王级不朽神灵，你一个区区界主级强者，竟然想逃走。”卡什那对艾芙喝道。

“封王级不朽神灵？”艾芙震惊。

她费力挣扎了两下，可是空间束缚如此强，她岂能摆脱？

“罗峰殿下，你为什么抓我？”艾芙看着罗峰，似乎很委屈。

“你现在只有两条路。”罗峰看着她，“一，和我一战。如果我杀不了你，你即可活下来；二，其他路全部都是死路。”

罗峰根本懒得和艾芙废话。

艾芙被禁锢在半空中，恨恨地看着罗峰。

她心里明白，连曜亥都死了，恐怕她做的一些事都暴露了。她好歹是刚刚突破到界主级的强者，懒得再装。

“罗峰殿下，你说我和你大战，只要不死，就能活下来？”艾芙看着罗峰。

“对。”罗峰点头。

“我能相信你吗？”艾芙盯着罗峰。

“哼！”罗峰身侧的迪伦冷哼一声，“殿下的信誉可比你的命要贵重得多。”

“好！”艾芙眼睛一亮，“那就一战吧！”

“轰！”顿时空间束缚消散，并且无形的空间壁障出现在四周。

寺番祁沉声说道：“殿下，我已经布置了空间壁障，是一个长宽高各为100米的空间，是殿下和这女人交战的空间，不会影响周围的一切。”

罗峰点点头。

“来吧！”艾芙身上朴素的衣服瞬间变成流线形的灰色战铠，同时手中出现了两把短剑。

罗峰则依旧站在原地。

“我就不信了，我拥有界主级的实力，还击败不了你。”

艾芙叱喝一声，顿时无形的世界之力压迫过去，同时她的体内世界投影令空间变成一片黑色的森林，艾芙仿佛黑色森林的主宰。

“轰！”艾芙手中的两把短剑的世界之力延伸而去，瞬间化为两条巨大的黑色长鞭，缠向罗峰。

“我对于法则的感悟和虚拟宇宙公司的天才们的差距的确很大。”罗峰摇摇头。

罗峰都不想使用衍神兵。

“啊！”瞬间，罗峰宛如一头绝世凶兽，猛地冲出，踩着森林内的大树，直接迎向那两条黑色长鞭。

“呼呼呼！”

罗峰的双手犹如幻影，携着凶厉的气息，直接引动了宇宙的金之本源、空间本源法则，强大的宇宙本源法则之力融入双爪，双爪闪电般地挥动数下，就使得那两条黑色长鞭从中断裂了。

他施展了爪法——三千星空。

“不愧是天才，但……”艾芙双眸闪烁凶光，手中的双剑瞬间引动强大的世界之力，形成树叶和藤蔓，袭向罗峰。

而罗峰使得长鞭断裂的同时，速度丝毫不减，继续扑向艾芙。

那些树叶和藤蔓再次笼罩而来时，罗峰面目狰狞，仿佛当年那头巨型独角蜥蜴兽神挥爪撕裂那巨大手掌一般，也挥动右爪。

“轰隆隆——”金色的右爪有数米高。

随着一声兽吼，空间法则、金之法则的法则之力完全融入右爪中，形成了实质化的右爪，摧枯拉朽般直接撕裂树叶和藤蔓。

“怎么可能？”艾芙瞪大眼睛。

“轰！”右爪直接袭向她。

她的身体崩溃，一颗命核疾速飞出，仓皇逃窜。

“嗖！”罗峰一闪身，抓住了那颗命核。

“仅仅比我多一点世界之力、世界投影，可是法则感悟方面比我差多了。”罗峰摇摇头，直接捏碎了那颗命核。

“巴巴塔，关闭虚拟宇宙网络同步传送。”罗峰说道。

战斗已经结束了。

此战，他得到了10%的任务完成度。

“可惜，任务要求我亲手击杀的四个目标人物，只有一个在帝都星上。”罗峰摇摇头。

“嗖！”他冲天而起。

迪伦、第九军主、寺番祁等不朽神灵连忙跟着飞了起来。

一行人悬浮在半空中。

罗峰遥看远处，以他域主级九阶强者的视力，能够轻易看到数千公里外的地方，只见一艘艘星际战舰上的大量宇宙级战士俯冲而下，去猎杀名单上的目标人物。

“殿下，快看那边。”卡什那指着远处。

罗峰转头看去。

只见迷蒙的光芒在远处上千公里处亮起，周围空间宛若荡起丝丝涟漪，庞大的身影若隐若现，一个个金色虫族战士从中飞出，大量的金色虫族战士中央有一个十几公里高、金字塔形状的巢穴，巢穴上满是窟窿，毒气弥漫。

同时，耀眼的光柱从一个个金色虫族战士体内迸射而出。

瞬间，整个帝都星宛若金色光柱的海洋。

“殿下，快逃！”

“神国传送，是不朽级虫族母巢！”看到迷蒙光芒中的无数身影时，迪伦抓着罗峰闪电般冲向陨墨星号宇宙飞船。

寺番祁、第九军主、卡什那等人紧随其后。

“轰隆隆——”

整个帝都星直接爆炸开来，连内部最坚硬的星核都破裂开来。仅此一击，原本在星球上进行猎杀任务的宇宙级战士死伤无数。

而这次行动的总指挥乘坐陨墨星号宇宙飞船仓皇逃离。

第638章

不朽级虫族母巢

在那耀眼的金光光柱笼罩中，虫族母巢内忽然传出了无比刺耳的声音。

虫族战士们立即轰动起来。

这些虫族战士的模样主要分成两类：一类是类似人形，高度约30米，全身宛如无数铠甲构成，有着甲虫般的翅膀，眼睛类似蜻蜓复眼；另外一类则显得精瘦，高约100米，身体微微弯曲，脑袋和身体上长满了眼睛，背部长着上百对翅膀。

这两类虫族战士的身体都是金色的，散发出来的气息令周围空间震动。

随着虫族母巢持续发出刺耳的声波，两类虫族战士都变得疯狂。

那群金色的人形甲虫战士张开嘴巴，伸出口器。类似玻璃管、直径约30厘米的口器忽然发出刺目的白光。

“逃！”

“快逃，全部给我逃！快！”

陨墨星号宇宙飞船中的第九军主很是惊恐，通过控制台向三十艘星际战舰发出指令，那三十艘星际战舰全部启动，加速逃逸。

可是星际战舰的速度又怎么比得上那群强大的虫族战士的速度呢?

数千名仿佛传说中魔神的金色虫族战士的口器同时射出一根刺眼的白色光柱，数千根白色光柱在高空中的一个点汇聚。

“砰——”那一点的宇宙空间猛地震荡，直接爆裂开来，露出了可怕的空间乱流，各种混乱的破碎空间、层叠空间乱流涌动。

同时，以那一点为中心，震动的宇宙空间仿佛发生了多米诺骨牌效应，直接朝四面八方震荡。一瞬间，好似超新星爆发了。

“轰！”那里产生了一颗直径足有千万公里的超大耀眼光球。

启动速度变慢的三十艘庞大的星际战舰仿佛大海中飘摇的三十艘小船，瞬间就被膨胀的光球给包裹住了，消失在视线中。

紧接着，这比普通恒星还要大得多的光球猛地化为无数冲击波，朝四面八方冲击而去。

这时候，无比可怕的刺耳声音响起。

“轰隆隆——”

宇宙震颤！

空间破裂！

就仿佛世界末日来临！

在那喷向宇宙四面八方的冲击波中，三十艘星际战舰摇摇晃晃地翻滚着。

“嗖！”一艘三角形宇宙飞船好似乘风破浪，直接飞出。

陨墨星号宇宙飞船内。

“不！”第九军主脸色难看，死死地看着后方。

外景虚拟下，他轻易地看到了正在翻滚的三十艘无比庞大的星际战舰。

“这，这太可怕了！”卡什那瞪大眼睛。

罗峰也很是震惊。

仅仅一次合击，竟然就将方圆千万公里的范围完全毁灭，冲击波辐散范围更广，这是何等可怕的威力！

普通行星的直径不足1万公里，就算是恒星，直径也很少有上千万公里。

如此强悍的攻击力，谁能够抵挡？

寺番祁连声低吼：“快，快走，数千名不朽级虫族战士追杀过来了！”

“不朽级虫族战士?!”罗峰大吃一惊。

外景虚拟下，罗峰一眼就看到陨墨星号宇宙飞船后方有数千名金色虫族战士，身高都达百米，全身长满眼睛。

它们一个个弯着腰，背上有着数百对翅膀，此刻都紧紧地盯着逃逸的陨墨星号宇宙飞船。

这些金色虫族战士的飞行速度丝毫不亚于陨墨星号宇宙飞船，不朽级强者完全能够让肉身进行宇宙穿梭。

“宇宙穿梭倒计时……”陨墨星号宇宙飞船内响起了巴巴塔的声音。

“不要宇宙穿梭。”寺番祁连连吼道，“没用的，在暗宇宙中，这群不朽级虫族战士在没有光速的限制下，瞬间迸发的速度远远超过任何宇宙飞船。”

“那怎么办？”迪伦急切地吼道，“老家伙，快想办法！”

“快！”罗峰看着后面越追越近的狰狞的金色虫族战士，也急了。

数千名不朽级虫族战士，这是何等可怕！它们合力攻击，就算是封王级不朽神灵，也得逃窜。

“你们什么都别管，我来对付它们。”寺番祁一声低吼，而后就消失了。

“嗯？”罗峰脸色一变。

“是瞬移！他已经出了宇宙飞船。”迪伦传音道。

“你们都别反抗，我直接将宇宙飞船收进我携带的一方世界。”寺番祁低沉的声音在陨墨星号宇宙飞船内所有人的脑海中响起。

“嗖！”陨墨星号宇宙飞船瞬间消失了。

半空中只剩下身穿金色战铠的寺番祁。

“可恶的虫族！”寺番祁回头看了一眼迅速冲来的数千名金色虫族战士，眼中满是恨意，“下次在域外战场，我一定会让你们知道我的厉害！”

“呼——”

那数千名金色虫族战士见人族宇宙飞船瞬间消失，身上的眼睛射出了道道金色丝线，无数金色丝线蔓延开去，令无垠空间凝固住了。

正准备再次施展瞬移的寺番祁感觉到宇宙空间凝固，顿时咬了咬牙。

“浑蛋！”寺番祁怒喝一声。

“嗖！”他猛地加速，很快就达到了光速，宇宙空间荡起涟漪，他直接被传送到了暗宇宙。

追杀而来的数千名金色虫族战士再度加速，也达到光速，周围的宇宙空间荡起涟漪，它们也进入了暗宇宙。

一方世界内。

陨墨星号宇宙飞船减速后，停在一片广袤的森林的上空。

控制室内，一群人沉默不语。

罗峰、迪伦、五大界主级护卫、塔文部的七位封侯级不朽神灵、卡什那、第九军主都站在控制室内，心却悬着。

所有人心里都很清楚，他们现在只是在寺番祁长老随身携带的一方世界内，一旦寺番祁长老殒命，他们全部都会完蛋。

“能不能逃掉？寺番祁长老能不能逃脱虫族战士的追杀？”罗峰看向迪伦。

“不知道。”迪伦摇摇头。

“没事的，我老师的实力无比强大。”卡什那大声说道。

旁边的第九军主沉声说道：“不朽级虫族母巢是虫族中的高层，无比可怕。在域外战场上，不朽级虫族母巢出现，那就是一场噩梦。”

控制室内的一群人默默地等待命运的审判。

他们现在最担心的是这一方世界崩溃。这一方世界若是被毁掉，意味着寺番祁长老身死，他们自然会暴露。他们虽然都是绝世强者，但是在不朽级虫族母巢面前毫无反抗之力。

“嗖！”陨墨星号宇宙飞船直接消失在这一方世界内。

陨墨星号宇宙飞船再次出现后，罗峰等人一眼就看到外面都是寒冰。

“这是一颗温度极低的矿物星球。”一道熟悉的声音响起。

罗峰、第九军主、迪伦等人都转头看去，只见寺番祁出现在控制室内。

这就是拥有瞬移能力的不朽神灵的可怕之处！

瞬移，并非快速移动，快速移动是没有办法突破陨墨星号宇宙飞船阻碍的，不过瞬移可以无视高墙或者岩壁的阻挡。

当然，即使是封王级不朽神灵，也只有少数拥有瞬移的能力。

“老师！”

“长老！”

控制室内一片欢腾。

罗峰微微躬身：“寺番祁长老，多谢你的救命之恩。”

“这是应该的。”寺番祁眼中有着一丝疲惫，笑着说道，“那群可恶的虫子真的很难缠，幸好我擅长宇宙空间本源法则。论空间封锁、绞杀，我或许要差一点，可是逃跑还是有把握的。一次次宇宙穿梭，跨越了数千星系，总算摆脱了那群虫子。”

空间法则分为很多方面，瞬移属于其中一个方面的极致。

“老师，你受伤了？”卡什那惊呼道。

寺番祁的战铠上已然有了裂缝。

“逃跑的过程中，不幸被击中一次。”寺番祁连连摇头，“那些可恶的虫子都拥有不朽级强者的实力，虽然它们没有什么本体智力，全部听从母皇的命令，如果一对一，它们要比真正的不朽神灵弱得多。可是，一旦形成集体，它们就拥有共同的意识，那就是母皇的意识，几千名不朽级虫族战士联手，远超几千位不朽神灵的联合，真的很可怕。”

第639章

盘点

陨墨星号宇宙飞船控制室。

听了寺番祁长老的一番话，大家都沉默了。

罗峰不禁回忆起了之前在帝都星发生的那一幕，当不朽级虫族母巢和其麾下的大批不朽级虫族战士出现时，单单一开始那些虫族战士喷出的能量直接就令帝都星炸裂。

要毁掉一颗星球是非常难的一件事。虽然界主级强者一招即可让一颗生命星球毁灭，但那也只是令星球地表的生物陷入灭绝，而星球本身依旧是存在的。

不朽神灵需要全力一击，才能毁掉一颗星球。而那些不朽级虫族战士实在太多，全部聚集在一起，随意喷发的能量才造成了这般惊人的效果。

“刚才那一招竟然毁了直径有千万公里的区域。”罗峰郑重地道。

“的确很强。”迪伦轻声说道，“就算配合得再好，数千位不朽神灵同时攻击，让所有攻击力精妙地聚集于一点，不能出现任何一个误差，是很难的。可是，一旦成功，引发空间震荡，威力之可怕，简直可以媲美宇宙尊者。”

众人点点头，都有些心悸。

“一是，意识一致；二是，完全不怕死；三是，在虫族母皇意识操控下，数千名不朽级虫族战士可以施展出蕴含法则的攻击，比如刚才追杀我时，它们就封锁了空间，令我无法施展瞬移。”

瞬移，就好似鱼儿在水中游，而空间封锁仿佛让水瞬间变成冰，鱼儿自然就没法游了。

“它们还懂得法则攻击？”卡什那惊呼道。

“那是当然。”第九军主冷笑一声，“虫族可是能够和人族媲美的巅峰族群之一，堪称宇宙中数量极多的族群之一，又堪称宇宙中数量极少的几个族群之一。”

“假使计算那些没受到指挥的虫族战士，那么数量是无穷无尽的，如果单单计算有智力且智力超高的虫族母皇，也就那么一些。即使是最普通的虫族母皇，成年时达到巅峰期，那也是界主级的，能够产出大量的界主级虫族战士。”第九军主缓缓地说道，“更别提不朽级虫族母巢了，就连封王级不朽神灵遇到，一不小心都可能殒命。”

“虫族母皇智力极高，意识计算能力极强，能分心操控无数虫族战士，还能精确攻击，这是何等厉害！

“虫族母皇对于灵魂的运用，堪称宇宙巅峰。任何虫族母皇都是灵魂类大师，这也是想要用灵魂控制之法去控制虫族母皇很难的原因之一。

“而且，虫族内的任何厉害的存在到来，只需施展出灵魂侵袭，我们所有人都会被控制住，一个都逃不掉。”

卡什那眨巴着眼睛：“这么厉害？”

其他人都白了他一眼，连塔文部的其他七位封侯级不朽神灵都觉得丢脸。

罗峰也看了卡什那一眼，没有说话。

虫族有多厉害，在金角巨兽传承记忆中有详细的描述，其记忆中一部分庞大的信息都是描述虫族的，因为信息实在太多，罗峰仅仅了解一些基本知识。

即便如此，已经让罗峰感到震撼了。

虫族极其强大，连金角巨兽族群也不敢招惹。特别是虫族的一些核心地带，那里有着无穷无尽的虫族战士，可以施展虫海战术，会让任何强者畏惧。

“虫族母巢怎么会过来？那些虫族战士怎么敢过来？”罗峰皱眉，“它们就不怕人族强者过去，将虫族母巢灭掉吗？要知道，虚拟宇宙公司的一些强大存在完全可以通过神国传送过来，到时候，追杀虫族母巢。虫族母巢假使通过神国传送过来，别人就能够趁机确认虫族母皇的神国，一旦确认神国，那虫族母皇必死无疑。”

“殿下。”寺番祁缓缓地道，“曜亥和杰弗里斯既然受到灵魂控制，或许就是被之前那不朽级虫族母皇给控制了。曜亥、杰弗里斯一死，那虫族母皇很快就知道了，立即带领精英，通过神国传送过来，进行一次报复。至于说它们为什么敢这样做，依我猜测，那虫族母皇并非通过自己的神国传送过来，而是通过它控制的某位不朽神灵的神国传送过来的。这样一来，就算遭到人族的超级强者追杀，那虫族母皇也能乘坐母巢，带领麾下的虫族战士迅速逃逸。人类确认的坐标只是它控制的不朽神灵的坐标，对它并无威胁。以它控制的不朽神灵神国为跳板，它能迅速逃到虫族核心疆域，人族的强大存在自然不敢深入。”

罗峰听了，点点头。

随即，他疑惑地问道：“难道我们任凭它宰割？”

寺番祁笑笑，道：“当然不。人族的强大存在会在宇宙中的人族疆域中留下坐标，一旦某个坐标出现了虫族母巢，那些强大的存在会瞬间通过神国传送过去，将那虫族母巢消灭。”

“当然，消灭虫族母巢是有一定难度的。可是，即使杀不死虫族母皇，击杀大批不朽级虫族战士也是有把握的，毕竟要制造出不朽级虫族战士也不容易。”寺番祁摇头一笑，“那虫族母巢也是将大批家底带来了。”

许久后。

控制室内的气氛轻松了一些，不朽级虫族母巢作为高端威慑武力，罗峰他们不想多谈。毕竟那种强大的存在，最起码得是封王级不朽神灵才有面对的能力。

“第九军主，军队的伤亡情况如何？”罗峰看向第九军主。

“我正在通过虚拟宇宙网络和控制了三十艘星际战舰的不朽神灵们联系。”第九军主显得有些颓败，声音都沙哑了，“现在情况还没有完全确认，请罗特使稍等。我很快就会将情报汇总起来，到时会向罗特使禀报。”

说完，第九军主闭上眼睛。

片刻，他睁开眼睛。

“怎么样？”罗峰追问。

“损失很大。”第九军主脸色惨白，“刚开始，那虫族母巢和其麾下的不朽级虫族军队通过神国传送抵达帝都星，肆意喷发能量，导致帝都星直接炸裂，还令当时正在执行任务的大群宇宙级战士、域主级战士，乃至极少数界主级战士直接丧命。”

罗峰沉默不语。

当时，帝都星炸裂，不但大量战士丧命，还有无数无辜民众也丧命了。

“而后，虫族母巢麾下的虫族大军集体进攻，引起空间震荡风暴，也引动物质空间内发生爆炸，直径千万公里范围内的一切化为灰烬。即使前一波攻击中幸免于难的极少数界主级强者，在这一波中必死无疑。”第九军主说道。

“就算是一开始就在星际战舰上，还有反应快、逃到星际战舰上的那些宇宙级战士也难以幸免。第二波空间震荡风暴也很可怕，直面爆炸，普通不朽神灵都会丧命，就算躲在战舰中，可单单可怕的冲击力就能令所有宇宙级战士殒命，域主级战士好在命核没碎，只是身受重伤。

“三十艘星际战舰全部在进行宇宙穿梭，逃逸，并没有引起追杀，估计那虫族母巢主要是追杀我们这些首领。统计下来，活下来的有二十八位不朽神灵、一千九百二十三名界主级战士、五千九百九十名域主级战士。”第九军主铁青着脸，报出了一连串数据。

听了这番话，罗峰沉默许久。

此次第九军团死伤惨重！

三十艘星际战舰中，本来有三十位不朽神灵、三千名界主级战士、三万名域主级战士、三十万名宇宙级战士。然而，遭遇这一次袭击，所有宇宙级战士全部丧命，就算有些躲在星际战舰内，因为遭受了可怕的宇宙空间震荡风暴、物质爆炸引起的震荡，一个个都殒命了。

大半界主级战士活了下来，因为执行任务几乎不需要他们出马，所以除了少部分带队的界主级战士，大部分界主级战士留在战舰内。

域主级战士因为大多带队出去猎杀目标，所以只剩下大概五分之一活下来了。

“怎么会有两位不朽神灵丧命？”旁边的迪伦问道。

“据幸存者所说，当时三十艘星际战舰在帝都星上空时，大批宇宙级战士去猎杀目标，有两位不朽神灵也出了星际战舰。”第九军主叹息一声，“那虫族母巢通过神国传送过来，因为我们这边聚集的强者过多，所以虫族母巢第一时间就攻击了那两位不朽神灵。”

众人点点头。

指挥部这边的强者的确是最多的，有第九军主、塔文部七名封侯级神灵、隆赤尔、迪伦、封王级不朽神灵寺番祁等。

这股势力很强，就算虫族母巢派出大军，双方硬碰硬的话，也会牺牲很多虫族战士，所以想要瞬间灵魂攻击罗峰等人，根本不现实。

“这次的任务……”罗峰苦笑一声，忽然想起什么，连忙追问，“第九军主，第九军团的另外70军执行任务的结果如何？”

第640章

分别前

“请等一会儿。”第九军主闭上眼睛，意识连接虚拟宇宙网络。

片刻，第九军主睁开眼睛。

“情况还好。”第九军主看向罗峰，“另外70军去执行任务都没有出现大纰漏。”

罗峰顿时松了一口气。

之前帝都星瞬间有无数人死去，就连三十万大军最后都只剩下不足一万人，的确给罗峰造成了很大的心理压力。

特别是那些无辜的帝都星居民丧命，令罗峰很是难受，如果这种惨剧发生在地球上，那该怎么办?

这就是残酷的族群战争。

在族群战争中，那些纵横宇宙的超级存在都拥有能够毁天灭地的可怕实力。

“我必须成为真正的绝世强者，到时候位居虚拟宇宙公司高层，成为人族1008个宇宙国真正的高层，那样的话，我才能真正保护地球，甚至将很多地球人转移到我的神国中去。”罗峰心中瞬间掠过诸多念头，同时更加坚定内心。

人，正因为有各种追求、目标，所以能内心坚定，这也是意志的一种体现。

在不断反思自己的过程中，罗峰的意志会变得更强大。

“没出现大的纰漏?”罗峰皱眉，看着第九军主，“你的意思是，有一些小问题?”

“嗯。”第九军主点点头。

“另外三个界主级强者没能活捉？”罗峰追问。

因为其中的分任务要求他必须亲手击杀四个界主级强者，此项占据总任务完成度的55%，现在自己才击杀界主级强者艾芙，另外三个界主级强者在其他的星球，所以他之前的计划是安排第九军团其他人去活捉那三个界主级强者。

“那三个界主级强者已经被活捉了。”第九军主笑着说道，“其他九千多万的目标人物分散在368颗星球上。根据目标人物的实力、数量，那70万大军自然分成368个小队。”

罗峰点点头。

“按照计划，应该不会出任何问题。”第九军主低下头，“特使，很抱歉，在368颗星球上的任务中有一个任务出了问题，导致那颗星球上有十二名目标人物逃走了。”

“哦？”罗峰眉头一皱。

他最怕出现这种情况，没想到，最后还是出现了漏网之鱼。

“怎么会逃了？”罗峰皱眉。

“主要是368颗星球上的击杀行动不可能百分之百一致。”第九军主解释道，“而出问题的莫斯星球的组织最高管理人估计得到了另外一颗星球上的同伴的紧急消息，所以他命令组织的所有人，甚至一些公司、私人团体等，全部乘坐宇宙飞船立即离开。那颗星球上的宇宙飞船是不计其数的，而当时去对付藏匿在这颗星球的目标人物的只有一个小队，总共是一百一十一人，又没有星际战舰进行制空，根本来不及阻拦，甚至在混乱情况下无法确认目标在哪艘宇宙飞船上。即使拼命追杀，也只是击杀了这颗星球上的二十七个目标人物，还有十二人逃走了。”

罗峰脸色一沉，当即下令：“追杀那十二人，务必要杀了他们。”

“好的！”第九军主点点头。

“必须抓紧时间，待会儿我会请虚拟宇宙公司情报部门配合。”罗峰皱眉道，“当然，希望那群人还是朝一些生命星球逃亡。”

只要那十二人去了生命星球，也就是在虚拟宇宙公司势力范围内，那么要找到他们会容易得多。

但是，假如那十二人被吓破胆了，出于谨慎，直接躲在宇宙中的某一个无人的矿物星球中，靠着宇宙飞船内的供给维持生活，这样一来，谁能找得到呢?

“特使。”第九军主安慰道，“离开群体，一直在矿物星球上孤独生活，他们熬不住的。”

“只要他们熬过一年，我的任务就算失败了。”罗峰皱眉道，“尽力去找吧！还有，吩咐下去，将那三个被活捉的界主级强者送到红晨星去。”

红晨星是计划中罗峰和金角族群塔文部的一个聚集点。

大厅内，罗峰、寺番祁、迪伦、第九军主等人聚在一起。

“殿下。”第九军团的一位不朽神灵恭敬地向罗峰行礼，“那三个被关押的界主级强者现在都在我随身携带的一方世界内。”

“拿出来！”罗峰吩咐。

“是！”不朽神灵微微躬身，同时看向厅内巨大的空地。

下一瞬，三个足有3米高、3米宽、3米长的暗红色箱子出现了，紧接着，三个箱子直接冲天而起。

“哼！”不朽神灵一声低哼，不朽之力辐散出去，直接覆盖那三个箱子。

“殿下，这三个箱子都是用E9级合金制造的，那三个界主级强者根本逃不出。”不朽神灵解释道，“不过，他们会乱飞。”

“你可以退下了。”寺番祁吩咐道。

“是！”不朽神灵躬身行礼，便退下了。

寺番祁看着那三个箱子，轻易地操控空间，直接将它们困住了，同时无形的不朽之力迅速将那三个箱子打开，出现了三个界主级强者，都是男性。

这三人分别是盖斯离、坦布林、雷德。

“啊！”

“放开我！”

“为什么抓我？”

三人的反应完全不一样。

可当他们感应到眼前这群人的强大气息，确认在场的竟然大半都是不朽神灵，顿时都蔫了。

“事情很简单，我给你们活命的机会，只要你们能击败我。”罗峰看着这三人，“否则，只有死路一条。”

“击败你？”这三个界主级强者都惊讶地看着罗峰。

“你就是罗峰？”

“天才战中脱颖而出的那个罗峰？”

“你说我们必须击败你，否则只有死路一条？”

本来已经绝望的三人，听到罗峰那番话后，都燃起了斗志。

可是，当真正战斗时，他们又绝望了。

厅内的空间被寺番祁打造成了空间牢狱。

“噗！”罗峰的手指如同利爪，直接袭向坦布林的喉咙，可怕的爪劲通过手指迸发，将坦布林体内的命核直接震碎。

原本还瞪大眼睛的坦布林眼神顿时变得黯淡。

“下一个。”罗峰转头看去。

远处，站着一个身高2.3米、表情凝重的男子。

此人正是罗峰需要亲手击杀的四个界主级强者中实力最强的——界主级三阶强者雷德。

雷德亲眼目睹了罗峰击杀坦布林的一幕，没有刚开始那么轻敌了，他终于意识到，宇宙中达到巅峰的天才，照样能在域主级九阶期间，越阶击杀界主级一二阶强者。

“罗峰殿下，我可和他们不一样，我的实力比他们强。”雷德被束缚着落入空间牢狱内，随即恢复自由。

“而且……”雷德双眸闪过精光。

“嗖！”一道念力攻击直接进入罗峰的脑海。

“嗯？”雷德脸色大变。

他的灵魂攻击竟然没有成功！

罗峰冷冷地看着他，靠着地球人本尊对付界主级三阶的精神念师并没太大把握，因为按照资料来看，这名界主级精神念师在法则方面颇有领悟，加上其拥有自己的一方世界，以及世界之力的压制，对罗峰是有非常大的威胁的。

这也是虚拟宇宙公司给罗峰最大的一个考验。

为了防止阴沟里翻船，罗峰早就将魔杀族分身变成一把战刀，放在静室内，原核在魔杀族分身的体内。正因为毫无顾忌，所以罗峰才能不顾一切和界主级三阶的精神念师拼命。

“虚空之塔的四层宝塔境配合我强大的意志，终于成功抵挡住了界主级三阶精神念师的灵魂攻击，实在是太好了。”罗峰心中暗道。

虚空之塔是灵魂类防御手段，对于施展的人的念力和法则感悟的要求比较苛刻，而罗峰的法则感悟较强，甚至可以媲美普通的界主级巅峰强者。

罗峰的念力振幅超过3200，很多封王级不朽神灵都没有这么强，这令罗峰在五十年中终于练成了四层宝塔境，而且完全巩固了。

须知，呼延博殒命时，达到了六层宝塔境，而四层宝塔境是很多界主级巅峰强者的极限。

这一尊四层宝塔守护灵魂，配合强化的意志，令宝塔的防御力更强，罗峰自然直接抵挡住了冲击。

“你确实比他们强，值得我动用衍神兵。”罗峰看着雷德，其背上凭空出现了一根暗金色长棍。

空间牢狱内，罗峰和雷德激烈厮杀。

这两人都不简单，一个是体内世界投影形成了一方世界，另外一个则是直接靠着衍神兵和法则最终构成了剑之世界，两个世界碰撞，一次次激烈厮杀。

“好强的实力，域主级九阶强者真的能击杀界主级三阶强者吗？而且这界主级三阶强者可不是之前的水货，而是法则感悟颇强的精神念师。”寺番祁关注着这场战斗，脸色微变，“人族的绝世天才还真是可怕，难怪人族在宇宙中能够强盛那么久。”

“长老，我们要不要邀请罗峰去我们金角族群，趁机和他加深交情？”一个矮壮的金角族族人沉声说道。

“邀请他去我们那里?!”寺番祁的皮肤隐隐闪烁银光，脸上浮现一丝笑容。

（本册完）

更多精彩，尽在《吞噬星空 典藏版14》！